講談社文庫

阿《お》蘭《らん》陀《だ》西《さい》鶴《かく》

朝井まかて

講談社

目次

阿蘭陀西鶴

おらんださいかく

巻一

せかせかと忙《せわ》しない足音が耳朶《じだ》に響いて、おあいは包丁《ほうちょう》を持つ手を止めた。顎《あご》を上げて台所の小窓に顔を向ける。ついさっきまでは頰《ほお》に陽射しの温もりを感じていたのに日が傾いたのだろう、夕風が額《ひたい》を撫《な》でる。

「お父はん、もうすぐ帰ってくるわ」

おあいは土間を振り向いてお玉《たま》に告げると、再び左手で白菜《しろな》を摑《つか》んだ。

さっと茹《ゆ》で上げたそれには、掌《てのひら》を押し返すような水気がたっぷりと残っている。包丁の刃先で根元を落とし、ざくざくと切り分けていく。両の手をいちいち動かして寸法をたしかめずとも白菜は三寸五分になっていて、このきちんと揃《そろ》った巾《はば》と迷いのない切り口が舌触りと嚙《か》み心地を左右するのだと、おあいは思っている。

おあいは母、みずゑから手を取るようにして、幼い頃から台所《だいどこ》を仕込まれた。初めはまだ物心がつくかつかぬかの年頃で、包丁が青物や魚の代わりに己の指を落とすかもしれぬ刃物だということすら気にならなかった。切傷も火傷《やけど》も負いはしたけれど、おあいにとってお菜拵《さいごしら》えは愉《たの》しみな手すさびであり続けたのだ。大根を千六本にしたり、鰯《いわし》の腹を割いて腸《わた》を取り除《の》けるたび、母は「あんじょう、できたなあ」と頭や肩を撫でてくれた。

こうしておあいが台所をすることが世間では稀《まれ》で、他人は稀を奇妙がるものだと思い知らされたのは、母が亡くなった日のことである。

五年前、延宝《えんぽう》三年（一六七五）の四月三日、おあいは九つだった。

母が息を引き取ったと悟ったおあいはすぐに台所に入って湯を沸かし、いつものように昆布で出汁《だし》を取った。足つきの俎板《まないた》は板ノ間の床に置いてある。その前に坐《すわ》って包丁を握り、包丁の背で里芋の皮をこさいでは水を張った桶《おけ》に入れる。筍《たけのこ》や蒟蒻《こんにゃく》を煮しめ、蕗《ふき》は塩ずりしてから茹でてさっと炊《た》き上げた。

「お葱《ねぎ》や生姜《しょうが》は使《つこ》うたらあかんのよ。臭《にお》いのきついもんを出したら、お浄《きよ》めにならしまへん」

年明けにふとした風邪で寝ついた母は節分になっても枕が上がらず、やがて寝床からそんなことを繰り返しおあいに教えるようになった。だから通夜振舞いの段取りは躰《からだ》の中にできていた。

火加減は薪《まき》のはぜる音や鍋から立ち昇る湯気の勢いでわかる。蕗が美しい青を残しているかどうかも、菜箸で挟めば指先で判じられる。ほどよい弾《はず》みがあれば、蕗はきっと春の早緑《さみどり》の匂いを残しているはずだ。

おあいの生きるこの世は、音と匂いと手触りでできていた。

けれどあの晩、近所の女房連中が遠慮のない口をききながら台所に入ってきて、おあいから包丁を取り上げたのである。

「まあまあ、可哀想《かわいそう》に、こないなことさせられて」

「刃物持つやなんて危ない、危ない」

「はい、これはおばちゃんがもらうわな。ええか、指、離して」

何人もに一遍に喋《しゃべ》られると、おあいはどの言葉を選《よ》っていいのかわからなくなる。戸惑って黙っていると、誰かが「不憫《ふびん》やなあ」と洟《はな》をすすった。その方向に顔を向けると、誰かがいつのまにか背後に回っていたらしく、腰から前垂れがはずされて背を押された。

「こんなとこにおらんと、早よ、お母はんの傍《そば》にお行き。お経、始まるで」

すると誰かが「違《ちゃ》うがな」と差配する。

「ちゃんと向こうまでつれてってやらんと。この子の肘《ひじ》を持ってやって、そうそう」

さらに要らぬ世話を焼かれて、おあいは台所から引きはがされた。

他人にわざわざ伴ってもらわずとも勝手知ったる家内《いえうち》のこと、台所から何歩歩けば右手が障子の桟に触れ、そこから何歩進めば今夜、通夜が営まれている八畳の前に立つかはわかっている。けれどおあいは二人掛かりで肘を取られ、その部屋の隅に押し込まれて坐らされた。

膝《ひざ》をずらして場を空けてくれたらしき誰かがおあいの姿を認めてか、膝をぽん、ぽんと二度叩いた。

それがごく当たり前の、慰めの仕草であることは今ならわかるけれど、おあいはまた苛立《いらだ》ちを覚えた。不服でたまらなかったのだ。もう、ふつりとも喋らぬ母の、硬く冷たくなる一方の亡骸《なきがら》の前にじっと坐って、それが何の役に立つのか。

台所は私の役割やのに。お母はんが望んだ、それが供養やのに。何で、それをさせてくれへんのやろう。

私が盲目《めしい》やからやろうか。

線香の煙が盛大過ぎて、眼がしばしばした。弟の一太郎《いちたろう》はもう泣き疲れたのか、火を通し過ぎた若布《わかめ》みたいに弱々しく「姉ちゃん」と呼んで身を寄せてきた。まだ乳《ち》飲み子の下の弟、次郎太《じろうた》が微《かす》かに泡《あわ》のような声を立てたのが聞こえる。ぐずつく兆《きざし》だ。

「いっちゃん、ちょっと待っててな」

小声で一太郎の肩をそっと押して、膝を回した。次郎太の襁褓《むつき》に触れてみるとあんのじょう、ぐっしょりと濡れている。おあいは次郎太を抱き上げ、爪先が悔やみ客の尻に当たらぬように気をつけながら壁伝いに縁側に移った。干して畳んだばかりの襁褓を葛籠《つづら》から取り出す。手に取って鼻先に近づけてみると、日向《ひなた》の匂いが残っている。ほっとする。襁褓を替えてやったら、次郎太はしばらく手足をばたつかせてから寝息を立て始めた。

この子の乳、誰に貰《もら》いに行ったらええんやろう。

汗ばんだ弟の髪を手櫛《てぐし》で梳《す》きながら、おあいはそんなことを案じた。

母は乳の出が悪くなってから近所の若い母親に貰い乳を頼んでいたが、そこの一家が少し前に家移《やうつ》りをしてしまったのである。それからは母に教えられ、米の煮汁を与えている。が、いつまでもそれだけで良いのかどうか、おあいは不安をこらえながら次郎太の尖《とが》った顎を撫でる。

父がまるで当てにならないことは百も承知で、実際、母の脈が上がってからというもの、近所に頼んで坊主を呼びに走ってもらったのも、母の身内に報せたのもおおいである。

父はただ狼狽《うろた》えるばかりで、通夜が始まっても総身からいろんな音を放ち続ける。洟と涙を啜《すす》り上げ、咽喉《のど》の奥を詰まらせ、そこに時折、拳《こぶし》で念珠ごと畳を叩くような音も混じる。そして口からは意味をなさぬ言葉を垂れ流し続けているのだが、父の声は坊主のそれよりよく響いて、読経を時折、押しのけるほどだ。

お鈴《りん》が澄んだ音を響かせて経が終わると、父がくどくどと坊主に礼を述べた。

「おおきに、有難うさんでございます。な、みずゑ、ええお経上げてもろうて良かったな。和尚《おっ》さん、本人もえろう喜んでますわ。これで心置きのう、三途の川を渡れます」

母の心中を勝手に作って、弔問客に披露しているかのようだ。

「けど……見とくなはれ。まだこないに綺麗で、し、死んでしもうたとは思えませんわ。ほんま、信じられへん。まだ二十五だすで。何で、何でこないに早う逝《はよい》かんならんのや」

また盛大に洟を啜った。

「女房は、ほんまに気立てのええ女だした。物腰が柔《やわ》らこうて、家内は黙って上手に切り回して。ご存じの通り、わしは世間に知らぬ者のない道楽者だすが、ほんまによう尽くしてくれましたのや。わしにだけはええ着物を拵えて、いつも旨《うま》い物喰《もんく》わせてくれて。

そうだすわ、おっしゃる通り、こないな稼業だすからな、大坂だけやのうて方々から招きを受けますのや。この春は誘われて、丸山にまで足を延ばさんといかんかったんだすわ。そうだす、長崎の廓《くるわ》だすわ。いや、まあ、蘭人のいてる土地だっさかい、太夫《たゆう》の着物も新町や島原とは格違いだしたな。南蛮渡りの更紗《さらさ》は内着《うちぎ》で襟《えり》だけちらりと見せて、上に重ねた小袖は総刺繍《そうぬい》だす。そらもう、菩薩《ぼさつ》のような神々しさだしたわ。

はあ、そないな遊山《ゆさん》もこれからはちょっと、しにくおますやろなあ。上の、そう、あの子は九つ、真ん中の男の子が七つ、一番下はまだ乳飲み子だすわ。赤子は夜泣きしますやろう。みずゑはもう抱き上げる力がおませんだしたからな、わしが抱いて揺すってやりますんやが、男親の腕は嫌われますねん。何ででしょうなあ、ちぃとも泣き止まんと……ほんまに、ずっと夜が明けぬ思いだすわ」

父が夜泣きする次郎太を抱いてあやしたのは、おあいが憶《おぼ》えている限り一度だけだ。なのに、さも自分だけが苦労だと坊主に訴え続ける。

しかも、自分の話ばっかり喋り立てて、お母はんの話は付けたりやないの。

おあいの目許はますます乾いていく。その束の間、台所に陣取った女房連中の言葉が流れてきた。

「ちょっと、見てみなはれ、あの子」

「何、おあいちゃんかいな。どないしたん」

「見てみぃ、あの気丈なこと。弟二人を両手に抱えるようにして、ちんと黙って坐って。ぐずぐず泣きながら喋り通してるお父はんとは、えらい違いやないかいな」

「あ、また誰か来はったで。それにしてもここの家、弔問客の多いこと」

父は遅れてやってきた見知りの数人に挨拶をしながら、また取り縋《すが》るように声を上げた。客が着くたび母の逝き方を一から説いて聞かせ、何度でも悲嘆に暮れ直す。

「まあ、ここはつきあいが派手やからなあ。……ああ、ああ、また袖で涙拭いてはるわ。あの羽織、わやわやな」

「みずゑはんがまさかこないに早う死んでしまうとは思うてなかったんやろうな。女房泣かせの亭主に限って、先に逝かれたら身も世もなくなる」

「うちの亭主にも言うてきかしとかな、あかんわ。わたいが生きてるうちが花やで、女房孝行するんなら今のうちやで、て」

「けどほんまに、おあいちゃんはしっかりしてるぶん、ちょっと可愛げのない子ぉやな。ふだん、界隈《かいわい》で滅多に顔合わすことないさかい気ぃつかんかったけど」

「さっきも顔色一つ変えんと台所にこもってたしなあ」

「そうそう。あれ、ちょっとびっくりしたわ。あないな躰やから情も剛《こお》うなるんやろか」

近所の年寄りが揃って御詠歌を始めたので女房らは一瞬、口をつぐみ、また世間話に戻った。ひそひそと下世話な噂話に花さえ咲かせて、里芋や干瓢《かんぴょう》を炊いている。その匂いを嗅《か》ぎ取って、おあいは口の端を曲げたものだ。

そないに醤油入れたら、せっかくの出汁がわやになるやんか。へたくそ。

肚《はら》の中で、女房連中に毒づいた。

今、おあいが住んでいる鑓屋町《やりやまち》の家は、母が亡くなった表店《おもてだな》の裏手にある隠居家《いんきよや》である。

女主《あるじ》がいないこともあって、近所づきあいは昔より遥かに薄くなった。が、おあいにはそれはそれで気が楽である。一年前に越してきた隣家の牢人夫婦とだけはつきあいがあるものの、それも茶葉や醤油を貸し借りし合う程度の仲だ。

水屋簞笥《みずやだんす》からのろのろと皿を出していたお玉は、「嬢《とう》さん、さっき、何て言うてた」と尻上がりに訊《き》き返してきた。

「そやから、お父はんがそろそろ帰ってくる。急がんと」

「え、旦《だん》那さん、もう帰ってくんの」

お玉は不服を隠さない。

「そりゃ、何ぼ何でも早すぎるわ。今日は桜塚《さくらづか》の西吟《さいぎん》はんのとこで句会やから往復で一日がかりや、帰りは暮れ六ツを過ぎるでて言うてはったがな」

「桜塚を早う引き揚げたんやろう。何か気に入らんことがあったか、逆に褒《ほ》められてええ気分になって、居ても立ってもおられんようになったか。およそ、一つん所にじっとしてられへん性分なんやから」

父は帰りの時刻を告げて出かけてもしばしば、それより一刻《いっとき》以上も早く帰ってくる。かと思えば、「客をするから膳を用意しとけ」と命じながらすっぽかして、何日も戻ってこなかったりするのである。

家の者がそれでどれほどあたふたせんならんか、お父はんはまるで頓着してへんのやから。

「嬢さん……もしかしてまた聞こえたん。旦那さんの足音」

「ふん」

本当はそれが足音なのか父の声なのか、それとも気配のようなものなのか、おあい自身にもよくわからない。が、「そろそろだ」と感じるのである。おあいの耳の敏《さと》さを知り尽くしているお玉は渋々と合点して、「ああ、せからし」と矛先を変えた。

「ほんまに、かなんなあ。旦那さんのせっかちを見越して早よ支度しといたら、あれってな顔しはって、当てがはずれたような、ちょっとつまらん風なんやもの。尋常な家なら何もかも準備できてご苦労はんて、褒めてもらえることやろ。そやのに旦那さんときたら、裏を掻くみたいにもっと早う帰ってきはるんやから。おまけに誰彼なしに誘うて引き連れてくるやろう。そやからいつでも、聞いてたより人数が増えてる」

物事がすんなりとまっすぐ進むのは面白うない、何かにつけて綾をつけたがる主の性質《たち》をお玉はよくわかっていながら、時々、こうしてぼやく。

「こないな鼬《いたち》ごっこみたいなことせんと、暮れ六ツて言うたらきっかり暮れ六ツ、五人やったらちゃんと五人にしてほしいわ。ほんま、ややこしい」

おあいはお玉のようにぼやいたりはしない。ひとたび口に上せればとめどもなく黒い石礫《いしつぶて》が飛び出しそうで、それはまるで口数の多い父のようで、いっそう鬱陶《うっとう》しくなる。

だからおあいは膳の用意に没頭する。母が教えてくれたことをなぞり、守る。

「お玉、膳はもう出してあるんやな」

「へえ、出してますけどな」

と言いながらお玉はやにわに身を動かし、「せからし、せからし」と己の声に紛らわせて膳を抱え上げ、忍び足で客間に運んでいる。

おあいは鉢を手前に引き寄せて、切り終えた菜をふんわりとほぐしながら入れていく。お玉の足音はしばらくしてから板ノ間に戻ってきて、おあいの傍らに近づいた。

「ええと。あと、何をせんとあかんのやったかなあ」

吐く息の中に香ばしい匂いが混じっている。これは砂糖をまぶした黄粉《きなこ》の匂いだから、また到来物の菓子を黙って食べたのだろう。

おあいが幼い頃のおやつといえば木の実や水菓子だったが、近頃は小豆《あずき》をとろとろと煮た餡《あん》をくるんだ餅《もち》や団子が「菓子」と呼ばれ、京にはその菓子だけを作って営む店もあるらしい。おあいの家ではおいそれと購《あがな》えない値なのだが、俳諧《はいかい》の点者《てんじゃ》をしている父が時折、判定の報酬代わりにもらってくるのである。

お玉にとって盗み喰いはよほど旨いものなのか、それとも目の見えぬおあいを侮《あなど》っての仕業なのかはわからない。ただ、同い年のこの女衆《おなごし》がおあいには気楽だった。

母が亡くなってからというもの、婆さんや年増や若いのが入れ替わり立ち代わり女衆としてこの家に入ったけれど、大抵は年季が明けるのを待たずして辞めて行ったのである。初めは皆、おあいを矢鱈《やたら》と不憫がって猫撫で声を出したものだが、おあいが台所はおろか針仕事もこなすことに息を呑み、やがて気味悪がるようになったのだ。

「どこで何をしてても見透かされてるような気がするんだす。気ぃが抜けまへん」

まるでおあいの背中に目がついているかのような言いようだった。奉公人が「気が抜けぬ」とは随分と身勝手な物言いだったが、これからは塩壺や杓文字《しゃもじ》をしまう場所を勝手に変えられずに済むと思えばむしろほっとした。味噌壺の右には梅干しを漬けた壺、その右には笊《ざる》と鍋というように、おあいは母が決めた位置を頑《かたく》なに守っていたからだ。ところが目明きの者は往々にして、取り出した元の場所にちゃんと戻すということをしない。いい加減な場所に置き放しにするのでおあいはそれを手探りで探さねばならなかったし、本人でさえ「あれがない、これがない」としじゅう探し物をしていた。

そもそも、弟の一太郎と次郎太は母の一周忌を待たずに養子口が決まって家を出たので、父娘二人の暮らしに余計な女手はもったいないとさえ、おあいは思っていた。父はやもめになってからますます方々を飛び回り、やれ「京で句会や」「生國魂《いくたま》はんで独吟《どくぎん》や」と騒いでは家を空けていたけれど、おあいは独りきりの暮らしを淋しくも不安にも思わなかった。父が家にいる日の方がよほど手数がかかり、わずらわしいのである。

だが、界隈の顔役が「しじゅう一人で留守番て、それは気の毒な」と、お玉をつれてきたのだ。三年前のことだ。

「まあ、近所でも気にはかけとくけど、おあいちゃんは随分とおとなしいからなあ。事が起きてからでは間に合いまへんやろう」

留守宅の小火《ぼや》を案じての節介であることは、その口振りの端々から汲《く》み取れた。竈《へっつい》さんの火ぃも火鉢の炭も、掌をかざしたらちゃんとわかる。まして夜、手燭《てしょく》を灯《とも》すことも私は要らんのに。

おあいは五つくらいまでは、物の形や色、明るさ暗さも少しは摑めていた。ゆえに、それが他人《ひと》とは異なる、尋常な見え方ではないということを知らなかったほどだ。むしろ、身の周りのすべてが闇になった今となっては、いかに目に頼っていたことかと思う。

目明きの者より、私はよほどしくじらへんのに。

おあいは内心でそう返したけれど、父も顔役もおあいの気持ちに構うつもりはないらしかった。

お玉は河内《かわち》の百姓の家の生まれであるらしく、ざっかけない口をきき、時々、その場限りの嘘を吐《つ》き、買物や用で外に出たらしばらく帰ってこなかった。

そして、おあいの台所に妙な手出しをしなかったのである。

「嬢さん、お酒は足りてんのかいな」

「今日は伊丹《いたみ》の柳水《りゅうすい》はんもお越しやから、持参してくれはるやろうて言うてたけど」

「ああ、造り酒屋のご隠居はん」

「まあ、足りんかったら、隣りに借りに行って」

「借りてまで呑まさんで、ええて。こないだみたいに長《なが》っ尻《ちり》のがおってみ、いつまでも片づかんで大迷惑や。こっちは皆さんが帰らはるまで床に入られへんのやで」

その分、板ノ間で横になって鼾《いびき》まで掻いていたのだが、お玉はそれを決して勘定に入れようとはしない。そのふてぶてしさが、なぜかおあいは嫌いではない。

おあいは前垂れの紐《ひも》に挟んだ手拭いで、鉢の糸底を綺麗に拭った。

「お菜っ葉のおひたし、できたよ。小鉢に盛りつけて」

「ふん、わかった」

渡した鉢をお玉が受け取った手応えを確かめてから、おあいは手を放す。そのまま斜向かいに手を伸ばし、一回り大きな鉢を膝前に引き寄せた。

蛸《たこ》に胡瓜《きゆうり》、茗荷《みようが》、しそ葉《ば》を刻んだものを和《あ》えた鱠《なます》を先に作ってあって、これに煎酒《いりざけ》をかけ回して味を仕上げる。煎酒は酒に梅干しを入れて火にかけ、昆布の出汁を加えてさらに煮詰めたもので、これも母から仕込まれた味だった。蛸や貝の身はもちろん鯛や平目のような淡泊な魚にもよく合い、白身の甘みを引き出してくれる。

菜箸でざっと混ぜてから味を見ると、口の中でまずいろんな歯触りが、そして香りが立ち上がる。薄くそいだ蛸の滑らかさと潮の匂い、胡瓜の瑞々しさと茗荷のしゃきしゃき、そこにしそ葉の緑気が混じって、おあいはそっと目を閉じる。

お母はん、これが好きで、よう一緒に作ったなあ。

おあいの胸の中でひときわ白く明るく残るのは、夏の始まりの想い出だ。

前に暮らしていた表店は店の奥が住まいになっていて、裏庭の垣根の卯《う》の花がむせるように香った。杜鵑《ほととぎす》が空の向こうで「天辺《てっぺん》かけたか」と鳴いていた。母と一緒に包丁を使う傍では、弟の一太郎があぶくのような片言を喋っていたものだ。次郎太はまだ生まれていなかった。

親子三人で機嫌よく日を過ごして、たまにその平安が破られるのはお父はんという「お客はん」が「帰ってきはる」晩だった。

文が届いた途端に母の肌が一気に熱を帯びるのを、おあいはすぐに嗅ぎ取った。声まで数段、高くなり、ふだんは滅多に呼び止めない魚売りを裏口に招いて品を吟味する。いつもより三品も多くお菜を用意した後は、一太郎と共に風呂屋につれていかれた。念入りに躰を洗われて、その後、しばらく簀子《すのこ》の上で一太郎を抱いて待たされる。

母が湯気の中で無心に躰を磨いているのが、おあいにはちゃんと見えていた。白い朧《おぼろ》が甘いような酸《す》いような匂いを放ちながら、ゆっくりと動くのだ。それがおあいの気持ちを妙に落ち着かなくさせて、でも「お母はん、早よして」と急かすのが悪いような気もして、裸のまま辛抱して待った。

だが当の父は三度に二度は約束を違《たが》え、翌朝、「すまん、すまん」と笑いながら帰ってくる。脱いだ羽織には白粉《おしろい》と煙草《たばこ》の臭いがびっしりとついていたけれど、母は父を詰《なじ》りもせず、鼻唄さえ唄いながらぶぶ漬けの用意をした。糠床《ぬかどこ》から浅めに漬かった茄子《なすび》を選って刻んで、そこに煎った胡麻をかけるようにおあいに指図した。

「おおきに、おおきに。えらいな、おあいは」

小鉢を受け取った父は必ずおあいの頭を撫で、大仰に褒めた。その時、嬉しかったのか、それとも腹立たしいような気持ちになったのか、おあいはよく憶えていない。

お玉が銘々の膳に猪口《ちょこ》や手塩皿を並べている音がする。と、「や」と声を零《こぼ》した。

「旦那さん、ほんまに帰ってきはったわ」

今さら驚かずとも、先からそう察しをつけて急かしたものをと、おあいは肩をすくめた。

ここ鑓屋町界隈は御城に近いこともあって刀剣商いの家が多く、まして夕暮れに向かうにつれてひっそり閑《かん》とする。金魚や朝顔の鉢を売り歩く物売りの声さえまばらな町中を、父がやいやいと喋り散らしながら帰ってきた。

「そうや、『哥仙大坂俳諧師《かせんおおさかはいかいし》』は文も絵ぇも全部、このわしの手になるものや」

砂混じりの道を親指の爪先にやけに力を入れて歩くものだから、麻裏草履《ぞうり》はすぐに裏前が駄目になる。

お玉は格子窓の隙間から外を覗いているのか、剽軽《ひょうげ》た声を出した。

「おお、おお、今日の取巻きも賑《にぎ》やかなご連中やこと。銅鑼《どら》旦那が揃うてるわ」

戸口の外で、父の「帰ったでぇ」の声が重なった。

「さ、皆、上がって上がって。見ての通りの古臭い隠居家やけどな、わしが吟ずる句のごとく、苔《こけ》は生えてへんでぇ。阿蘭陀《おらんだ》西鶴《さいかく》、ここに清《す》めりや」

おあいの父は井原《いはら》西鶴なる号で世にはばかる、俳諧師である。

両親《ふたおや》を早く亡くした父は、刀剣商を営んでいた自身の祖父によって育てられたらしい。

「あないに甘やかし放題してはったら、碌《ろく》な者にならんで」

近所口はまさにその通りとなり、店の銭箱から銀子《ぎんす》を持ち出しては湯女風呂《ゆなぶろ》に通い、盛んに呑み喰いした。父はまるで酒が駄目なのだが、その頃は無茶に呑み、それ以上に周りに奢《おご》ることを好んだらしい。ゆえに十二、三の頃には大勢の取巻きを従え、一人前の放蕩者《ほうとうもの》に仕上がっていたという。

それは父が自ら茶飲み話で誰かに語っていたことだ。自慢げな口ぶりだったので、いつものように大仰に味つけしているのだろう。

ただ、亡くなった母も同じようなことを言っていた。

「花見の時分にはおなごの小袖をふわりと羽織ってな、桜の大枝を肩にのせて町内を練り歩いてはったわ。仰山《ぎょうさん》の友達と一緒に、歩きながら俳諧を巻いてなあ。そやけど誰よりも速いんやわ。句を詠ずるのが」

母は父と同じ町内の生まれで、幼馴染みであったらしい。

「というても年が九つ離れてるさかい、一緒に遊んだ覚えはないのえ。えらい楽しげで賑やかで、祭太鼓みたいな兄《あに》さんやなあて思うてたくらいで」

およそ派手なところのない、人づきあいにも臆するようなところのあった母が何ゆえ町内の鼻摘《はなつま》みである無頼の徒にこうも惹《ひ》かれたのか、おあいにはどうにも解せない。他に片づく先はいくらでもあっただろうに誰が仲立ちをしたものか、兎《と》にも角《かく》にも母は父の女房になった。今のおあいより一つ年嵩《としかさ》の、十五だった。

父が生まれた頃は折しも、大坂から江戸への荷が飛脚で六日で届くようになって、商いという商いが鰻上《うなぎのぼ》りに盛んになった時分であったらしい。景気に惹かれて大坂に出稼ぎに来る者も多く、町は日に日に活気づいた。筋目正しい御用商人でなくとも、氏素性《うじすじょう》も手蔓《てづる》もない者が知恵と胆力だけでのしていける時代がここ、大坂で始まっていた。鴻池《こうのいけ》屋や泉《いずみ》屋など、おあいも耳にしたことのある大商人もその伝で、蔵に収まりきれぬ銭は市中に雪崩《なだ》れ出て、遊興の捌《は》け口を求める。ほどなく道頓堀に芝居小屋が建ち並び、新町に廓ができた。

そして分限者《ぶげんしゃ》となった町人は暇に飽かせて、元は京の公卿や上流武家の嗜《たしな》みであった俳諧に近づいたのである。俳諧は一つ所に集まって一人が最初の句を発し、それを受けて別の者が脇句《わきく》を付ける、また別の者がその句を受けて面白く付けるというように、その日、そこに集まった一座ならではの句が巻かれる。

それは仲間意識を強めるにも絶好の遊興であっただろう。何代も何代も地べたを這《は》い回るようにして働いても埒《らち》の明かなかった家業が、ようやく陽の目を見たのだ。成り上がりが集まって俄《にわ》か文人を気取ると、小倅《こせがれ》どももまたその流行《はや》りに喰らいついた。もともと、寄ると触ると滑稽な軽口を叩き合う連中である。

幼い頃から読み書きと口が達者だった父も流行りに惹かれて、五、七、五を並べてみたらしい。すると、皆、大層、褒めそやしてくれた。ただそれだけのことで、父は家業の刀剣商いを放り出したのである。曾祖父にかき口説かれて、いったんは他家に奉公に上がりはしたようだ。手代を数人置いている中堅どころの商家では跡取りを丁《でっ》稚《ち》奉公に出して、他人様の元で修業させるのが習いであったからだ。

が、父は神妙に商いを学ぶ気など持ち合わせておらず、ある日、集金した銀子を持ち逃げして奉公先に戻らなかった。仲間を集めて八軒家浜《はちけんやはま》から舟に乗り、伏見の端女《はしじょ》郎《ろう》を冷やかしに行ったという。今ならお縄になって首が胴から離れていようが、当時はまだ世間もどこかのんびりとしていたのだろう。曾祖父が内々で弁済して、父は大手を振って遊ぶようになった。そして曾祖父が亡くなって後は古株の手代に店を任せて、俳諧に身を入れ始めたのである。

「銀子を持ち逃げしたんは、わざとやったんやわ。あの人は他人に頭を下げるんも、算盤《そろばん》を弾くんも大、大の苦手やから。商いなんぞ、できるわけがない」

母はくすくすと、咽喉《のど》の奥で心地良さげに笑ったものだ。

節季《せっき》が近づくごとに母はいつも払いの算段に苦労して、何をどうやりくりしていたものか、今から思えば曾祖父に負けず劣らずの甘やかし方だった。たまさか父が家にいる日に掛取り人がやってこようものなら、父は「しもた」と舌打ちをして、裾《すそ》をからげる音を立てる。

「みずゑ、頼んだで」

そう言い捨てて、己は段梯子《だんばしご》を駆け上がる。おあいが不思議に思って二階に上がってみれば、「しぃっ、しぃっ」と蟬《せみ》の鳴き真似《まね》のような声を出した。

「なあ、嬢さん」

お玉に呼ばれて、首だけで見返った。

「さっきから何遍も呼んでんのに、聞こえんかったんか。珍しいな」

声がほんの少し遠く、しかも上から降りてくるから、お玉は障子を引いて、立ったまま喋っているらしい。

「ああ、うん、ちょっとぼんやりしてた。何」

「旦那さん、呼んではるで。お客はんらに挨拶しぃて」

「私はええわ。お玉が代わりに出て」

「わたいじゃあ、あかんやろ。給仕してる最中に、女衆やてわかられてしもうてるんやから」

「もう。お針の最中やのに……鬱陶しいなあ」

おあいはお玉に聞こえぬように、小さく舌打ちをした。

何で一々、お客のたびに私が挨拶に出なあかんの。膳はちゃんと用意したのやから、後はそっとしといてやろうという気に、何でならんのやろう。

苛々《いらいら》としながら針と古布を仕舞い、膝を回してから立ち上がった。おあいの寝起きする部屋は二階の奥の四畳半で、その中ほどに坐っていたので、ここから三歩進めば壁に当たる。その寸前で爪先を左に向ければ障子、その先は板敷で、階下に下りる段梯子が掛かっている。

「それにしてもまあ」

お玉の声が急に近くなった。

「ようもこないな暗いとこで、針なんぞ持つなあ」

「何言うてんの。今さら」

「うん、今さらやけど、灯《ひ》ぃもともさん真っ暗がりの部屋で繕《つくろ》いもんするやなんて、わたいには考えられへん」

明かりがなかったら何もでけへんやなんて、目明きの者の方がよほど不便なんと違うやろか。

おあいは時折、そんな風に思うことがある。段梯子の前で身を返して、後ろ向きになってから右足だけを伸ばし、足裏で梯子板の表面を摑んだ。次に左足を下ろす。十、十一、十二と数えたら階下で、おあいはこれまで一度も足を踏み外したことがない。障子の桟を伝い、居間の前で膝をついた。

居間と言いながら、幼い頃に住んでいた表店とは異なる手狭さで、枕屏風の向こうには父が使う夜着《よぎ》が畳んであり、父のいない日中はここの火鉢で茶葉を焙《ほう》じ、洗濯物を畳むのである。

曾祖父から受け継いだこの隠居家に越してきたのは、母が亡くなってまだまもない頃のこと。父は店の名跡《みようせき》を手代に譲って、といってもその名跡代を奉公人の手代が一度に払えるわけでなし、商いの上がりの幾分かを年に一度、大節季《おおぜつき》に受け取る証文を交わして家を出たのである。

そして父は頭を剃《そ》って法体《ほったい》となり、晴れて隠居の身分を得た。むろん、仏の道を求めての出家ではない。

「さあ、これで家業からも世間づきあいからも放免される。せいだい、好き放題に生きさせてもらうで」

父の本音はさだめし、そんなところだっただろう。何もかも女房任せにしてさんざん好きにしていた「お客はん」であったにもかかわらず、だ。

しかも父は図々しいことに、母の初七日の法要で突如、独吟を始めたのだ。

俳諧は連歌《れんが》から生まれたものであるのでその伝統を引き、二人以上で行なうのが尋常である。ただ、稀に独りで句を詠ずることもあり、それを独吟と呼ぶらしい。

父はふと催《もよお》して、言葉の粒を吐き出した。

「脈のあがる、手を合わしてよ、無常鳥《ほととぎす》」

脈がだんだん細くなるさまを詠んで、まるで女房の今際《いまわ》のきわに居合わせたかのごとき句であったけれど、父は母が息を引き取った時、家にはいなかったのだ。どこで何をしていたのかおあいは知らないし、問い糺《ただ》したこともない。

だが父は己の発句《ほっく》に自ら脇句をつけ、女房の哀れな死や子らの不憫、己の寂寥《せきりょう》をぶちまけるかのように次から次へと句を吐き続けた。法要に招いていた仲間が慌てて句を書き留め、連句百韻が十巻、計千句になった。

父はそれを『独吟一日千句《どくぎんいちにちせんく》』と題して、出板までしたのである。恋女房への手向《たむ》けに句集を出すなどかつてなかったことだったらしく、世間は三人の幼な子を抱えた男やもめの俳諧師に並々ならぬ情を寄せた。遠方からわざわざ家に訪ねてきて、おあいの手に手を重ね、「胸を打たれましたわ」とひとしきり語って行く者までいたほどである。

何がそうも人の心に響いたのか、おあいには今もわからない。供養の句集であれば親戚や仲間に配るだけで充分ではないか。

けれど父は、それでは飽き足りない人間なのだ。悲哀さえも他人に触れ回らずにはいられない、何もかも俳諧師としての振舞いなのだ。

その証《あかし》に、三人の子のうちおあいだけを手元に残して、倅二人を手放したではないか。

母の生家の縁戚が養子口を持ってきたのは、四十九日の忌明けだった。

「あんさんからもろうた句集を拝見しましてな……男手一つで三人もの子ぉの面倒見はるんは、やっぱり生半《なまなか》なことやないやろうと嘆息しましたわ」

父は「そないだすねや……もう、お手上げだすわ」と、すぐに泣き言だ。

「両親《ふたおや》の揃うてる家にいっそ養子に出してやる方が子らのためやと思案もしますのや

が、何せ、手許がどないも行きまへん」

するとと相手は、予測していたかのように返した。

「敷銀《しきぎん》のことやったら心配は要りまへんで。うちに出入りしてる取上げ婆が言うには、子ぉを亡くしたばかりの家が二軒ありますそうな」

他家に養子養女に行く場合、嫁ぐのと同じように敷銀、つまり養い料を幾許《いくばく》かでも子に持たせるのが世間の習いである。それが要らぬと聞いて、父は躊躇《ちゅうちょ》なくその話を受けた。

ほんまは私も養女に出して、綺麗さっぱりと独り身になりたかったたやろうに。盲の娘では、貰い手が見つからんかったんやろう。

おあいはそんな考えを巡らせて、薄く笑ったものだ。

にぎやかな声が障子越しに湧き立って、おあいは廊下で首をすくめた。

「そやから。去年、大淀三千風《おおよどみちかぜ》が三千句を独吟しよりましたやろう。此度《こたび》はそれより百、いや、三百は上回って、ぎゅうと言わせてやっとくなはれ」

「いやいや、あれは眉唾《まゆつば》やで。大淀は方々で三千句詠んだ、西鶴はんに勝ったて吹いて回ってるらしいけどな。連座した者はたった数人で、後で句集だけぽんと出したんやから、本屋に原稿を渡す時に句ぅを作り足したんと違うか」

「後からのこのこと句ぅの数だけ挑んで来るんやから、どいつもこいつも千枚張りの面の皮やな。図々しいこっちゃ。そもそも矢数《やかず》俳諧をこないに流行らせたんは、この西鶴はんや。今や宗因《そういん》門下の俳諧師やと言うだけで世間に通りがええんも、西鶴はんが華々しゅう興行してくれはるお蔭やないか」

商人らしく数にこだわった物言いをする者もいれば、他流への競争心を剝《む》き出しにしながら目の前の父を持ち上げる者もいる。

「西鶴はん、ここで誰も追いつけんほどの矢を放って、彼奴《きやつ》らの息の根ぇを止めてやりまひょ」

まるでお武家の果たし合いのような鼻息だ。

「銅鑼旦那が集まって、えらい物騒な話してるなあ」

背後にいたお玉が面白がるように囁《ささや》いて、小声で訊《たず》ねてくる。

「ほんで、誰の息の根ぇを止めるん」

「さあ……お父はん、反目《はんめ》の人、多いみたいやし」

父にとって、己の俳諧をちっとでも腐す者は「親の仇より憎むべき輩《やから》」である。そしてほんの一言でも感心してくれたら「ええ奴」になり、褒めそやしてくれたら「生涯の朋友《ほうゆう》」になるのだ。

「まあまあ、悪口《あっこう》はそのくらいにしといて。柳水はん、もう一献、いこ」

父はいつものごとく大物ぶった物言いで、悠長に構えて見せる。

「おおきに。けど申し訳おまへんなあ。あんさんは一滴も呑まはれへんのに、わしらばっかり」

「何を言うてなさる。この酒、あんたのお持たせやがな」

笑い声に盃と徳利が触れ合う音が混じる。と、お玉がおあいの肩をこづいた。

「さっさと、しぃな。いつまでもこんなとこに坐ってるわけにもいかんやろ」

「うん……」

「もう。嬢さんはほんまに、内気やなあ」

お玉は「ごめんやす」と大きな声を出して障子を引き、おあいの背を押し込んだ。

一瞬、音が静まって、おあいは不承不承、膝の前に手をついた。

「やあ、おあいちゃんやないかいな。久しぶりやなあ」

この甲高い、口の中でいったん音を転がしてから喋るようなお人はたしか、東横堀の思案橋で砥石屋《といしや》を営んでる……

「荒砥屋《あらと》はん、お越しやす」

小声で挨拶をすると何人かが「え」と間抜けな声を出した。ということは初めてこの家を訪れた客が三人、いや四人はいるのだろうか。いつものようにぼそぼそと、驚きを隠さない。井原西鶴が盲目の娘と二人で暮らしているという身の上は、俳諧仲間ではもはや有名なことであるようだ。

「嬢さん、見えてはりまんのんか」

誰かが父に訊いたのだろう、おあいを気遣って「こら、しっ」と止める声の主は、伊丹の造り酒屋の隠居、柳水だ。酒を持参してくれている。

「嬢さん、今日もご馳走になってまっせ。いつもながら立派な腕前や」

「……おおきに」

するとまた何人かが「ほんまだすか」と声を洩らした。

「この料理、嬢さんが作りなはったんか。いや、これは恐れ入った」

父はそこで待ってましたとばかりに、咽喉を鳴らす。

「大したもんやろう。目があかん子ぉは何もでけへんて決めつけるんは、大間違いやでぇ。うちのおあいは、料理はご覧の通り母親仕込みの腕前で、鯛かて難なく捌《さば》くのや。鯛はほれ、ここんとこの、そうそう、胸鰭《むなびれ》が指に刺さったら痛いやろう。わしも最初は横で見てて冷や冷やしたもんやが、左手できゅっと尾を摑んでな、それはうまいこと鱗《うろこ》を取るのや。見えへん分、手がよう利《き》くのやなあ。耳や鼻もそれは敏いのやで。なあ、お玉。豆腐売りが前を通りかかったら誰よりも早う膝を立てるんはおあいやなあ」

「そうだすわ。わたいはだいぶん慣れましたけど、それでも時々、びっくりさせられますねん」

背後から入ってきたお玉が調子を合わせると、父はさらに声を大きくする。

「家の中かて、迷いもせんと行き来してるがな。二階の段梯子の上り下りなんぞ、ととんってなもんや」

「えらいもんやなあ」と、誰かが酒臭い息を吐いた。

「家でこないなもてなしができるやなんて、うちの女房なんぞ及びもつかんこっちゃ。今度客をするでて言いつけた途端、ぶうとむくれて、碌《ろく》なもん、よう作らんでって、やらん前から手抜きを決め込みよる。……いや、西鶴はんが後添えを貰わはれへんの、ようわかるわ」

弟たちに養子口が来たように、父に後添えの話もいくつかはあったのだ。が、父はおあいを引き合いに出して断った。

「娘がおりまっさかいな。生《な》さぬ仲は何かと難しおますやろう」

だが、おあいには父の本音が透けるようにわかる。

家業にも女房子にも縛られんと、好きに、思うがままに生きたい。そやから法体になったのに、何で今さら、また女房なんぞ養わんならん。おなごやったら、後腐れのない者が方々におるがな。

すっぱりとそう口に出せばいっそ清々《すがすが》しいものを、何かにつけて娘を出汁に使うのだ。すると必ず相手は「あんさん、偉いお人やなあ」と感じ入り、父は「いやいや、この娘が不憫なだけだすわ」と調子づく。おあいはそれを耳にするたび、胸が悪くなる。

お父はんはいつでも己のええように理屈を作って、人をたらしこむ。

「これからはあれやな、西鶴はんみたいに精々、親孝行な娘を持つことやな」

「いやいや、それはここの嬢さんやからこその話やで。近頃の娘は長い袖を振り振り出歩いて、流行りの髷《まげ》はどう結《ゆ》うとか、白粉は京のどこやらのでないとあかんとか、己の身ぃを飾ることしか考えてへん。こうやってお父はんの客のために旨い膳を振舞《も》うてくれる娘なんぞ、他にはおらんわ」

飽くほど聞かされたその褒め言葉は、「盲目やのに」という思いで嵩《かさ》が割増しされている。だからおあいは甲斐を感じるどころか冷え冷えとして、いつも肚の中でこう返すのだ。

お母はんが生きてはったらこうしはるやろうと思うから、料《りょう》るだけです。決して、決してお父はんなんぞの為やありません。

「そうやがな。阿蘭陀西鶴は、ほんに果報者や」

調子を上げた父は自らの通り名に力を籠め、呵々《かか》と笑った。

父にいかほど俳諧の才があるのか、おあいは知らない。俳諧を始めたのは十五の歳で、母と所帯を持つ前の二十一の頃には京の貞門《ていもん》派という本流の点者になりおおせていたと聞いたことがある。点者は他人の俳諧を批評して謝礼を受け取る、いわば玄人《くろうと》で、その頃は井原鶴永《かくえい》という俳名を使っていたらしい。

父はやがて貞門派を出て、談林派に移った。談林派は大坂は天満《てんま》天神宮に設けられた連歌所の宗匠、西山《にしやま》宗因を祖とする一派で、軽妙な俳風を旨とする、大坂に初めて生まれた自前の俳壇だった。

「連歌の花鳥諷詠を後生大事に守るだけでは、ちいとも新味が出せんからな」

いつだったか、貞門派の俳諧に飽き足らなかったことを理由のように口にしていたけれど、その実は、貞門派にいたのではいつまでも上がつかえて芽が出ないと、いつもの苛《いら》気《ち》で飛び出したのだとおあいは見通している。

ともかく他人より前を歩きたい父は人の暮らしも句に詠じて人気を得ていた談林派

に飛び込み、さらに俗気の強い言葉を用いて耳目を集めた。人たらしの父は談林派の宗匠にもうまく取り入って、宗匠の俳号「西翁」の一字を貰い、「西鶴」という号で売り出しを図《はか》った。が、本流である貞門派が編む句集にはさっぱり載せてもらえなかったようだ。

母がまだ生きていた頃、夜更けに帰ってきた父が荒れ狂っていたのをおあいは憶えている。紙の束のようなものを畳に叩きつける音で、おあいは目を覚ましたのである。父は何かを手荒に引きちぎり、どすりと横になってのたうち回っていたようだ。

「また……あかんかったんやなあ」

寝間で母がそう呟《つぶや》いたので、おあいは訊ねたものだ。

「何があかんかったの」

母はおあいが起きてしまったことに驚きながら、背をかき寄せてくれた。

「京のえらいお人らがな、日本じゅうから句ぅを集めて本にしはるんや言うて、お父はん、それを楽しみにしてはったんや。それに仰山、採り上げてもろうたら俳諧師も一人前、名ぁも上がるんやて。……えらい自信満々で、十句は載る、いや、三十は行くやろうってお仲間にも前触れしてたのに」

母の胸に顔を埋めて、おあいは襖《ふすま》の向こうのその音に耐えた。怒りと落胆にまみれた父が立てる音は、無様な音だった。

おあいが後に知ったことには、その『桜川』という句集の編纂《へんさん》のために集まったのは一万余句、そこから七千三十六の名句を選んだという触れ込みだったが、父はただの一句しか入集できなかったのである。貞門派が出した句集はそれこそ日本じゅうの俳諧師や文人、数寄者《すきしゃ》がこぞって手に入れる。

父はそれまでも、一人前の名乗りを挙げる機をことごとく逃していたらしい。

そこで父は、開き直った。

今から七年前の寛文《かんぶん》十三年（一六七三）、生國魂神社の南坊で万句俳諧を興行するという奇策に打って出たのである。連座した者のほとんどは父と同じように燻《くすぶ》っている無名の俳諧師で、十二日もの日数をかけて共に競吟し、一万句を巻いた。そしてその興行で二百余人が出句を『生玉万句《いくだままんく》』なる句集にまとめ、大坂の、ほとんど素人《しろうと》といえる本屋で出板したのである。

当時、大坂には本屋稼業を営む家は至って少なく、しかも歌集や句集の出板は平安の昔から今もなお、京の本屋が主流である。父はおそらく京の本屋に相手にされず、板元を引き受けてもらえなかったのだろう。いずれにせよ、『生玉万句』は大坂で出た初めての俳書となった。

その序文で、父は自ら「わしの俳諧を阿蘭陀流やと蔑視《さみ》する者がおるが、誹《そし》りたい者はそしったらええがな、どうとでもせえ」と言い放った。

——世人、阿蘭陀流などさみして、かの万句の数にものぞかれぬ。
されども生玉の御神前にて一流の万句催し、すきの輩《ともがら》出座、その数をしらず、
十二日にしてこと畢《おわ》れり。指さして嘲《あざけ》る方の興行へ当る所にして、
其功ならずと聞しは、予がひが耳にや。ともいへかくもゆへ、則座《そくざ》の興を催し、
髭おとこをも和《やわら》げるは此道なれば、数寄にはかる口の句作、
そしらば誹れ、わんざくれ、
雀《すずめ》の千こゑ鶴の一声と、みづから筆を取てかくばかり。

自棄《やけ》とも居直りとも聞こえる言い草だけれど、父は「己こそ新風や、一流や」と自讃したのである。そして自らの言いようが気に入ったものか、やたらと「阿蘭陀西鶴」を自称するようになったらしい。

阿蘭陀とはそもそも御公儀に拝謁するのに毎年、長崎から江戸に向かう異国の者のことで、彼らが持つ医術をも指して「異端である」という意味しかおあいは承知して

いない。女衆のお玉などはその行列が大坂の町を通るとなると水桶を放ってでも見物に飛び出してしばらく帰ってこないほどで、隣りの牢人夫婦はそのさまを可笑《おか》しがりはするが、蘭人を蔑視している風はない。物珍しいだけなのだ。

だから本当は、父を誹る者などいないのだろう。相手にされていないだけだ。ゆえに父は「阿蘭陀流」などと奇天烈な言葉をわざと用いて、世間に己を披露目したのである。

阿蘭陀西鶴、ここにあり、と。

その甲斐あってか、売れない俳諧師仲間から父は持て囃《はや》され、頼りにもされるようになった。才がありながら立場の弱い町の俳諧師が、本流の途方もない力に果敢に挑んでいる……いい大人がそんなお伽噺《とぎばなし》のような筋書にころりとほだされ、胸を躍らせたのだ。そして俳諧好きの町人や本屋稼業を始めんとする者まで、わんさと父の周囲に集まるようになった。

が、おあいが知る井原西鶴という俳諧師はいまだ際物《きわもの》でしかない。

一人でどれだけ速く多く句を詠めるかという、矢数俳諧の興行を始めたからだ。それが世間に受ければ受けるほど、身内であったはずの談林派の重鎮や先輩から疎《うと》まれるようになった。

「西鶴は己の宣伝が過ぎる、目立ちたがりにも程がある」

なのに父はまだ数で人と競い、名を売ろうとする。あさってもまた生國魂神社で独吟興行をするらしく、神さんらも煩《うる》そうて気の毒なことやとおあいは思った。

父が「皆、ちょっと言うとくがな」と勿体をつけた言い回しで、酔いの回り始めたらしき座を鎮めた。

「大淀が何句詠んだか知らんが、わしは三千三百とか五百とか、そない半端な真似はせぇへんで。此度の興行は一昼夜で四千や、四千句を独吟する」

皆が一斉にざわめいた。

「一昼夜で四千だすか。いやまた、世間の度肝を抜きますなあ」

「そうや。南坊にこう、大幕を張り巡らせてな。供物もどんと張り込むでぇ。初物の梨を取り寄せて、紅白の菓子は京から運ばせる。御神酒《おみき》は樽で並べようと、こない思うてるのや」

「酒樽やったら、うちに任せとくなはれ。とびきりのを舟で、たんと運ばせせますわ」

父の目論見通り、造り酒屋の隠居が逸《はや》る声で請け合った。

「して、俳諧師はどのくらい招きはりますのや」

「ざっと七百や」

連座衆が七百人と聞いて、皆がまた「ほう」と感嘆の声を洩らした。そこで父は取って置きを披露するように、わざとらしく声をひそめる。

「じつはな、天満の宗匠がご出座してくれはるのや。そやから、あまり貧相な真似はでけんやろう」

「何と。談林派の御大《おんたい》がいよいよご出座だすか。それはそれは、おめでとうさんにござります」

今をときめく談林派の宗匠、西山宗因を父はまるで己の父のごとく敬愛していて、今度の興行に顔を出してはもらえまいかと幾度も依頼の文を書いては推敲《すいこう》していた。世の多くの者と同様、読み書きも推敲もすべて口に出して声を張り上げるので、その文面は厭《いや》でもおあいの耳に残っている。

——宗匠の不肖の弟子たるこの西鶴、命を賭して俳諧の道を極めんと志《こころざ》し候《そうろう》

つきましては来たる五月七日、生玉社南坊にて開きましたる独吟、

矢数俳諧に何卒御来臨を賜りたく、伏して伏して願い上げ奉り候

既に西鶴矢数の評判は大坂、京のみならず江戸にも響き参らせ候故、

生玉社の権禰宜《ごんねぎ》は見物衆の波のごとく押し寄せたる様を、早や案じおりて候

父はその文を天満まで自ら持参して懇願したらしい。「諾」の返事を貰ったと狂わ

んばかりに喜んでいたのは昨日のことである。

「でな、わしはここでひとつ、矢数俳諧の作法を整えようと思うてるのや」

「作法、だすか」

「そや。矢数の決まり事を作るのや。それで数を競わんことには、陰でずるを働く奴がおるやろ。後で句ぅを作り足したり作り直したりできるんやったら、誰でも何万句でも行けるがな」

誰かが「待ってました」と、囃し立てる。

「三千風が売ってきた喧嘩を西鶴はんはどないに買うのやろうと楽しみにしてましたんやが、そないな手ぇがありましたか。それは見物だすなあ」

すると荒砥屋が酔いにまかせてか、笑いながら焚き付けた。

「いっそ三千風を連座させてやったら、どないだす。いや、昔、宗久《そうきゅう》を番付でやり込めはりましたやろう。あの伝でいきますかな」

すると、今日、初めて訪れた者の声がした。

「宗久って、平野の宗久はんだすか」

「そうやがな。あんた、知らんのか。西鶴はんと宗久はんの喧嘩」

「はて……」

「ああ、あんさんはまだ若いもんなあ。いや、かれこれ七、八年前のことになるがな、宗久が西鶴はんの俳風を他愛ないとか言うて腐して、当然、招くべき万句会にわざと招かへんことがあったのや。そしたら西鶴はん、どないしたと思う」

「さあ……たぶん、次にご自分が開かはった句会に宗久はんを招かはれへんかったとか」

荒砥屋が途端に笑い出す。

「それやったら、ただの仕返しに過ぎへんがな。西鶴はんが最前、ここに寄せてもらう道々で言うてなはった『哥仙大坂俳諧師』っちゅう俳諧画図集があるんやが、そこに大坂の俳諧師の番付が載ったのや」

「ああ、それならうちの親爺が持ってますから、わたいも読んだことありますわ。匿名の俳聖が出てきて、西鶴はんの句ぅを褒め讃えてはりました。……あれ、そういえばさっき、文も絵ぇも全部、自分で書いたとか言うてはりましたか」

「そうやがな。その番付も西鶴はんが自分で作ったもんや。しかも宗久を入れへんかったら真実《まこと》らしさが無《の》うなるんでちゃんと入れてあるんやが、自分より遥か下に位付けたんやな」

と、父も荒砥屋に声を合わせるように笑い出した。

「宗久の奴、あれでちょっとの間、難儀したらしいなあ。俳壇の者は悪戯《いたずら》やてわかるやろうけど、世間は本に書いたぁることは全部、ほんまやと思い込むからな。はは、気の毒なこっちゃ」

「西鶴はん、よう他人事《ひとごと》みたいに笑うてはるわ。売られた喧嘩を何倍にもして返したんは、あんさんやないかいな」

「まあ、皆、それが面白《おもろ》うて付き合うてるんやけどな」

伊丹屋の隠居の言に、座が沸き返る。

おあいは畳に手もつかずに膝で後ろにすさって、居間を出た。先に板ノ間に戻っていたらしいお玉が湯を啜っている。いや、これは番茶の匂いだ。

「嬢さん、わたい、先によばれましたで。お腹空いてしもうて」

「あ、うん」

おあいはいつもの自分の膳の前に坐り、飯櫃《おひつ》に手を伸ばした。

ふと、弟たちは今頃、どうしているだろうかと思った。おあいはなぜか夕餉《ゆうげ》をとる時、弟たちのことを思い出す。

いっちゃん、じろ坊、元気でやってるか。ひもじいこと、ないか。

この五年というもの、おあいは他家に入った弟二人と一度も会っていない。

居間からまた盛んに笑い声が流れてきて、父がげろりと蛙《かわず》のような声を立てた。

「まあ、見とき。矢数俳諧はその日その夜、即座の興でどんだけ吟じられるかに妙があるのや。三千風なんぞ何の向かい風にもならへんし、そもそもわしは相手にする気なんかない。わしが相手にするんは大坂の町の衆や。いや、日本じゅうの皆々をあっと唸らせたる」

いつもの大口を叩くのが聞こえてくる。

「あんたらも精々、あちこちに触れて回ってや。阿蘭陀西鶴がまたどえらいことをやってのけまっせ、て」

「当たり前だすがな。桜塚の西吟はんは、京の知り合いにも声かけてるて言うてはりましたで」

「へえ、京にまで。ほならわしは紀州の遠縁にも言うてみよ」

「ああ。なにせ天満の宗匠がお出ましの興行やからな、あんまりみっともないことはでけんのや。そうや、美濃の谷に、江戸の山口と田代も呼ぼうか。となれば播磨《はりま》に筑前、筑後、豊後《ぶんご》辺りにも声かけとかんと、後で西鶴はん、水臭いやおませんかて拗《す》ねられたら、かなわんな。文を出すだけでも大事《おおごと》や。皆、手分けして、しっかり頼むでえっ」

人に頭を下げるのが厭で商いから逃げ出したはずであるのに、宗匠には丁稚のようにへこへこと揉み手をして、格下の連中は顎で使う。

その人臭さに吐き気さえ覚えて、おあいは手にした茶碗を膳の上に戻した。

巻二

　だしじゃこの匂いが立ってきて、おあいは菜箸を鍋の中にそっと突き入れた。厚さ五分の半月切りにした大根に箸先がすうと通り、半ばで止まる。このくらいの柔らかさが醬油の入れどきだ。おあいは醬油徳利を右手で持ち上げ、左手に持った玉杓子に向けて傾ける。傾け方によっては杓子から溢《あふ》れてしまうから、前屈みになって両腕の肘を張っている。万一、醬油をこぼしてしまっても、それはちゃんと鍋の中に落ちてくれる。

　しばらく時を置いて汁を味見すると、いい塩梅だ。おあいは皮をむいて塩水に浸しておいたずいき芋を鍋に加えた。

「お大根《だい》とお芋さんを炊き合わせるときは、味をつけてからお芋さんを入れるんやで。ほしたら煮崩れせえへんし、噴きこぼれたりもせえへんから」

おあいは母の言葉を思い返しながら、手にできた火傷をそっと触った。火ぶくれになっている。これが裂けたらまたじんじんと痛むだろうと想像して、うんざりする。昨日、粥《かゆ》を作っていて、いきなり噴き上げられてしまったのだ。粥の水気は熱湯になって噴きこぼれ、あっと思った時はもう遅かった。手の甲に突き刺すような痛みが差して、初めは小さな粒ほどであった火ぶくれが今日はやけに大きく膨らんでいる。

料理を滅多にし損じることのないおあいにとって、こんなしくじりは珍しい。

お父はんがみっちりと家にいてるせいや。

父は相も変わらず月の半分は方々に出掛けているものの、昔に比べれば「居ついている」と言ってもよいほどなのである。

賑やか好きな父は仲間や弟子、それに近頃、大坂に増えてきた本の板元を誰彼なしに招いて、話に興ずる。俳諧についてだけでなく、世間の噂話にも飽くことがない。

「へえ、あそこの倅、とうとう死一倍《しにいちばい》に手ぇ出したか」

「西鶴はん、死一倍て何だす」

「親が死んでその財を継いだら、直ちに元銀を倍にして返すっちゅう約束の借銀やがな」

「倍て……それはまた、恐ろしい高利だすなあ」

「そんな火急の銭が入用になる者は大抵、遊びが過ぎて親から勘当される寸前やからな。貸す方かて、一か八かや。……ところでお前《ま》はん、新町の、ほれ、何て言うたか、目の下にほくろのある、そうそう、顔の四角い、あの女《こ》に通い詰めなんやて」

「もうお耳に入ってますんか。もう、西鶴はんには隠し事でけへんなあ」

遊里の際どい話もおあいらに憚《はばか》ることはないし、時には出板の相談に乗ってやったり、筆を持って絵を描いて遊ぶこともある。

とくに父が好んで描き散らすのは、己の画《え》であるらしい。お玉がその反故《ほご》を目にして、ぶうと吹いたことがある。

「旦那さん、自分をえらい男前に描いてからに、厚かましいなあ。句集に載せるのやとか言うて張り切ってはったけど、こないに違うたら旦那さんやてわからへんのと違うか」

お玉が言うには、父は己をきりりと若々しい二枚目に描いていたらしい。

「旦那さんの眉毛はもっと太うてげじげじしてるし、目ぇもぎょろっと大きいで。そや、もっと違うのは耳や。旦那さんは頭を剃ってはるさかい、耳の大きいんがよう目立つんや」

その自画像を句集に載せたのかどうか、おあいは知らない。

そして父は一人で過ごす折はたいてい、何かを読んでいる。読むとなれば誰でも声に出すもので、隣りの牢人が時折、届いた文を読み上げるのも路地伝いに聞こえてくる。「気の毒に、また仕官の口、あかんかったんやなあ」とか、「郷里の母上が御病気みたいや」とか、おあいはお玉とそんな会話を交わすこともしじゅうだ。だが父の音《おん》声《じょう》は台所までかき回すような響き方で、鍋の中の音や匂いにいくら注意していてもひよっと気を逸らされるのだ。

「おとこのいわく、銀持《かねもち》の男と、又さもなき男の応対《あいしらい》はいかに」

父が読んでいるものがまた気になって、おあいは声のする方に耳を傾けた。

そういえば昔は今ほど家で客をすることがなく、といってもその分、外で遊んでいたわけだが、家にいる間は寝ても覚めても書物を読んでいたものだ。そしておあいは父の読む書を、いつのまにか諳《そら》んじてしまったのである。それらが源氏や伊勢、徒然草といった名を持つ古い書であることは、随分後に知った。おあいが聞き憶えたのは母が最初にそれを歓《よろこ》び、褒めてくれたからであって、蛙のような父の声を日がな聞かされるのは、家の中に泥臭い水溜まりができているかのように迷惑極まりないことだった。幼心に、「あの騒々しいお客はん、どうか早よ去《い》んでくれますように」と幾

度、願ったことか。……今川、されば小《しょう》
「おとこのいわく、銀持の男と、又さもなき男の応対はいかに。……今川、されば小《しょう》分《ぶん》なる人と見ますれば、結句たしなみ、心安《や》す振りせず、悪戯《わるざれ》又は手の良き事など言わぬことでござんす。物喰い、酒呑むにもむさといたしませぬ。又、大身《たいしん》のよろしき人と見つけますれば、わざと自堕落に、物ごとに慇懃《いんぎん》にもせず、悪口、穢《むさ》きこと、おかしいこと、又はその男をなぶり、なるほど心安くいたします」

これはどうやら初めて耳にする書であるらしいと気づいて、おあいは小皿に玉杓子を置いた。しかも、随分と下世話な話であるようだ。身分のある金持ちとそうではない男がいたら、あしらい方を如何《いかが》するかと遊女に訊ねると、女はこう答えた。

大した暮らしもしていなそうな小者に対しては心安い素振りを見せず、悪ふざけやお世辞も使いませぬ。飲み食いも無作法にはしないものでございます。逆にお大尽と見て取ればわざと不行儀に振舞い、むしろそのお大尽を嬲《なぶ》ったりもして見せますよ。

答えているのが女であるとおあいが想像するのは、父が声色を使うからである。

「大身のよろしきに小分の応対すれば、女郎は仔細らしき。大変臭い。面白うないとて会わぬ物でござんす。又小身に大身の応対すれば、結句、侮るなどと言うて、悪口言いますものでござんす。いこう、目利《めきき》大事でござんすわいの」

お大尽に対してうやうやしく接するは当然であろうに、この遊女は遊び慣れた客にさような態度を取れば「堅苦しい、面白うない」と不興を買い、逆に、悪所通いも懐と相談しながらの小者を無作法にあしらえば、「侮りやがって」と恨みを買う。遊女稼業は、人の目利きこそ大事であると語っているのだ。

と、父の大声が聞こえた。

「これは、したりっ」

笑っている。どすりと音がしたので、畳の上にまた大の字になったのだろう。そして手足をばたつかせて、また笑っている。いつになくおあいまで落ち着かなくなって、土間に足を置いたまま板ノ間の上がり框《がまち》に腰を下ろし、また立ち上がりを繰り返した。

「粋人《すいじん》は貶《おとし》めを歓んで、無粋者《ぶすいもの》は媚びへつらいを歓ぶ。なるほど、したりしたりっ」

そうか、逆さまや。逆転してる。

おあいは見えぬその目を、しばたたかせた。

遊女が客の目利きをするという、その件《くだり》が妙に気にかかる。魚や青物を選ることはできるけれど、人をどう判じるのか、おあいにはその術《すべ》がまるでわからない。おあいの周囲には父と、父の仲間しかいない。

台所の裏戸を引く音と「ただいま」の声が同時に入ってきて、おあいは顎を上げた。

そうや、この子がおる。

そう思うと、「お帰り」の声が少し大きくなった。お玉の肩先からも袂《たもと》からも、春の浮き立つような騒々しさが匂い立つ。お玉は父の使いで、天満天神宮の連歌所まで出向いていたのである。

「梅の盛りは過ぎてるのに、えらい人出でなあ。数歩歩くのにえろう時がかかったわ」

言い訳めいたことを口にするお玉の息から甘い匂いが零《こぼ》れ出た。微かに生姜の匂いもするので、茶店で甘酒でも呑んできたのだろう。

「宗匠はん、今日もお留守やってんけどな、文を預けてくれてはったんや。これは掏《す》られたら旦那さんに叱られると思うて懐にしっかり手ぇ当てて、身ぃ屈めながら帰ってきたんやで。お蔭で、咽喉が渇いて渇いて、からからや」

お玉がふいに言葉を途切れさせた。水壺の前で柄杓を置く音がしたから、きっと水を飲んでいる。せかせかとした足音がして、父が板ノ間に出てきた。

「お玉、帰ってんのか。どないや、ご返事はいただけたんか」

「へえ」

「へえやないがな。帰ったらすぐに持って来んと、こっちゃは待ちかねてたんやで。出板までもう日数がないのや。早よ、出さんか」

ふだんはお玉に甘い、というより身近な者に嫌われたくない父が、板ノ間で足を踏み鳴らした。さっきまで「したり、したり」と笑うてたくせに、待ちかねてたとは大袈裟な。

「へえ。すんまへん」

父の言いようがあまりにきついので、滅多に謝《あやま》らぬお玉が詫《わ》びを口にしている。

「そやから詫びる間ぁがあったら、早よ出せっ。こらこら、その手ぇ濡れてるやないか。ほんまに、宗匠の御文を何と心得てるのや」

おあいは土間の隅に身を移して、竹籠に手を伸ばした。縁に指先を掛け、中をまさぐる。牛蒡《ごぼう》がもう一本しか残っていないことに気づいて、我知らず肩を落とした。父は昨年暮れ、大節季の払いをし損じたらしく、青物屋が現銀でないと品を売ってくれなくなったのだ。

おあい自身はやりくりをしていないので、父の懐がどれほど切羽詰まっているかはわからない。ただ、このところ鑓屋町では刀鍛冶の職人が増えていて、界隈が金気臭いほどだ。大坂は町人よりも遥かに侍が少ないので、鍛冶屋は江戸の刀剣商からの注文で槌《つち》を振るっているらしい。その分、刀剣商いの店はどこもさびれる一方で、名跡代を持って訪れる手代の声は年々痩《や》せて、生気が薄れていく。

「無い袖は振れんわな。まあ、しゃあない。商いが上向いたら、また余分に積んでくれたらええがな」

ええ格好しぃの父は、詫びる手代に旦那風を吹かせた。

「わしも弟子が増えてなあ、中にははるばる豊後からわしを慕うてくる者もおるのやで。これがまたえらい銀《かね》持ちで、大坂に逗留してる間は新町一の揚屋《あげや》に居続けや。そや、こないだは鴻池の隠居にも招かれてな。これが、大川から庭に引いた流れの前で俳諧を巻くっちゅう趣向や。昔の、曲水《きょくすい》の宴《えん》になぞらえてあるのやが、いや、風流極まりなかった」

俳諧を楽しむ余裕など一筋も持ち合わせていない相手に、滔々《とうとう》と自慢したものだ。

父の名が上がるにつれ、富裕な商人の知遇が増えているのはたしかだ。相手が一言でも褒めてくれれば初対面からでも親しく交わり、

「今度、わしが句集を出す時はあんさんのを何句か、載せさせてもらいまひょう」

と、相手を取り込むのが父の常套である。お蔭で取巻きはますます増えるが、父が

点者をして得る報酬など高がしれている。しかも「これも修業や」とばかりに島原や新町に足繁く通い、その帰りには道頓堀の芝居小屋に顔を出してまた遊ぶ。もちろん句集はせっせと出板して方々に配らねばならないし、本屋から俳書や草紙が売り出されれば誰よりも早くそれを手に入れねば気が済まない。

ゆえに家の中は火の車で、父は仲間内から「万《よろず》懸帳《かけちょう》埒明《らちあ》けず屋」と呼ばれている。ことに父の懐を責めているのが、自らが始めた句会の興行だった。神社への玉串料や七百人もの連座衆への出座料、手伝いの者らの饗応にも相当な掛かりを要したはずだ。

貧乏なくせに貧乏臭い振舞いは大嫌いなんやから、ほんまに始末が悪い。

おあいは包丁の背で牛蒡の皮をこさぎながら、うんざりする。

一年前の延宝八年（一六八〇）五月、生國魂神社で催した独吟は七日の暮れ六ツから八日の暮れ六ツまでちょうど一昼夜を費やして、本人が事前に大言した通り四千句を達成した。

新町で派手に打ち上げたようで、家に帰ってきたのは翌朝だった。それでも父はおあいとお玉相手に喋り続けたものである。声が掠《かす》れて、時折、線香が折れるようにぷつぷつと途切れるのだが、喋っていないと息が止まるかのような気の昂《たか》ぶりようだった。

「見物衆はざっと三千人、いや、もっとおったかもしれん。凄いもんやでぇ、そんだけの人間が境内にひしめいてる景色は。今日の西鶴はどんだけのことをしでかしよるのか、それとも下手を打ってしくじりよるんか、それを見届けたろうっちゅう欲が波みたいに押し寄せてくるのや。

けどわしが袴の上に手を置いて皆をずいっと見回した途端、一斉に息を呑んだ。三千人が静まり返って、誰もがわしの発句を待つ。そこでわしは、わざと平静な声でこう詠んだ」

おあいも、きっとお玉もそんなものに何の興味もないのに、父は興行を再現するかのように発句を口にした。

「天下矢数、二度の大願、四千句也」

そんなん、知ってる。

おあいは思わず口の中で言い返したものだ。発句は興行に先だって事前に用意するものであるから、しかも父は執拗に案を練っていたから、厭でも耳に残っているのである。

「わしが矢数俳諧を始めてかれこれ三年、真似する者が矢鱈と増えて日本一を競うようになったのは結構なことや、わしはそう思うてる。それで俳諧の面白さが津々浦々に広まるのやったら、めでたいとさえ思うてた。けどな、数を競うあまり、ずるをする奴が出てきた。三千句独吟を果たした、西鶴を抜いたて得意満面に句集を出しよるが、後で句を作り足すやなんて、そんなもんに値打ちなんぞ一文もない、むしろ矢数俳諧の名折れやないかい。即興でどんだけ吟ずるかが、矢数の肝なんや。

そやからわしは二度目の矢数俳諧を成功させて、しかも四千句を吟じて天下一になる。神さんにそない誓いを立てたのや。町の衆の面前でな。わしの発句に脇句をつけたんは同じ談林派の偉いさんで、いよいよ第三句は天満の宗因先生や。宗匠はこう詠んでくれはった。郭公《ほととぎす》、八割増しの、名を上げて。……どや、天満の宗匠さんがやで、わしを郭公に見立ててえらいことをやらかすんやなあと、褒めたたえてくれはったんや。こない有難いことがあるかいなあ」

神さんよりも仏さんよりも崇《あが》め奉《たてまつ》っている宗匠の句がよほど身に沁《し》みたのか、父は声を湿らせた。

「そのあと、連座の俳諧師らが順に句を付けて一巡したら、さあ、独吟の始まりや。わしは肺の腑に思いきり気ぃを入れて、目の中に浮かんだものを吟じた。正真正銘の即興やで。即興ってわかるか、お玉。わからんか。頭に浮かんだ景色、その心を一瞬で句にするのや。吉野山の遅桜、呼子鳥《よぶこどり》の声、薪能《たきぎのう》の夜、衣更《ころもが》えの朝……わしは己でも信じられんほどの速さで吟じ続けた。息を吐くみたいにな。執筆役はわしの速さについてくるのがやっとで、書き損じるんやないかと冷や汗かいたらしい」

「旦那さん、しゅひつやくて何ですのん」

「句ぅを書き留める役割の者や。此度は八人に引き受けてもろうたけど、よう八人にしたことや。三人や四人やったら筆が間に合わんとこやった」

「そやけど一昼夜ですやろ。お腹、すきまへんのか」

「ほんの束の間、握り飯を口に入れてな。尿《しし》をするんも幕裏の樋箱《おまる》で済ませる。そりゃもう、四千句を吟ずるんは並大抵のことやないからな」

そして初千句を終えると、仲間が白い御幣《ごへい》を神前に納めた。それは京、三十三間堂《さんじゆうさんげんどう》の「通し矢」の作法《くわだ》に倣ったものらしく、父はこうすることで一俳諧師の興行を神事に仕立てようと企てたのだ。二千句を終えると紅幣《あかぬさ》を、三千句では銀の幣を奉じたという。

「夜通し詠んで、だんだん東の空が明るんできたら、見物衆も連座衆もさすがに熱気が冷えてきてな。うつらうつらする者も出てくる。けど、ほんまにしんどいんはこのわしや。頭も朦朧《もうろう》としてきて、ほんまに四千句に行き着けるんかいなと気ぃだけが焦《あせ》った。もししくじったらえらいことやぞ、天下に恥をさらして、今日からはもう俳諧師でございと町を歩けんようになる。そない焦り始めたら、余計に何も出てけぇへん。

ほんで巻線香をつけさせてな、三寸燃える間に百韻一巻ずつを詠んだのや。一番しんどかったんはこの朝のうちやな。昼を過ぎたら身ぃの裡《うち》から冴《さ》えてきて、そうなったらもう頭で考えてない。この躰から言葉が飛び出しよるんや。とめどものう」

おあいは、内拝殿に陣取った蛙がふてぶてしく黒羽織をまとって句を吐き続ける姿を想像しようとした。けれど目の中に微かに残っていたはずの父の残像はもう闇の中に溶けてしまっていて、げろり、げろりと鳴く声だけが響く。夏の朝の冷たさと巻線香の匂いの中で、父の声だけが泥臭い。

「さあ、ほんで千亀楽《せんしゅうらく》や。とうとう四千句目を詠んだのは、昨日の暮れ六ツの鐘が鳴る寸前やった。その瞬間、見物衆の歓ぶまいことか。そりゃもう地揺れかと思うほどの拍手喝采でなあ、最後の金幣を納めてんのに誰も頭を下げへん、柏手も打てへん。皆の衆はわしを拝んでたのや。ようやった、でかしたともみくちゃにされて、新町でも夜通し、えらい騒ぎやった」

そこまで喋り通しに喋って父は大きく唸り、途端におあいの膝の下の古畳が揺れた。お玉が言うには、父は後ろから何かに引っ張られるがごとくの、仰向けの倒れ方であったようだ。いつものように寝入りばなは蟇蛙《ひきがえる》のような鼾をかいていたけれど、やがてくすんとも音を立てなくなり、お玉が心配して時折、息をたしかめに居間に入ったほどである。そしておあいがそろそろ夕餉の支度に取りかかる時分まで、死んだように眠り続けた。

弟子の北条団水《ほうじょうだんすい》が訪れて起こさなければ、父はまだ寝ていたかもしれない。団水は父の俳諧に傾倒してわざわざ京から通ってくる、物好きな若者である。

「えらいことどすわ。先生、起きとくなはれ」

「何やいな、もう。今日はもう一寸たりとも声を出しとうないのや」

不機嫌な声で応対していたが、

「とうとう、日本一のお墨付きが出たんどすで」

団水のその一言で、父が夜着をはねのける音がした。おあいがちょうど茶を煎《い》れて、居間に足を踏み入れたばかりの時だった。

「な、何やと。もしかして宗匠か」

「そうどすがな。宗因先生が昨日の興行を、あれは日本一や、誰も追随でけへんと、それは大層な褒めようやったて、天満で耳にしましたで。わたいはもう嬉しいやら誇らしいやらで、一目散にここに向こうてきましたのや」

「そうか。とうとう……」

神さんに「天下一の矢数俳諧」と宣言して、実際、それを成し遂げておきながら、父には宗匠の一言こそが誉《ほまれ》であるらしかった。

「に、日本一になったんか、わしは」

暑苦しく何度も繰り返し、そして太い濁声《だみごえ》を張り上げた。

「よっしゃ、すぐに句集を出すで。団水、本屋や。呉服町《ごふくまち》の深江屋《ふかえ》を呼んできてくれ」

句集は売り物ではなく、自費で作る配り物である。

「呉服町て、どない行ったらよろしいんどすか」

「ああ、もう、お玉。団水を案内したってくれ。いや、お玉、お前が行って来い。いつも来る手代がおるやろ。そや、顎の長い奴や、あいつに来てもろてくれ」

そして父は、その句集に宗匠の奥書《おくがき》を寄せてもらおうと思いついた。まさに正真正銘のお墨付きを戴こうという魂胆だ。それが去年の五月のことで、今日はもう年も改まって延宝九年（一六八一）、二月の末だが、宗匠は返事を寄越してくれないままだったのである。

「何でや。何で返事をくれはらへんのや」

至極簡単に事が運ぶと思い込んでいたらしい父にとって、思いも寄らぬ肩すかしだった。初めは父自身が天満の連歌所まで足繁く通っていたのだが、何度顔を合わせても「奥書ですか」と鸚鵡《おうむ》返しにされるだけだったようだ。

宗匠の奥書がある句集とそうでないのとでは、世間での通りが違う。しかも俳諧師としての格が上がれば談林派の中の立場が変わる。宗匠はもう高齢であるらしいので、父はどうやらその跡目を継ぐことを当て込んでいるようだった。談林派の頂きに立てば、自ずと大坂俳壇を従えることになる。数多《あまた》の俳人らを見下ろして、気位の高い京の本流とも互角に渡り合える。むろん、富裕な町人に指南して点料を得る機も格段に増えるし、興行に招かれればその出座料も入る。名を上げれば実も洩れなくついてくると、父は皮算用していたに違いない。

おあいは、宗匠が行く先々まで追いかけ回す父の姿を想像した。ふうふうと口からむさい息を吐きながら、前のめりな足音を立てている。が、そのうち、宗匠に居留守を使われるようになった。年が明けるとさすがに父も日参はできなくなり、代わりに団水に文を持たせて天満に通わせるようになったのである。

「早よ出板せんと、世間に忘れられてしまうやないか」

「そうどすな。そのうち、誰かが四千句を抜いたら目も当てられまへん」

「阿呆ぅ、四千句を抜ける奴がどこにおるというのや。おったら、ここにつれてこいっ」

子供みたいな物言いで団水に八つ当たりした。そして団水が京に帰っている間は、お玉まで使いに出すようになったのである。出好きのお玉は勿怪《もっけ》の幸いとばかりに機嫌よく天満に向かっていたが、今日は帰るなりきつい口調でやられて声を尖らせた。

「何やの。これまでご自分も団水はんもさんざん通うてあかんかったご返事を貰うてきたんは、このわたいやで。ちょっとは労《ねぎ》ろうてくれても良さそうなもんやのに、眉毛吊り上げて目ぇ剝いて、えらい割に合わん使いをさせられたもんや。……けど、静かやな。また寝てはんのやろか」

父は書を読み疲れると、昼であろうと夕方であろうと寝てしまう癖がある。お玉が言うには書を抱えたまま行き倒れになったような、ぞっとしない姿であるらしい。

おあいは牛蒡を笹がきにする手を止めて、耳を澄ませてみた。が、父が文を読み上げる声はぼそぼそと頼りなくて、ほとんどが聞き取れない。

と、居間で激しい音がした。

「何、今の」

お玉が独り言のように呟いた。

「何かが崩れたような……本かもしれへんな。かなわんなあ、もう。片づけるんはわたいなんやから」

父は奥の壁際に、書物や句集、文の類を山と積み上げている。おあいはそれに触れるのが怖くて滅多に近寄らないのだが、夜更けに時折、階下で何かが崩れたような音がするのは、父がその山の中途から何かを抜いてはしくじるからだろう。

だが、今日は鳴りやまないどころか、今度は裏庭の方で硬い物が割れる音がする。お玉が「ちょっと見てくるわ」と裏口から出て行った。隣家との境にある路地を通れば、垣根越しに裏庭に入れる。まもなくお玉は帰ってきて、溜息を吐きながらぼやいた。

「水指《みずさし》や香炉まで庭に叩きつけはったみたい。えらい惨状や。あれ、誰が掃除すんの」

たぶん、天満の宗匠から奥書を寄せるのを断られたのだろう。父は散々荒れた後、いつのまにか姿を消していた。

「呑めもせんのに誰彼なしに誘うて、新町に繰り出さはったんやな」

お玉は決めつけたが、気位の高いところのある父がありのままを仲間に伝えて憂さを晴らすとはおあいには思えなかった。けれど外で独りきりで過ごしている父も想像がつかない。いつも身の回りに人を集めて、お山の大将でいたい性分なのである。

「ほっとこ。どうせそのうち、けろっとして帰ってくるんやから」

お玉に軽くそう言いながら、俳諧師なんぞ、ほんま浅ましい生業《なりわい》やと、おあいは思った。

持ち上げられたら天まで高う上って、すげなくされたらこの世の終わりみたいに落ち込んで。お父はんはやっぱり、埒の明けん人や。

「お玉、お腹空いたやろう。夕餉はあんたの好きな、お大根とずいきの炊いたんやで」

そう告げて手を動かした途端、火ぶくれが裂けた。

四月になって、父は奥書のないまま句集を出板した。

おあいが推した通り、やはり宗匠の西山宗因は父の句集に奥書を寄せるのを断ってきたのである。が、父は追い詰められると居直る。句集に「これぞ、日本一の大矢数」と自薦をつけて方々に配り、送りつけた。

ぶぶ漬けをかき込みながら、「朝っぱらから、うるさいなあ」と父がぼやいた。

「職人っちゅうのは、何でこないに朝早ようから起きて仕事をするのや。かんかん、かんかん、鉄を打つから頭に響いて、じっと寝てられへん」

「旦那さん、朝やおまへんで。とうに昼四ツの鐘が打ちましたがな」

「槌の音がうるそうて時の鐘も聞こえんのや。ども、ならん」

「よう言わはるわ。夜着を頭からひっかぶって、よう寝てはりましたでぇ。お蔭で旦那さんが家にいてはる日ぃは、掃除がいつも後回しになる」

「わしは子供ん時から宵《よい》っぱりなんや」

父はいつも、宵っぱりがさも偉いもののような口をきく。たしかに、灯りを夜通しともして何かを読んだり書いたりするのだから油代も馬鹿にならない。曾祖父に甘やかされて育った商家の跡取りの尻尾が、いまだに残っているのである。

「まあ、助かるけどな。旦那さんが百姓みたいに朝も早かったら、嬢さんとわたいの身ぃがもたへんわ」

お玉は百姓の家で生まれ育ちながら、町場育ち特有の自慢を嫌がらない。むしろそれを歓迎している風すらあって、気安い口調で返した。父は派手な音を立てて白瓜の漬物を齧《かじ》り、「そやろ」と恩に着せた。

「お前《ま》はんらの為を思うて、ゆっくり寝てやってるのや」

「それは、おおきに」

給仕をしているお玉はとぽとぽと、湯を注《つ》ぎ足してやる。二人のやりとりが芝居じみていて、おあいは柝《き》の音《ね》を打つように「お玉」と呼んだ。

「豆腐売りを呼び止めて。その角まで来てるから」

すると父とお玉が同時に息を吸った。顔を見合わせたのか、一瞬、時を置いて父が猫撫で声でゆっくりと繰り出した。

「なあ、おあい。豆腐を使うんは、明日の朝のつもりやな」

ちょっと引け腰な、機嫌を取るような物言いを父にされると、それが疎《うと》ましくてたまらなくなる。聞こえない振りをすると、父はさらにしつこく繰り返した。

「おあい、豆腐は夕餉に使うんやないやろ」

「今日の夕餉やけど」

本当はわかっているくせにわざわざ答えさせておいて、父は「いやいや」と畳みかけてくる。

「今日の晩は西国《さいこく》はんに招かれてるのやから、何も拵えんでええのや。昨夜も、最前も、そない言うたやないか」

西国は父がしじゅう口にする豊後の大商人で、父の俳諧にえらく肩入れしている御仁らしい。海路でいつ大坂に着くと文がくれば父も八軒家浜まで迎えに行くような仲で、一緒にいる間は西国の奢りでお大尽の仲間入りだ。それに恩を着てか、父は俳号に己の一字まで与えて中村西国と名乗らせ、何年か前には連名で句集も出したようである。

「ほんまや。嬢さん、豆腐いろてる場合やないで。そろそろ用意を始めんと。ああ、その茶碗はわたいが拭いとくさかい、早よ二階に上がって。着物はもう出したぁるさかいな、髷はわたいが手伝いますわ。いつも自分で器用にやってはるけど、今晩は仰山、お集まりやそうやし」

「着物て……、お玉、勝手に簞笥を開けたんか」

お玉は西国のもてなしにつれていってもらいたい一心で二階に上がり、おあいに断りもなく簞笥の抽斗《ひきだし》に手を掛けたらしい。その中のほとんどは亡くなった母の着物である。それをがさつにいじくり回されたと思うと、糠床に入れた手が妙な物を摑んだような気になった。

「私は行かへんて、さっきから言うてるやないの。何遍も言わさんといて」

顔も上げずに突き放した。

「また、そんな、片意地なことを」

お玉はまるで姉のような口の利き方で、軽くいなしてくる。

「そやから、お玉は連れてってもろたらええ。行きたい者まで私は止めてへん」

「無茶言うわ。嬢さんが行かへんのに、女衆のわたいだけお呼ばれするわけに行きまへんやろ。わたいは嬢さんのお供なんやから」

言葉の尻が流れたので、父に顔を向けて加勢を求めたのかもしれない。父はずずっと最後の飯粒を流し込むと、「そやがな」と話を引き取った。

「嬢さんもぜひ一緒にて、西国はんのたっての申し越しなんや。まして今晩はわしの句集の出板祝いなんやから、お前も出てくれんと格好がつかへんがな」

またそうやって、私を巻き込む。そんなん、私には何のかかわりもないことやないの。

父は爪楊枝を使い始めたのか、しっと口の中で歯をせせるような音を盛んに立てる。

「それに、今日は売り出し中の若い役者も呼んでるのや。さぞ賑やかな宴になるで」

「旦那さん、役者も来るの。な、何で」

「何でて、近頃は芝居小屋の幕内でも俳諧が大流行りやからな、わしに手ほどきを請うてくるのや。役者は贔屓《ひいき》の旦那の引き立てがどんだけあるかで売れ具合も違うてくるのやが、今は俳諧がでけんと旦那衆のお相手もでけへんのや。まあ、筋のええ奴は少ないけどな……何や、お玉、えらい嬉しそうな顔して。芝居、好きなんか」

「そりゃ、そうだすわ。歌舞伎芝居が嫌いな者なんぞ、大坂におりまへんやろう」

おあいは茶碗を箱膳に仕舞い、二階とは逆の方向に動いて土間に下りた。流しの桶に水を入れ、手拭いを濯《すす》ぐ。お玉が近頃、買物に出たきり日暮れ前まで帰ってこないのは、道頓堀まで芝居を覗きに行っていたのかもしれないと思った。そういえば時々、芝居の台詞《せりふ》らしきものを口ずさみながら箒《ほうき》を使っている。

「まあ、今日来る子ぉはなかなか俳諧の勘もええし、顔と姿は滅多とない若衆や。まだ名ぁは出てへんけど、そのうちきっと人気が出て看板役者になるやろう。……なあ、おあい。役者と直《じか》に会うんも、ええ気晴らしになると思うのやがな」

「私はええわ。どうせ見えへんし」

水場に前のめりになって身を倒し、手拭いをきつく絞り上げた。

父は三十人ほど集まった宴の上座に坐っているらしく、まるで宗匠気取りであれこれと喋り散らしている。

おあいもその隣りにと勧められたが、とんでもないことだった。こうしてよその家に上がるだけで気が臆するのに、またあれこれと目のことを頓着されて、「ようやってはる」とか「偉い」とか囃《はや》されたらかなわない。手水《ちょうず》に近い下座の方が何かと楽なのだと告げて、おあいはようやっと父から離れた席に腰を下ろすことができた。

今日の昼、「わたいは今年、藪入《やぶい》りもしてまへんねんで」とお玉に泣かれて、おあいは渋々、我を折ったのである。藪入りをしなかったのはお玉が自ら決めたことで、河内《かわち》の生家の跡を取っている兄夫婦と、ことに兄嫁と反りが合わぬというのが理由だったはずなのに、まるでおあいのために残ったと言わぬばかりの訴え方だった。嘘泣きだとわかっていたけれど、いつも人に囲まれている父とは異なって、おあいにはお玉しかいなかった。今日は暑いなあ、夕風が出てきたなあ、そんな何でもないことを気兼ねなく喋れる相手を失うのはもう、厭だった。

父がおあいのそんな気持ちに気づくはずもなく、

「そうか、行ってくれるか。いや、良かった。西国はんも喜ぶわ」

手を打ち鳴らした。

そやから、お父はんのために行くんやない。

おあいはそう口にしそうになって、気がついたら別の、今から思えばずっと肚に据えかねていたことを切り出していた。

「そのかわり、私のことは引き合いに出さんといてもらえますか」

「何や、えらい改まって他人行儀に……引き合いて、何のことや」

「皆さんの前で私のことをあれこれ話の種にするのはやめてなって、お願いしてるのや。今日も、これからも金輪際、やめてくれるんやったら、私をそっとしといてくれるんやったら、行かせてもらいます」

父の大好きな甘言が、おあいには耐えられないほど恥ずかしいのである。見え透いた世辞など胸の裡が毛羽立つだけなのに、それが父には通じない。周囲にそれを強要さえするのが、おあいにはたまらない。

「何やようわからんが、ふん、まあ、お前のことをあんまり言わんようにしたらええのやろ」

「あんまりやのうて、きっとやで」

念を押してから、二階に上がった。

「私の世話はええから、自分の用意したら」

一緒についてきたお玉を促しても、愚図愚図と辺りの物を触って去ろうとしなかった。

「嬢さん、この簪《かんざし》、ええなあ。これ、似合わはるわ」

「どんなんのこと言うてんの」

するとお玉はおあいの手を取り、「これ、珊瑚玉《さんごだま》と違うやろか」と掌に置いた。指先で触って、父の旅の土産だと知る。自分には似合わないものだと決め込んで、鏡台の抽斗に仕舞ったままにしてあった物だ。

「あげる。お玉が挿《さ》したらええわ」

「え、こんな上等そうなもん、ええの」

「そんなん、私は好きやないから」

「いや、悪いわぁ」

珍しく遠慮を見せながらもさっそく鏡の前に坐ったらしく、何やかやと喋りながら櫛を使っている気配がする。おあいは自分が脱いだ着物を手探りで畳みながら、ふと思い当たった。

「あんた、着物は何、着ていくつもりなん」

「何って……わたい、何も持ってへんし。このままで行くしかないやん」

拗ねたような口をきいた。

「ほなら、出してくれてる袷《あわせ》、着たらええわ」

「そんな。いや、悪いわ」

あまりにも思い通りに話が転がったらしく、お玉は少し慌てて口ごもった。

「それ、桃色地に鯉の文様が入ってるやろう」

「嬢さん、何でそんなことまでわかるの」

「右袖の端に繕うた痕があるんは、その色柄や」

母は寝つくようになってからも調子のよい朝は起きて二階に上がり、簞笥の中を整頓した。そして、そのすべてをおあいに触らせた。綿入れに袷、夏着、薄物の一枚一枚の色柄を、指先と掌に教え込んだのである。そのほとんどは母が嫁いできた折に持ってきた着物で、しかも随分と質に入れて流してしまったらしく、枚数も知れている。

だからおあいは指先に少しひっかかりのある感触は麻布で、白地に青の段切りに撫《なで》子《しこ》の模様が描かれている夏着であること、海老茶《えびちゃ》地に井桁《いげた》柄の袷は地味なのでおあいが二十歳《はたち》を過ぎてから着るべきものだと心得ている。何度も水をくぐった綿着はくたりと張りがなく、それはそれで肌に添って台所仕事がしやすいのは自身で覚えたことだ。

「嬢さん、ほんまにええの。これ、借りて」

「帯も好きなん、合わせたらええよ」

はしゃいで袖を通すお玉の気配を感じながら、おあいは少し埋め合わせをしたような気がした。己の片意地にお玉を巻き込むのは、少し気が差していたのである。

背後にいきなり濃い匂いの塊を感じて、おあいは顔だけで見返った。梔子《くちなし》の花を煮詰めたようなその匂いは、西国の妾《めかけ》である。大坂の俳壇に惹かれて知己を広げた西国は、島之内に妾宅まで構えたのだ。

「嬢さん、召し上がってはりますか。何か、お手伝いしまひょか」

腕に手を置かれて、袂からまた強い匂いが溢れて零れる。高く広い声であるのでたぶん肉づきのよいおなごなのだろう、汗の臭いも混じっている。

「お口に合いますやろうか、腕のええ料理人を呼んでやらせましたんやけど。このお皿は鯛の塩焼きで、このお鉢は高野豆腐と絹さやの炊き合わせ、お吸い物は海老団子と木の芽だす。このお茶碗は枝豆御飯、手塩皿は花山椒《はなざんしょ》の佃煮がのってますよってにな」

「……おおきに」

丁寧に教えてくれるが、おあいには大抵の見当はついていた。むしろ妾が着物の袂に焚《た》きしめた香がきつくて、料理の匂いが台無しになる。

「それにしてもその卵色の袷、よう似合うておいでやこと。露草に蟋蟀《こおろぎ》の絵柄も秋を先取りしてて、松緑の帯もよろしおますな。どなたのお見立てですのん」

「お母はんです」

咄嗟《とつさ》に答えていた。半分嘘で、半分は本当のことだ。母はおあいが外出《そとで》を嫌うのを心配して、気を引き立てるように説いたものだった。

「いつかよそ様に招かれることもあるやろうから、そやな、卯の花の時分やったらこれを着ておいき。ちょっと地味かもしれんけど、十五、六の娘はこのくらいの方が品がええわ」

まだ九つのおあいに、母は季節ごとの外出着を一枚ずつ手に取って教えた。娘がこの着物を身にまとっている姿を自分は見ることはかなわない、そう思い込んでいるような気がしておあいは何度も母の腕にしがみついた。母がどこかに行ってしまうことが、途方もなく恐ろしかった。井戸の底に沈められるような気がした。

「ほな、ゆっくり遊んでっておくれやすな」

匂いの塊がもわりと斜めに動いた。やっと傍を離れてくれる。

おあいはほっと息を継いで、箸を手にした。鯛は焼きが半端であるらしく皮がぬらっと生臭いし、塩の使い方も手ぬるい。吸い物の実は海老を包丁の背で叩き、下ろした山芋を混ぜて丸めた真薯《しんじょ》団子のようだ。これをいったん油で揚げてあるようで、しかし油の切れが悪くて汁の旨みを台無しにしている。

魚も海老も昆布も、せっかくええ材料やのに手間暇かけてわやにされて、気の毒なことやと、おあいは箸を置いた。

それにしてもお玉は席を空け放しで、どこに行ってしもうたのやろうと耳をそばだてた。上座の方で笑い声が聞こえるから酌でもしているのだろうか。いつも傍にいるべき人がいないと心細くて、右の腕や肘がすうすうする。

やがて酔いが進むにつれて何人もが方々でいちどきに喋り、時折、席を立って誰かの席の前に坐り込む者もいるから、最初に紹介された声と名前がもうわからなくなっている。ただ、言葉の端切れが時折、おあいの耳に投げ込まれる。上座では父を中心にまだ俳諧のあれこれを頓着しているようだが、おあいの周辺はほとんどが他愛のない世間話だ。

「京の嵐三《あらしさん》右衛門《えもん》は今度、吉野の身請け話を出し物にするらしいな」

「えらい早いなあ。吉野て、島原の三代目吉野太夫やろう。どこやらの大尽に身請けされたん、ついこないだやないかいな」

「そりゃそうや、世間が憶えてるうちに芝居にする、そやから客が集まるのやないか」

「それにしても、吉野太夫て現世の弁天様かて謳われた名妓やで。どこのどいつやねん、大坂の宝みたいなおなごを我が物にしよった奴は。塀越しに牛の糞《くそ》でも投げ入れてやりたいもんや」

「長崎やで」

「何、大坂者と違うんか。胸糞悪いこっちゃ」

「景気のええんは大坂だけと違うのや」

と、男は声を潜めた。

「ここの西国はんも、見てみぃな」

「ほんまやなあ。あの妾《てかけ》、新町の天神《てんじん》やったらしいな」

「道理で、客あしらいが巧い」

「やっぱりこの世は銭やなあ。銀持ちはええおなごを妾にして、好きなとこを思うがままに旅して、会いたい者は自分のとこに招いて。この家の普請かて見てみ、妾宅とは思えん造りやないか。なあ、こないなとこで暑さ寒さに煩わされんとええ酒呑んでたら、死ぬまで極楽やな」

「そない言うたら、あすこに坐ってる色男、堺筋の若旦那やないか」

「ああ、椀屋《わんや》の倅《せがれ》かいな。何でこないなとこに」

「いや、西鶴はんが可愛がってるらしいで。西鶴はんは放蕩者が好きやからなあ。見てみいな、あの着物、縞縮緬《しまちりめん》や。お伊勢に詣《まい》るんもしばらく京の島原に逗留して、供選びから始めるのやてな。十二、三の禿《かむろ》の中から可愛らしいのを選り分けて、四色に染め分けた小袖を誂《あつら》えてやって、荷馬にまで唐糸の沓《くつ》を履かせて飾るっちゅう凝りぶりや。西鶴はんも招かれて一緒に伊勢まで行かはったらしいけど、天満の祭礼かと思うほど賑々しい道中やったて感心してなはったわ」

「親もまあ、大した甲斐性やな。倅にそこまで遊ばせて」

「いや、親は亡《の》うなって、継いだ身代が銀七百六十貫目やと」

「はあ、あんまり仰山で見当がつかんな。わしなんぞ使い途を考えるだけで、何年もかかりそうや」

おあいはふと首筋に微かな風を感じて、背後に顔を向けた。この客間は庭に面して広縁を巡らせてあるらしく、その庭の向こうには道頓堀川が流れているらしい。夕暮れの風は庭の木々の青葉に遠い湊《みなと》の潮の匂いまで含んでいるような気がして、頬が涼しくなる。

背後で裾を捌きながら歩いてくる音がして、おあいは顔を戻した。おあいの肩にちょっと指先を置いてから隣りに坐ったので、お玉が戻ってきたらしい。

「嬢さん、えらいことや。わたい、玉の輿《こし》に乗るかもしれへんで」

「玉の輿て……何のこと」

「あのな、去年の五月時分に江戸の公方《くぼう》さんが新しならはったやろ。四代目さんが亡うなって」

「ああ、そない言うたら、そうらしいけど」

「でな、今度の五代目さんの母御が、大きな声では言えんけど京の大根売りの娘やったんやて。それが今や、天下の公方さんの御母堂や。えらい出世やろう。でな、そのお人、わたいと同じ、お玉っちゅう名ぁやねんて」

そしてお玉はその成り上がりの輿に自分も乗れるかもしれぬと、誰かに持ち上げられたらしいのである。

「ほうか、良かったな。お玉」

「うん。嬢さん、ほんま面白いわ、旦那さんのお仲間は」

上機嫌だ。

「けど、役者らしいお人はおれへんねんけど、どないなってんの」

「さあ。その役者らしいというんがどないなもんなんか、私にはわからへんから」

「あのな。言うたら悪いけど、ここにはお芋さんや茄子《なすび》みたいなお人しかおらへんのやわ。皆、ええ年のおっさんやし」

「けど団水はん、来てはるやろう。さっき、下座で声が聞こえたけど」

父の弟子である北条団水は、おあいやお玉より四つ年嵩《としかさ》なだけだと自分で口にしたことがある。とすれば十九だ。

「ああ、団ちゃんなあ。あの人はまあ、他より若いのは若いけど。……鱧《はも》みたいな顔してるのやわ。いっつも口を半開きにして」

おあいは思わず、くすりと洩らした。鱧の顔形は知らないが、確かに手触りが細長くてぬめりとして、どことなく間が抜けている。

すると、上座から「嬢さん」と呼ばれた。

「まっ、ほうら、えらしいのう」

何のことやら、まるで異国の言葉におあいは首を傾げた。座が急に静まって、皆が自分を見ているような気がする。厭な予感がして顔を伏せた。

「おあい、西国はんがな、お前を可愛《かい》らして褒めてくれてはるで」

父の声に、おあいは唇を引き結んだ。

信じられへん。私を引き合いに出さへんて約束したのに、もう反故《ほご》にしてる。

「赤い顔して、ほんに、えらしい。な、皆、おあいはえらしいやろ」

一口も呑んでいないはずなのに、父は西国の口真似をしてからかってくる。怒りで肌が粟立った。

まさか私が照れてるとでも思うてるのやろうか。人は腹を立てても顔を朱に染めるもんやということを、知らんのやろうか。

お父はんは人の心というもんが、何も見えてへん。

そこで誰かが大きく手を鳴らした。

「それはそうと、誰か、阿蘭陀丸を持ってきてへんか。今日、持ってこようと思うてたのに、うっかり忘れてきてしもうたんや」

少々甲高いその声は桜塚の西吟で、俳諧を天満の宗因宗匠に、次いで父にも学んだ俳人である。

「阿蘭陀丸て、『阿蘭陀丸二番船』のことですかいのう。去年、宗円《そうえん》さんが編んだ撰集、ああ、そいなら、うちにあるけん」

西国が答えて部屋を出ていき、しばらくして帰ってきた。話が自分から逸れて、おあいは心底、安堵する。それでも肝は焼けたままだ。

こんなとこ、やっぱり来るんやなかった。早よ、家に帰りたい。

西吟が立ち上がって西国に近づく気配がして、「皆、ちょっと聞いてや」と声を張り上げた。

「鯛は花は、見ぬ里も有、きょうの月……」

五七五ごとに息を区切って、西吟はその句を吟じた。

「この句ぅがな、今、江戸でも評判になってるらしいのや。今日のめでたい席でぜひそのことを皆にもお知らせしておきたい、こない思いましてな」

すると、上座で気配が動いた。父が膝を動かした、いや、身を浮かせたのかもしれない。

「江戸で評判取ってるてか。わしの句ぅが」

声が浮き浮きとして、好物の馳走を目の前にして口の中にいっぱい涎《よだれ》を溜めているような言いようだ。

「そうですねや。桃青《とうせい》はんの門下の、螺舎《らしゃ》というお人が……」

と、父は「とうせい」と声を引っ繰り返して西吟の言葉を阻《はば》んだ。

「松尾《まつお》に門弟なんか、おるんか」

「そりゃあ、いてますやろう。わしにもいてますねんで」

「ふうん。松尾は江戸に下ってからこっち、点者だけではよう食べて行けんと、神田《かんだ》上水《じょうすい》の水役にありついて細々としのいでるて、そないな噂やったがな」

父はどうやらその松尾桃青という俳諧師があまり好きではないらしい。ふだん、人の生業に貴賤をつけることだけはしないのに、口調に棘《とげ》がある。

「いや、それはもうとうにやめて、深川で侘《わ》び住まいを始めてるんですわ。昨冬からと聞いてますがな。門弟の誰かが羽振りのええ魚商で、その番小屋に手を入れて桃青が住む庵《いおり》にしてやったらしおます。庭には芭蕉の木ぃを植えて、門下の間では芭蕉庵て呼ばれてるそうな」

するとおあいの向かい側で、何人かがひそひそとやり出した。

「わし、それはとうに耳にしてたわ。桃青はんがとうとう隠棲したらしいて」

「わしも知ってる。先だって、桃青はんと門弟が一緒になって句集を出したんやが、あれは良かったなあ」

「ああ、『桃青門弟独吟二十歌仙《とうせいもんていどくぎんにじっかせん》』やろう。わしも好もしいと思うたなあ。漢詩の、ほれ、荘子とやらをうまいこと引用してるやろ。あないな俳風、初めてや」

「そやねん。わしも好きやねん。よう出来てるよなあ、あないな句ぅはちょっと思いつけん」

「結句、銭や色から離れんと、ええ句は作れんもんかいな」

「そうかもしれんな。桃青はんはな、点者をするよりは乞食《こじき》をした方がましやて言うて、今は点料稼ぎを一切、してへんらしい。本気で世俗を離れたんやな」

するとゝ下座の誰かが猪口を手荒に膳の上に置いた。

「春林《しゅんりん》はん、ちょっと待っとくれやす。点者をするんやったら乞食をした方がましやて、桃青はんの戯れ言に何でそないに感心してはりますねん」

その粘ついた物言いは、団水に違いない。

「おい、わしに嚙みつくんやないわ。桃青はんはもともと武家の出ぇやないか。気位があるさかい、幇間《ほうかん》みたいな真似はよう続けんかったんやろう」

「点者のどこが太鼓持ちやて言わはるんどす。ここにいてはる西鶴先生も西吟先生も、現に春林はん、あんさんかて点者をしてはるやおませんか。皆、句ぅの出来が己では判じかねるよって、点者の先生に見てもらうんどす。そやから上達もするし、あぁ、俳諧て面白いもんやなあて広まってきたんと違いますのか」

団水はどうやらかなり酒を過ごしているらしく、いつもののんびりとした物言いとは異なっている。

「団水、わしらは何も点者がいかんやなんて、そないなこと言うてへんやないか」

「いいや、まるで点者が卑《いや》しいみたいな言い方どした」

「団水さん、兄弟子相手にそれ以上はおよしなせ。その辺にしとくがええですけん」

豊後訛りの西国が場を捌こうとしたが、団水はまだしぶとく食い下がろうとする。お玉が顔を寄せてきて、「鱧のくせに、すっぽんみたいやな」と囁いた。

「まあ、まあ。それで螺舎さんが西鶴さんの句をどぎゃん褒めなさったか、それが肝ですけん。な、鎮まって西吟さんのお話を伺いまっしょ」

「いや、まあ、こない紛糾するとは思わんかったさかい。ども、ならんな。……西鶴はん、耳を新しゅうして聞いとくれやすや。わしは吉報を運んできたんやさかい」

「西吟はん、わしとあんたの仲やないか。そないなこと、わかってんがな」

待ちきれないように、父の咽喉の奥がげろりと鳴った。

「で、松尾は何と褒めた」

「いや、桃青やのうて螺舎だすがな。あの、鯛は花は、ていう句はほんま深みがある、阿蘭陀流の西鶴もこないな句ぅが作れるのかて……褒めてました、ん、やけど」

西吟の言葉がだんだん尻すぼみになっていく。

「天下一の大矢数を打ったこのわしに向こうて、こないな句ぅが作れるかとは、何ちゅう言いようやっ」

父ががなった途端、皿や鉢が触れ合って倒れる音がした。

「深みがあるとかないとか、偉そうに、上から物言いさらして」

膳を蹴散らし、部屋の真ん中に乗り出してくる。

世俗まみれの阿蘭陀西鶴が、羽織を脱ぎ捨てるかのように己を剝き出していた。ばさりと埃《ほこり》が立ったような気がして、おあいは袂を口の前に当てた。

「松尾はいったい何様のつもりやねん。澄まぁした顔して、漢詩なんぞをひねくり回しおって」

商家育ちの父はたしか漢籍にうといはずで、源氏や伊勢は何度も繰り返し読んでいるのに、孔子も荘子も一、二度で投げ出したはずだ。ゆえにおあいの耳にも漢詩の類は残っていない。

「いや、そやから。それは桃青やのうて螺舎が言うたことで……」

「世俗から離れてええ句を作るやとう、隠棲やとう。はっ、片腹痛いとはこのことやっ。ええか、皆、よう聞いとけ。俳諧はな、そんな綺麗ごととは違うんや。和歌や連歌で採り上げてけぇへんかった、人の生《なま》な世界を採り上げたんが俳諧なんやぞ。それを取り澄まして吟じてどないすんねん。俳諧はな、もっと汗臭うてむずむずして、腸《はらわた》から虫みたいに湧き出てくる、生々しいもんなんやっ」

己の腹を掌で叩いてみせる音が、俯いたおあいの額に降ってくる。

その激しさには自ら「阿蘭陀流」と名乗り、「異端のわしこそ新風や」と言い放ってみせた余裕が寸分も感じられない。

——鯛は花は見ぬ里も有けふの月
その句は、父本人も気に入っていたのだろう。いつだったか、秋の夜に何度もその句を吟じていたのを二階の窓越しに聞いたことがある。

鯛も食べられへん、花見もでけへん貧しい里人も、この十五夜の月だけは同じように振り仰いで、ああ、綺麗やと眺めることができるのやなあ。

父の俳諧はどれもただ音を連ねて言葉を弄《もてあそ》んでいるような気がして、おあいは何の興も催さないことがほとんどだ。けれどなぜか、あの中秋の夜の風は思い起こすことができる。

おあいには見えぬその月の、皓々《こうこう》とした色さえも。

不思議な気がした。

しばらくして駕籠《かご》を呼んでもらって、おあいとお玉だけが先に帰ることになった。心《しん》から、ほっとした。

けれど家で着物を脱ぐお玉はむくれて、あまり口をきかなかった。楽しみにしていた歌舞伎役者がとうとう姿を現さなかったからだった。

巻　三

おあいは裏庭で洗濯物を干していて、ふと足裏の柔らかさに気がついた。

土の上にしゃがんで、そっと掬《すく》ってみる。鼻先に近づけると、微かに桜の匂いがした。小体《こてい》な隠居家のことで手狭な庭には大した木も植わっていないのだが、この八重桜だけは見事であるらしい。

「お祖父《じい》はんがよう言うてなはったなあ。八重桜は花見のしんがり、この木の花が散ったら春も終《しま》いやて」

父は先だって、曾祖父の代から出入りの植木屋を呼んでそんな話をしていた。

「旦那さん、植え位置はこの辺でよろしおますか」

「いやもうちょっと奥。ああ、そうやな。そこがええ」

父は前に住んでいた表店の庭にもあった卯の花を、この隠居家にも植えさせたのだ。

「ふん、ええ按配や。桜が散って陽射しが日ごとに温もって、卯の花の匂いが立つようになったと思うたら、ほととぎすが夏をつれてくる」

寒がりの父は春から夏に移り変わるこの時分が好きであるらしく、去年も土の上に筵《むしろ》を敷いてそこで本を読み、時には昼餉も庭に運ばせた。

「背中丸めて土の上に坐り込んで、まるで野良仕事の合い間に畦道《あぜみち》で一服してるみたいや。こないな町なかで、何も百姓の真似せんでも」

お玉は不服そうな声を出していた。百姓家育ちのお玉はかえって土臭さを厭《いと》い、町育ちの父にとってはそれが手近な風情なのだろう。

おあいにとっては、卯の花は母の匂いでもあった。

「洗濯物はちゃんと両手で挟んで叩くのやで。でないと皺くちゃになってしまう。皺くちゃになって乾いたものは肌に当たったら痛いやろう。横着したら心地が悪うなるのや。そうそう、襁褓もその調子で干してやって。そしたら、いっちゃんのお尻も喜ぶ。なあ、いっちゃん」

背に負うた弟の一太郎をあやしながら母はおあいと一緒に庭に出て、いろんなことを教えてくれた。

お父はんもあの家を思い出すことがあるのやろうか。皆が揃うてた、誰も欠けてへんかったあの頃を。

おあいは立ち上がって、丸めていた両の掌を下に向けた。

そんなはず、ないか。お父はんは自分のことだけに懸命な人やもんな。一太郎のことも次郎太のことも、くすんとも口にせぇへんもんな。

掬った花びらが音も立てずに落ちた。

「どなたか、居てはりませんか」

表の戸口で訪《おとな》いの声がする。

「はい」と返して一瞬、濡れ縁の前で下駄を脱ごうとしたが、身を返して路地に出た。濡れ縁から家の中に上がると居間を通らねばならず、畳の上に散乱している書物や反故の類《たぐい》を踏まぬように歩くのは時を喰ってしまうのだ。

何ゆえかわからないけれど、父は去年、延宝九年（一六八一）の夏の初めからめっきりと句を作らなくなっていた。西国の妾宅におあいとお玉も招かれた、あの宴の後からだ。

その代わりのように、「長いものを書いてる」らしい。時折、書いたものを読み上げて、「まあ、転合《てんご》書きやけどな」と呟くのだが満更でもなさそうで、おあいが朝、階下に下りると、一晩、寝ずに書いていたらしき日もあった。

「筆が面白いほど進むのや。書き始めたら止まらへん」

まるで新しい玩具《おもちゃ》を見つけたかのような笑い方をした。

が、そのぶん家にいる日が、しかも昼過ぎまで寝る日が増えたので、お玉はおあいにぼやき通しである。

「掃除がちっともでけへんやん。いや、わたいはかまへんねんで。居間が塵芥《ちりあくた》まみれになっても旦那さんが何も言わはれへんのやったら。けど、いざお客をするとなったら、お前、近頃、手ぇ抜いてるんと違うかって睨んで、障子の桟に指を這わさはるんや。ほんま、おばはんみたいに意地悪《いけず》なとこ、あるわ。そやから、こっちは昼寝してはる間にちょっとでもしとこうて思うやん。ほな、わしが寝てるのにはたきなんぞ使うな、後にせえて怒らはるやろう。ほんまに、どないせぇっちゅうの」

「まあ、そのうち飽きるやろう。お父はんは根っからの出好きなんやから、いつまでも毎日、家におられるはずがないわ」

おあいが読んだ通り、父はこの数日、立て続けに出かけている。父の句集を手掛けている本屋と「打ち合わせがあるのや」とぶぶ漬けをかき込む時もあったし、昨日は

「ちょっと行ってくる」とだけ言い残してせかせかと出て行った。父がいない家は清々として、おあいは身まで軽くなる。

「ごめんください」

「ちょっと、お待ちください」

板塀に手を当てながら足早に進んだ。十五歩歩けばそこが家の角になる。手でたしかめながら、右に折れた。戸口の前に立っているであろう人に向かって、おあいは小腰を屈める。

「あのう。こちら、俳諧の、井原先生のお宅ですやろうか」

「そう、ですけど」

若い、男とも女ともつかぬその声に戸惑った。訪れる客の大抵は父と年が近い、あるいは年嵩の者であり、唯一、弟子の団水だけが若いのだけれど、団水はいつも裏口から入ってくる。おあいやお玉にまず軽口を叩いてから土産をくれ、父の部屋に向かうのだ。ことにお玉には親しげな口をきき、お玉も前ほどは素っ気ない態度を取らなくなっている。

「すいません、お父はんは昨夜から出かけてて、まだ帰ってきてないんです。出直してもらえますやろうか」

そう言って頭を下げても、何の応答もない。おあいは気配を感じようと心持ち顎を上げ、左から右へと動かした。おかしい。さっきのは空耳だったのかと思うほど、何も感じ取れない。二、三歩、前に進んでみると、ふいに白粉の匂いが鼻をついた。

「あんた、井原先生の嬢さんですか」

声の主がひどく近くにいることがわかって、後ずさりをした。得体の知れなさに頬が強張った。

「あたし、道頓堀の芝居小屋で役者してますねん。先生にはいつもご贔屓に与《あず》かってまして」

「役者、さん、ですか」

ということは、歌舞伎芝居の若衆なのだろう。おあいはまた数歩、後ずさりをした。背が塀に当たって、我知らず身が硬くなる。

「そう。上村辰彌《かみむらたつや》て言いますねんけど。そうか、先生、留守かぁ」

「はい……」

「ほな、中で待たせてもろうても、よろしですか。俳諧を、あたしの句ぅを先生にちょっと見てもらいたいんやけど。いや、幕内にもしじゅう来はるんやけどな、兄《あに》さんらが先生を取り囲んでしまうから、いつもあたしの番まで回ってきませんのやわ。こうやって、肘張ってあたしを押しのけて。あの人ら、ほんま性根が陰険やねん」

おあいは答えに窮した。お玉がいれば招じ入れることもできるが、朝から買物に出てまだ当分、帰ってきそうにない。かといってその理由を言えば、一人で留守を守っていることを自ら喋るようなものだと思って迷う。

「待ってもろうても、あいにく、いつ帰ってくるかわかりませんので」

「そう。あかん、か。……まあ、あたしも昼から稽古があるし、しゃあない、今日は引き返すわ」

「すいません」

頭を下げると、しばらく時を置いて男は思わぬことを口にした。

「あんた、目ぇ、見えへんの」

いきなりそんなことを訊ねられたのは初めてだった。

「そうです、けど」

「全く見えへんの。それともちょっとは見えてるのん。あたしの顔、どのくらい見えてる」

からかっているのかと思ったが、声色は至って真面目だ。気色悪くなって、おあいはいざとなれば大声を出して隣りの牢人を呼ぼうと身構えた。両の拳を帯の前で握りしめ、息を詰める。すると、男は「やっぱり見えてへんよね」と言って寄越した。

「は」

「あたしの顔、見えてへんよね」

含み笑いを洩らす。

「あ、いや、あたしの顔見てびっくりせぇへん子ぉて、珍しいから」

疱瘡《ほうそう》の痕でもあるのだろうかと思ったが、それがどんなものなのかはおあいにはわからない。ぷつぷつと穴が空いている、その肌の凸凹を想像するだけだ。

男は数拍置いて、溜息を吐きながらこう言った。

「あたし、厭《いや》になるほど美しいのや。男もおなごも皆、じろじろと舐めるみたいに見てな、ほんま鬱陶しい」

と、男はいきなりおあいの手を取って何かを押しつけた。

「ご贔屓はんにもろうた菓子なんやけど、あたし、甘いもん嫌いなんや。あげる。……ほな、先生によろしゅう」

礼を言う暇《いとま》も与えずに、男は気配を消していた。

おあいはお玉に何も言わないでおいた。「役者」と口にしただけで騒ぎ立てるだろうし、あの奇妙なやりとりをどう話せばいいのかわからなかった。それにお玉は団水を伴って帰ってきて、喋り通しなのである。

「本町橋の向こうの、古手物屋はんの前でばったり行き会うて」

「ほんま、びっくりしましたなあ」

団水に夕餉を一緒にと勧めると、最初は「先生を待ちます」と遠慮したが、お玉が押し通した。

「今日もきっと、遅ならはるで。帰ってきはれへんかもしれへんし。まあ、ええやん。うちの旦那さん、変に細かいとこあるけど、先に食べたから言うて怒ったりはしはれへん。なあ、嬢さん」

うどんを三人で啜った。お玉はいつもの何倍もよく喋り、団水はそれに相槌を打っては笑った。

外で足音がして、おあいは耳を澄ませた。

「お父はん、帰ってきた」

「え、ほんまどすか」

団水が途端に落ち着きを失くして、飛び上がるように板ノ間を出て行く。お玉がつまらなそうに鼻を鳴らし、水場で洗い物を始めた。

いつもより一段とせからしく戸を引く音がする。

「せ、先生。お帰りやす。お邪魔してます」

父は何も答えぬまま草履を脱ぎ散らし、居間にどすどすと入って行くのが聞こえる。

「おあい、おあい、ちょっと来てんか」

いつもより硬い、有無を言わさぬような物言いで呼ばれた。団水が引き返してきて、おあいの肘を取るようにした。

「な、何かあったみたいどすわ」

おろおろと声を潜める。そのまま一緒に居間に入ると、

「わしの念珠、知らんか」

父は長持の前に屈み込んでいるらしく、くぐもった声を出した。

「お念珠やったら、お仏壇の横の小箱にあるはずやけど」

「小箱、小箱と……」

身を動かした途端、袖が何かに引っ掛かったらしく、またばさばさと書物が崩れて落ちる音がした。

「あの、団水はんが来てはるんやけど」

「わかってる。わしの黒紋付、貸してやってくれ。袴《はかま》も。古いのんでええから。……ああ、あった、あった。こないなとこに」

「お念珠て……誰か、亡くならはったん」

すると父は振り向いたようで、「ああ」と妙にはっきりと答えた。

「天満の宗匠がな」


おあいは茗荷を刻み終えると、手の甲でこめかみの汗を拭った。

「嬢さん、素麵《そうめん》、湯がいたで」

「ほしたら水かけて、よう洗《あろ》うて」

「ふん、わかった」

焼いて身をほぐした鰺《あじ》の干物、甘辛く煮つけた干椎茸《ほししいたけ》、煎った胡麻《ごま》、そしてしそ葉と茗荷を細く刻んだものをそれぞれ鉢に入れ、盆に載せる。

「つゆはもう冷えたか」

お玉は身を動かし、「ふん、熱はもう取れてる」と返す。

「ほな、運ぼうか」

「いや、ちょっと待って。四人分は一遍には無理やさかい、手伝うてもらお」

お玉は土間から板ノ間に上がると、居間に向かった。すぐに二人の足音になって戻ってくる。

「団ちゃん、これとそれ、あ、そっちもな」

「もう、お玉ちゃんは人使いが荒いなあ」

ぼやきながらも、団水がはしゃいでいるのがわかる。

ふた月前、三月の二十八日に談林派の宗匠、西山宗因が亡くなって、その通夜の準備や葬儀を門弟が取り仕切ることになり、団水もこの家に泊まり込んで父を手伝った。以来、団水は大坂に逗留する折は時々、泊まっていくようになり、といっても部屋がないので板ノ間に薄縁《うすべり》を敷いて寝ている。

互いに気の置けない口をきき合って進む二人の後ろを、おあいは麦湯の土瓶を持ってついていく。居間に足を踏み入れると、「嬢さん、えらいご雑作をおかけしてすんまへんなあ」と桜塚の西吟がいの一番に詫びて寄越した。

「お昼前にはかからんようにと思うてたのに、とんだ長居になってしもうて」

「いいえ、お素麵だけですけど」

さっそく箸を持ったらしい父がずっと音を立てて素麵を啜り、「ふん、今日のは格別やな」と独り言のように言う。

「深江屋はん、あんたも、さ、遠慮のう」

「へえ。ほな、いただきます」

三十がらみの低い声で返事をした男は、父の句集を出板している板元、深江屋の主である。ふだんは父が先方に出向いて打ち合わせをするのがもっぱらで、この家には年始に訪れる程度なのでおあいはほとんど口をきいたことがない。そのうえ正月は客が引きも切らないので、台所にこもり通しのおあいにはどの声が誰だか憶える暇もないのである。

「団水、そないなとこにぼうっと突っ立ってんと。素麵が伸びてしまうがな」

父が急き立てると、団水は「いえ、あの、わしはやっぱり、あっちでいただきますわ」と遠慮をした。

「縁側の、そこの本をちょっとよけたら坐れるがな」

「いえ、ほんまに」

「そうか。まあ、若い者同士で喰うた方が旨いか」

おあいはお玉にも先に食べるように促した。

「お給仕は私がするから」

喋り通しの二人の傍で食べるより、後でゆっくり自分の分を湯がいた方が落ち着いて味わえる。それに、少し気をきかせてやろうという気持ちも働いた。

「そうだすか。ほな」

お玉は声に喜色を滲《にじ》ませて、立ち上がった。団水がせっかく運んできた自分の膳を持ち上げるのを何やかやと世話を焼きながら手伝っているようで、連れだって板ノ間に戻っていく。

と、深江屋が「面白いお家だすなあ」と半ば呆れたように言った。

「嬢さんがお給仕して女衆はんが先にお膳をいただくやなんて、いや、とやこう申してるのやおませんで。珍しいなあと思うて」

「まあ、うちは商いをしてる家やないからな。それにわしはしじゅう家を空けてるし、この子らが気ぃよう過ごせてたらそれでええのや」

お客はんの前で、またええ格好をつけて。あれこれとお玉に厳しゅう仕込むのが面倒で嫌われるのも厭で、けど機嫌次第でいきなり叱りつけたりしてるやないの。私らのためと言いながら、己が気分よう読んで書いて寝られるかどうかだけが大事なのやと、肚の中で呟く。

「なるほど。先生らしい」

深江屋はしきりと感心するが、おあいにはそれのどこが父らしいのか、まるでわからない。それから深江屋はしばらく黙って味わっていたが、「このつゆ、大したお味だすなあ」と、また褒めてくれる。

「そうやろ。西鶴はんがいつも嬢さんの腕前を自慢しはるの、無理おまへんやろう」

「ほんに。いや、先生を名のある店におつれしてもなかなか旨いと言うてくれはれへん理由《わけ》がよう、わかりましたわ。ふだん、こないなもん口にしてはったら、そりゃあ。……この、鯵の身ぃを素麵でいただくんもよろしなあ。こないな食べ方、初めてだすわ」

これも、お母はん仕込みなんです。

おあいは内心でそう答えたが、頭を下げるのも面倒で、聞こえなかった振りをした。

台所の板ノ間で、お玉と団水が盛んに喋っている。

「おあい、お茶くれるか」

黙って手盆を差し出した。ことりと湯呑みが置かれる。その盆を手前に戻して麦湯を注《つ》ぎ入れた。口の小さな土瓶であるから、加減さえ間違わなければ溢れさせることはまずなかった。父は湯呑みを持ち上げながら、「ところで」と話を向けた。

「お前《ま》はんら、去年、出た『色道大鏡《しきどうおおかがみ》』、読んだか」

西吟は「へえ、読みましたな。藤本箕山《ふじもときざん》のだすやろう」と答えた。

「深江屋はんは」

「写本は手に入れてありますんやけど、まだなんだすわ。先生のお蔭で、このところ、句集の出板も増えてましてなあ。なかなか読む方まで手が回りまへんのや」

「何や、紺屋《こうや》の白袴《しろばかま》かいな」

「お恥ずかしいことで。で、色道大鏡がどないしました」

「いや。訊ねてみただけや。……『難波鉦《なにわどら》』は知ってるやろう」

「はあ、二年前の、たしか延宝八年の刊だすな」

おあいは父がいつか、「したり、したり」と大笑いしていた草紙であることに気がついた。お大尽の客は無作法に扱い、小者の客は丁重に扱うというおなごの言がやけに残っている。

「ほしたら、今年の二月に出た『好色袖鑑《こうしよくそでかがみ》』は読んだか」

「それはうちの手代が読んで面白がってましたけどな。先生、何だすか。さっきから色ものの草紙ばっかり。しかも、嬢さんの前で」

こっちに向かって詫びているような物言いだ。すると父が湯呑みを置いて、呑気な声を出した。

「ああ、おあいのことやったら構わんでええで。全部、知ってるよって」

「し、知ってるて、嬢さん、まだ嫁いではりまへんのやろう。え、今、お里帰りだすか」

するとと父が笑い出す。

「違うがな。おあいが知ってるて言うてんのは、今、わしが言うた三冊のことや。この子は耳が敏いよって、わしが読むもの、ほとんど聞いて憶えてる」

「ほんまだすかいな」

「ああ。八代集《はちだいしゅう》に新勅撰集、それに伊勢や狭衣《さごろも》、源氏はもちろんのことや」

「それ、俳諧を学ぶ者が必ず身ぃにつける古典やおませんか。……いや、ここの嬢さんにはびっくりさせられ通しや」

大袈裟に胡麻を擂《す》られて、おあいは給仕に残ったことを後悔した。ただ憶えているだけでは何の役にも立たない、そんなことくらいはわかっている。

「で、嬢さんは何がお好きだすか。……いや、近頃は町人のおなごも字ぃの読める者が増えましたやろう。そのうち、おなご向けの草紙で何か目先の変わったもんを考えようかと、昨日も店で話をしてたとこなんだすわ」

「ふん、それは面白い思いつきや」と、西吟が手を叩いた。

「近頃は大店の嬢さんらだけやない、新町でも読み書きの達者なおなごが仰山、出てきてるからなあ。まして今日び、揚屋《あげや》が三十五軒にもなってる。店構えで言うたら京の島原や江戸の吉原をしのぐ勢いや。これからは、ちょっとやそっとの粋人じゃあ太刀打ちできんような太夫が出てくるんと違うか。……って、まあ、深江屋はんはこないなこと、先刻、ご承知やったな」

「西吟はん、おふざけが過ぎますで。嬢さんの前で」

「そやから、そないな気遣いは無用やて。おあいは俳諧師の娘や」

父がそれを誇るように言った途端、肚の内で小さな塊が音を立てたような気がした。

俳諧師の娘やから、いったい何やと言いたいの。

「それで、嬢さんは何がお好きだすんや」

深江屋に問い直されて、おあいは考えた。父がじっとこっちを見ているような気がする。ふと『難波鉦』が浮かんだけれど、父の意を迎えようとしているみたいで、それは癪《しゃく》に障《さわ》る。頭の隅に追いやった。

とりあえず口を開いてみた。

「私には、好きなもんなどありません」

思いもよらず、するすると喋っていた。

「好きも嫌いも、言葉がただつらなって耳に残ってるだけで、それがどないな値打ちがあるんか、私なんぞにはわかれへんのです。草紙も俳諧も、どこの何が面白いんかさっぱりわかりません。わかりたいと思うたこともありません」

そもそも。私は世間の何も知らへん。市中のさまざまの何も、味わったことがないのやから。

おあいは俯いて、胸の裡で言葉を継いだ。なぜか無性に口惜しくて、膝の上に重ねて置いた両の手をきつく握りしめていた。父ががっかりして、いや、眉を顰《ひそ》めているのが見えるような気がする。客の二人も黙り込んで咳払いすらしない。静まり返った居間の中で、おあいは白々と片づけを始めた。

三人は気がねをしたように順に縁側に移り、書物を脇に寄せてそこに無理やり坐った様子である。路地の向こうで蟬が鳴き始めた。三人ともしばらく黙って煙管を使っているようだったが、父がぼそりと何かを言い、すると西吟が突然、「はあっ」と訊き返した。

「西鶴はん、い、今、何て言わはりました」

「ふん、宗匠の追善興行は一周忌にするわ。一周忌の法要で皆を集めて、その流れで句会を開く」

深江屋も西吟に次いで、父を説きつける。

「先生、戯《ざ》れ言《ごと》をおっしゃるにも大概にしとくなはれ。この盆には追善興行を打って句集を秋に出板する、その段取りでもう皆が動いてますのやで」

「そやから、そないに事を急《せ》いて、結句、し損じたんでは目ぇも当てられんからな。盆の興行は見送って、一周忌を盛大にさせてもらおうと思うのや」

「西鶴はんらしゅうもない、そない呑気なことではあきまへんやろ。談林派の宗匠の跡目を継ごうて本気で思うてなはるんやったら、一周忌やなんて、そない先までのんびり構えてる場合と違いますがな。他が先にやってしもうたら手遅れになりますで」

「西吟はんのおっしゃる通りだす。だいいち、もとは先生が盆にするて言い出さはったんやおませんか。そやからこっちは彫師《ほりし》と摺師《すりし》に命じて、盆明けは他の仕事を入れんようにて日ぃまで押さえてありますのやで。それを、今さら……」

「まあ、待ちいな。今、ちょっと手掛けてるものがあるのや」

もしかしたら近頃、夢中になって書いている「長いもの」のことだろうかと、おあいは思った。

「先生、また、誰かの句集に挿絵を描いてやってはりますのか。そりゃ、先生は絵ぇの腕も並やない、絵師としてやっていけるかもしれんほどの出来だすけどな、先生は俳諧師だすで。しかもいよいよ談林派を背負って立とうという正念場やのに」

深江屋はとうとう、責め口調になった。

あんなに敬愛していた宗因宗匠の死を父は嘆き悲しむわけでなく、素気ないほど淡々と通夜や葬儀に出かけていた。そして今日、盆に行なうつもりで進めていた宗匠の追善興行をいきなり一周忌に延ばすと言い出したのだ。

「そうや、井原西鶴は俳諧師や。談林派を継ぐんは、この阿蘭陀西鶴を措いて他にはおれへん。そやから一周忌でどんと、派手にぶちかますのや。盆は皆、自分の家で精《しょう》霊棚《ろうだな》を構えてご先祖さんを迎えるのやで。盆に追善興行しても人の集まりが悪い。やめとこ」

父が煙管の雁首を灰吹きに当てる音を立てると、西吟と深江屋が大きな溜息を同時に吐いた。

言い出したらすぐのせっかちで、けれど、すでに進んでる話でもこうして平気で白紙にする。皆が振り回される。

阿蘭陀西鶴はほんま、傍迷惑や。

西吟と深江屋が、ばたばたと自棄《やけ》のように音を立てて団扇を使った。

数日の後、三人で囲む朝餉は以前より静かで、というのもお玉がどことなく上の空で、おあいが何かを話しかけても「へえ」か「いいや」をごく短く返すのみなのである。

気の合う団水のいないのがよほどつまらぬのかと思いながら、おあいは冷えた豌豆《えんど》豆《まめ》ごはんを食べる。この豆の季節が来ると毎日のように炊いて、父はそれをぶぶ漬けにするのが好きだが、おあいは湯をかけずに食べる。水分を吸ってふやけてしまった飯粒がどうにも気色悪いのだ。おあいは何でも歯ごたえのあるものが好きで、父は粥でもとろとろに炊いたものを好む。

父はゆうべもまた一睡もせずに書いていたようで、「いっそ朝餉を食べてから横になるわ」と欠伸《あくび》混じりに言った。

「それにしても今日の日の出は見事やったで。屋敷の甍《いらか》の向こうがちょっとずつ明るんでな。夜がお日ぃさんの光に遠慮して、裳裾《もすそ》を曳きながら帰っていくようやった」

ここ鎧屋町は東に二筋ほど行くと城代屋敷や武家屋敷が集まる界隈で、幼い頃、まだ物の形や輪郭が見えた頃には母につれられて歩いたこともあった。自分の鼓動しか聞こえないような静けさの中で、頭上でいきなり葉擦れの音がして鳥が飛び立った。

仰向くと、空が大きく開けていた。あの青はもう思い出せない。

「あれ、団水の姿が見えへんな。どないしたんや」

「今頃、何言うてはんの。団水はんは昨日の朝、京に帰らはった」

「あいつ、わしに黙って帰りよって」

「ちゃんと挨拶してはったけど」

「ふうん……そうか、団水、おらへんのか。荷を持たせがてら、あいつも伴うてやろうと思うてたんやが、ほんま、ここぞっちゅう時にいつでも間に合わん奴やなあ。まあ、ええか、そない重たい物、持っていくわけでもないし。いや、紙は存外、重たいもんや。どんだけ持っていくか……そうか、足りんかったら紙屋に文を書いて送らせたらええのや」

ぶつぶつと独り言になった。

「旦那さん、またどこぞにお出かけだすか」

お玉は自分の膳を片づけ始める。父がどう答えようがそれには頓着しておらず、とりあえず何かを口にしておこうかというような按配だ。

「そうや。おあいもお玉もな、旅の支度をせえ」

驚いて、おあいは思わず声が高くなった。

「旅て、どこに」

「淡路や」

「そんな遠いとこ」

「遠いことあらへんがな。道頓堀川から淡路船に乗ったら木津川《きづがわ》に出て、洲本《すもと》に半日で着く」

まるで溝をまたぐような簡単な言いようだけれど、見当もつかない。おあいは湊に注ぐという木津川はむろんのこと、船場の北を流れる大川でさえ渡ったことがないのである。

「私にはそんなん……無理やわ」

すると、お玉が「ええやん」と言った。

「嬢さん、たまには旅に出たら。歩くんがしんどかったら駕籠を使うたらええのやし。なあ、旦那さん」

いつもの調子を取り戻したようで、乗り気になっている。道頓堀川まで歩くくらい、どうってこともないとは思うけれど、父と旅をするなど思いも寄らないことだ。ためらう。

「嬢さん、淡路て海を渡って行くのやで。海やで」

海と言われて、おあいは胸の裡が動いた。夏の夕暮れに吹く西風がこの辺りまで届いて、ふと潮の匂いを感じることがある。

海てどんなものなんやろう。

若葉や花とも違うその匂いのありかに、出逢ってみたいような気がした。

「嬢さん、行っといでぇな。わたいがちゃんと留守番しとくし」

「え。お玉、行かへんの」

するとお玉は、「ふん。ちょっと足も痛いしな」と言いながら立ち上がった。茶碗を土間の水場に運んで、盛んに音を立てながら洗い始めている。

「痛いて、いつから」

「うん、さっき、ちょっとな、下駄を脱ぎしなに足首をぐねったみたいやわ」

「どっちの」

「どっちて、右も左もおかしいねん。あ、けど、大丈夫やで。留守番はちゃんとしとくさかい。旅の用意も手伝うわ」

お玉が珍しく殊勝なので、父は「えらい風の吹き回しやな」と戯《ざ》れめかした。

「まあ、お玉がこない言うてるんやから留守は任そうやないか。荷物持ちは道頓堀で人を雇うわ。暇を持て余してる奴らがうようよしてるからな。おあい、淡路はええでえ、神さんが棲んではる島やで」

おあいは迷いながら、何となくうなずいてしまった。

鎧屋町を出立してから淡路の旅籠《はたご》に辿り着くと、もう夕風の匂いがした。

朝のうちに舟に乗ったので本当はこんなに時を費やさないらしいのだけれど、父が方々で足を止めるのである。

父はおあいが思っていた数倍も、町衆に顔を知られた俳諧師だった。まして裾《すそ》をからげて杖《つえ》を持った道中姿なので、「西鶴はん、どこ行きはりますねん」と声がかかる。すると父は必ず立ち止まって、「娘と淡路に行きますねや」と吹聴する。すると向こうは、「まあ、まあ、それはよろしなあ」と餞別《せんべつ》を包んでくれるのだ。

「おや、これはおおきに」

父はさして遠慮もせずにそれを受け取る。

きっと、貰い慣れてるのや。恥ずかしい。

おあいはそのつど、己の顔が火照るのがわかる。

「西鶴はん、今度の句会はいつだすねん。また大矢数、やっておくんなはれ」

「ふん。まあ、そのうちにな」

「わし、あれが大好きだすねん。手ぇに汗握って見守っててなあ、最後の一句が出た時はあんた、もう涙が湧いて湧いて止まりまへんでしたで。まるで己が四千句を達成したみたいに嬉しゅうて」

父はまた、行きつけの茶店の前を通りかかっても「ちょっと一服していこ」と床几《しょうぎ》に坐る。そして顔馴染みの茶汲み女に「これ、娘やねん」と、わざわざ付け加えるのだ。道々、拝むように「私を話の種に出さんといて」と頼んだのに、父は全く聞き入れてくれない。

「まあ、そうだすか。へえ、先生の」

相手はおあいが盲であることに気づいて「お父はんと二人旅やなんて、嬉し嬉しと、まるで五つや六つの子供に使うような言葉で囃《はや》す。時には「ああ、この嬢さんだすか。料理の上手《うま》い」と、親しげな口をきく者もいる。それを歩く先々でやられる。

おあいは大坂という世間に披露目をされているような気がして、愛想笑いを浮かべるのにほとほと疲れ果ててしまった。

初めて会う相手はとかくしんどいものなのである。声や気配で人となりを摑み、それを憶えておこうとすればかなり気を集めねばならない。しかも何歩歩けばどの部屋に行き当たるかがわかっている家内とは異なって、町の中の通りはまるで勝手がわからないのだ。人の往来だけでなく駕籠や飛脚人足、大八も盛んに行き交うので、音が向かい風になって押し寄せてくる。時折、野良犬に吼《ほ》えられて飛び上がり、右手を歩いている父の袖を摑んだ。

道頓堀川の船着場は一段と賑わっていて、父はその手前でまた見知りの者を見つけて荷物持ちをしないかと持ちかけた。駄賃稼ぎができると知って男はほくほくとした声を出す。男は父がよく行く料理屋の下足番を辞めて、ぶらぶらと遊んでいるらしかった。

「先生、おおきに。旅やなんて久しぶりや」

「長逗留になるからな、お前はんは帰り船で引き返してや。何や、その顔は。当たり前やがな。お前はんをずっと伴うて旅をするほど、わしはお大尽やないのや。厭ならええで、暇を売ってる奴ならその辺に何ぼでもおる」

「さっそく荷物を持たせといて、つれないこと言わんといておくれやすな。たとえ片道だろうが道端だろうがお伴します、しまっせぇ」

大声で掛け合いながら船に乗り込もうと、父はおあいの手を引いた。船頭らしき男が何人か騒がしく近づいてきて、父が何かを頼んでいる。

「おあい、船に板を渡してもろうたからな。気ぃつけて、足、運びや」

気をつけろと言われたら余計に怖くなる。一つ間違うたら、川に落ちてしまうということやろうか。爪先の前を杖で探ると、当たりが硬い。恐る恐る一歩を踏み出すと、右手からまた「井原先生」と呼び止められた。囁くような、小さな声だ。父はおあいの肘を持ったまま声のする方に躰を動かしたので、おあいはうんざりしながら杖を左足の脇に突き直した。早く船に乗ってしまいたかった。

「や、こないなとこで奇遇やなあ。久しぶりやないか」

「このところお見限りやと思うたら、その形《なり》は旅ですか」

「お前こそ何や、菅笠《すげがさ》かぶって」

おあいは耳をそばだてた。男のような女のようなこの声に憶えがあると思った途端、白粉の匂いがした。

そうだ、役者だと名乗った男だ。父の留守中にうちを訪ねてきて、上がって待たせて欲しいと言ったのを断ったら、すんなりと引き下がった。問わず語りに奇妙なことを言っていた。

「そうや、淡路にな。ところでお前はんは何でまた、舟着場なんぞに」

「へえ、舞台でちょっとしくじって。もう逃げたろうと思うて。あら、嬢さん、どうも」

するると父が呆気に取られたように息を吸い、おあいに訊ねてきた。

「会《お》うたことあるんか、辰彌と」

「うん……いつやったか、うちに訪ねてきはったんやけど」

たしか天満の西山宗匠が亡くなって、その騒ぎに取り紛《まぎ》れたのだった。それに本当に父の知り合いかどうかも怪しくて、記憶が軽くなってしまったところもある。

「……伝えるの、忘れてしもうてた」

「珍しいな、おあいは並外れて物覚えがええのに」

「もう、また大仰なこと言う。ほんまにやめて、あちこちで私のこと喋るの」

小声で詰《なじ》ると、父は早口でごまかしにかかる。

「違うがな。向こうからわしらに寄ってきよるのや。皆、それは目尻を下げてお前を見るよって、そない無下にもでけへんがな。で、辰彌はどこに逃げる算段なんや」

父はいきなり辰彌に話を向けた。そんなことを訊ねたら「一緒に」ということになりはすまいかとおあいは父の腕に手を伸ばしたが、辰彌が先にするりと父の懐に飛び込んだ。

「何の算段もしてませんねん。そうや、先生、あたしもお伴させてくださいな。俳諧の手ほどきも、旅先でゆっくりしてほしいし」

まるでおなごのようなねだり方だ。すると父は珍しく、きっぱりとした口調を使った。

「いや、手ほどきは断る。わしは向こうでやることがあるのや。それでもええのやったら、ついて来い」

淡路の旅籠に投宿してからというもの、父はほとんど外出をしない。かれこれ七日は六畳に籠《こも》りきりで、文机の前に坐り続けている。時折、淡路や讃岐《さぬき》の俳諧師までが噂に聞いたとわざわざ訪ねてくるが、いつものように長話をせず、自ら早々に話を切り上げることもある。

おあいは隣りの四畳半で過ごしているのだが、海に面した窓の欄干は父の六畳と、隣りの辰彌の四畳半にも続いていて、おあいが明かり障子を引いて手拭いを干したりしているといきなり声を掛けてきたりする。

「おはようさん」

辰彌は不思議なほど気配のない男で、おあいはいつも飛び上がる。

「もう、ええ加減に慣れたらどないやのん。毎度毎度、そないにびっくりせんでも」

たぶん欄干に坐っているのだろう。囁くような声が間合いを詰めてくるので、おあいは少し身を引いた。

「先生、まだ書いてるの」

うなずいて返す。

「何、書いてんの」

「さあ……」

もしかしたら、俳諧の手ほどきを受けるのをまだあきらめていないのだろうか。そういえば家に突然、訪れた時も、句を見てもらいたいようなことを口にしていた。

「俳諧、おたくもやってはるの」

すると辰彌は「俳諧」と鸚鵡《おうむ》返しにして、くすりと笑い声を零した。

「俳諧、なあ。ほんまはどうでもええねん。ご贔屓に呼ばれたらすぐに俳諧の話になるから、ちょっとは齧《かじ》っとかんと格好がつかへんからやってるだけ。あたし、言葉知らんし、台本読むのもしんどいし。読まれへん真名《まな》が多いから、時々、井原先生に平仮名に直してもろうてるねん。他の役者らには内緒で」

ほんまに、あけすけな人や。役者って、こんなもんなんやろうか。

「それより、先生が時々、夜中に何か読み上げてはるんが聞こえるねんけど。あれ、誰のこと。えらい粋なお人やなあ。遊び方が桁違いや。どこの人やのん」

「たぶん……作り話。ほんまにいてる人と違うと思う」

「何や、作り話なんか。ぜひとも会わせてほしいて、先生に頼もうと思うてたんやけど。何や、嘘の人か」

落胆している。すれたことを言うかと思えば世間馴れしていない様子も窺われて、おあいはまた首を傾げた。すると辰彌の声が一段と近づいた。

「なあ。ちょっと浜に行ってみぃへんか。寝たり起きたりして日を過ごすんも良かったけど、そろそろ飽きてきたわ」

「浜……けどお父はん、手ぇ止めるの嫌がると思う」

おあいが渋ると、辰彌は馬鹿にしたような笑い声を出した。

「違うやん、気ぃ利かせて先生を一人にしたげよって言うてるのや。その方が先生も気ぃが散らへんやろ。なあ、行こうて」

「二人で、浜に行くのん」

「ああ、愚図愚図と面倒臭い子ぉやなあ。ほならもう言うてしまうけど、あたしがここにずっとおったら仲居らが入れ替わり立ち代わり入ってきて、ねっとりと世話を焼くんやわ。相手するのん、つくづくしんどいねん。ここで首くって死んでやろうかと思うほど、何もかも鬱陶しいねん」

激しい言葉を平気で口にした。役者ゆえの芝居がかった物言いだろうかと思いながら、おあいは結局、首を縦に振った。辰彌が言うように最初は胸が高鳴るほど嬉しかった波の音にも耳が慣れ、何もすることがない日々にそろそろ倦《う》んできていた。

辰彌はおあいを気遣いもせずに先を歩き、時折、足を止めておあいを急かした。

「遅いなあ。早よ、早よ」

「ちょっと待って」

おあいは懸命に竹の杖を使いながら、辰彌の声がする方に顔を向けた。

「とろとろ歩いてたら、放っていくで」

「そんな殺生《せっしょう》な、自分から誘うたくせに」

ついそんなことを口にする自分に驚く。爪先が湿った砂に沈んでも怖いとは思わない。寄せては返す波の音が嬉しくて、おあいは懸命に杖を使った。波の飛沫《しぶき》を含んだ風だろうか、額や頬に時々、冷たい粒が飛んでくる。歩を進めるたび、胸の裡《うち》が晴れてくるのがわかる。

「きっと、広い海なんやろうね」

「そうやな。空とつながってるような海や」

「湊や舟の中とは全然匂いが違う」

「そうかな」

「湊は何とのう魚臭かったし舟の中は磯臭かったけど、ここの匂いは風にさらされて澄んでる」

杖がしじゅう砂に刺さって手が重くなり、足を取られて躰のあちこちも傾ぐ。けれど息が弾むほど歩いていることが、無性に懐かしい。

「今日は、お化粧してへんの」

ふと思いついて、前を歩いているはずの辰彌に訊ねてみる。

「化粧道具持ってきてへんし。暑苦しいし。……けど、化粧してへんこと、何でわかるの」

「匂い、せえへんから」

「鼻が利くねんなあ。それにしてもあんた、そないな顔して笑うことがあるんやな」

「どういうこと」

「湊で会うた時、えらい眉間寄せてたやん。額にまで血ぃ昇らせて、口尖らせて」

「そんなん、私にはわからへんもん」

「そうか。自分の顔、見えへんのやもんな」

辰彌はつけつけと何でも口にする。

「ほら、今。また尖ってる。気ぃつけんと、顔つきいうんは癖がつくで」

おあいは立ち止まって頰に手を当てた。そのまま指を滑らせて口の端に触れる。

「自分の顔の様子なんぞ、これまで気にしたこともなかった……」

「あんたに限らず、自分の顔なんて誰も見えてへんけどな。鏡の中で澄ましてるんは、己惚《おのぼ》れまみれ。ほんまの自分は誰よりも遠いとこにおる」

と、辰彌はいきなりおあいの手を摑み、顔から引きはがした。咄嗟《とっさ》に腕を引いたが、下手に騒いだら見くびられるような気がした。身を硬くしてこらえていると、辰彌は手を握ったまま小さく笑った。

「違う、違う、妙な気ぃはないわ。ここで坐ろと思うて手ぇを貸したのや」

拍子抜けして、息を吐く。

「もう……いきなり手ぇ引かれたりしたら危ないのや。先にそう言うてくれんと、怖いやないの」

腰を屈めながら、わざと気安い口をきいた。辰彌の肩に手を置いてそろそろと膝を折る。浜辺に尻を下ろすと、砂が温かい。頭上の遥か高い所で鳥が鳴いた。何という鳥やろう、大坂では耳にしたことのない鳴き声やと思いながら空に顔を向けた。

辰彌はおあいの手がかさついていることに驚いたようだ。

「井原先生の嬢さんやのに、何ちゅう手ぇしてんの」

そう言う辰彌の手は驚くほど柔らかく、細かった。

「台所してるから。今はまだまし。冬は皸《あかぎれ》だらけになる」

「台所、できるんか」

「へえ。わたい、何ぼでもできますで」

お玉の物言いを思い出して、ちょっと剽軽《ひょうげ》てみた。辰彌が自分を不憫がっていないことがわかるから、声さえ立てて笑える。

「井原先生が自慢してはったん、ほんまやったんやな。見えへん分、耳や鼻がそれは鋭うて、手先も利く……」

おあいは笑い声を吸い込んだ。胸の裡でふつりと泡が湧く。一つ、二つと湧き上がってきて、だんだん煮えてくる。

「そんなんと違うわ。……お父はんはもっともらしいこと言うて、ほんまは何もわかってへん」

途端に泡が一杯になって、噴きこぼれた。

「目ぇがあかんから他のことが勝手に鋭うなったんと、違う。これは懸命に努めて、一杯、痛い思いをしながら身につけたもんや。私は目ぇの代わりになる力を努力して努力して、身ぃにつけた。お母はんと一緒に」

母はおあいの目がすべての明るさを失ったと悟った時、音や匂い、手触りや肌触りを使うことを教えた。おあいに叩き込んだ。歩数を誤って庭に転がり落ちたこともあるし、手をついたその時、木の枝で指の股を裂いたこともある。おあいが「もう厭や、怖い」と泣き言を口にしても、母はひるまなかった。

「危のうないように、今、そこの石を除《の》けてやるのは簡単や。けど、世の中には石も川も海もあるのえ。あんたが怖いて泣いても、誰も助けてくれはらへんかもしれへん。そやから自分で掴まなあかんのや。己が生きてるこの世がどんなとこかを」

誰にも話したことのない、そんな母の言葉さえ口にしていた。

「炭が消えたかどうかを手をかざしただけで判じられるようになるまで、私がどれほど火傷したことか、お父はんは知らんのや。縫物ができるようになるまで指を何度刺したか、それもお父はんは知らん。そやのに、のうのうと私を自慢の種に使う。上澄みだけ啜《すす》るのや」

胸の中で噴きこぼれた汁は熱い鍋肌で焼けて、厭な臭いを立てた。けれど辰彌はひんやりと黙したままだ。傍らでやっと気配が動いたと思ったら、さらさらと海砂の落ちる音がする。辰彌は掌で砂を掬っては落としを繰り返している。

「あたし、物心ついた時には兄ちゃんと二人、掃き溜めの中に捨てられててな。親なんてもんを知らんから、ようわからんわ。兄ちゃんに教えられて紙屑《かみくず》拾いをしててんけど、十くらいになったら男といわずおなごといわず、方々でつけ回されるようになって。

あたし、知らんうちにえろう綺麗になってたのや。火照った目ぇで眺め回されて、菰《こも》をかぶった垢《あか》だらけのおっさんに引っ張り込まれたこともあったわ。林の中で躰、いじくり回されて。そんなあたしが芝居小屋の座主に拾われて、流行りの立髪《たてがみ》を結うてええ小袖《べべ》着たら、いっぱしの歌舞伎若衆や。まあ、やってることは昔と変わらんけど」

おあいは顔を上げて、辰彌の方に向けた。

「変わらんて、何が」

「男でもおなごでも相手して生きる、てことや。まあ、今は皆、祝儀を弾んでくれはるけど」

また砂を掬い、落としている。

「けど、どちらさんもいろいろあるんやなあ。結構なご身分に見えてるのに」

辰彌の声が風に流れて、語尾が曖昧《あいまい》になった。

「やめて。可哀想がられるの、一番、厭や」

すると辰彌は呆《あき》れたように、「阿呆《あほう》か」と吐いた。

「あんたのことやないわ。井原先生が気の毒やと言うたのや」

そして言葉を刻むように、ゆっくりと言った。

「あんたのことが可愛いて自慢でたまらんのは、傍で見ててもようわかる。ほんの数日、一緒におるだけでな。けど、それがあんたにはちっとも伝わってないのやもの」

「私が悪いて言うの」

「悪いやなんて言うてない。目の代わりになる力を懸命に身につけたと言いながら、肝心なことには心を閉ざしてるやないかと言うてるだけや。……まあ、あたしには親子のことはようわからんし、どうでもええことやけど」

辰彌は勢いよく立ち上がって着物の裾を払った。あまりに手荒に払うので、砂がおあいの右頬に当たって、唇までざらりとする。

「そろそろ、帰ろうか。お腹空いたわ。生きてるなんて面倒やて思うてても、腹は空く」

軽口を叩きながら、辰彌はおあいの指先を持った。おあいはそれに気づかないふりをして辰彌の手を払い、杖を使いながら立ち上がった。黙って、己の尻や裾前の砂を払う。

「ああ。怒らせてしもうた。……あたし、座主さんやご贔屓筋をしじゅう怒らせてしまうのや。何でも、ほんまのこと口にしてしまうから」

おあいは執拗に、着物についた砂を叩いて払った。袂の中にも砂が入り込んでいて、躍起になってそれを取り除ける。浜辺に坐って海風を受けていたさっきの心持ちはもうどこにも残っていなくて、旅になど出てくるんやなかったと悔いた。お玉と一緒に家にいといたらよかった。

それでも辰彌の足音を頼りに、その後ろをついて歩かねば旅籠に戻れない。自分の身が口惜しくて、杖を固く握り締めた。

次の日の朝、辰彌は父に何も言わずに旅籠を出立していた。朝餉の給仕に坐った仲居にそれを知らされて、父はごくあっさりと「そうか」と言った。

「気紛れな奴《やつ》ちゃな」

まるで面白がるような物言いだった。おあいは辰彌が去ってくれて、胸の痞《つか》えが下りたような気がした。あんな風に他人から非難されたのは生まれて初めてだった。

——肝心なことには心を閉ざしてる。

おあいにはその「肝心なこと」が何なのか、わからない。頭がぼうとする。昨夜は一晩じゅう辰彌の吐いたいろんな言葉が押し寄せてきて、ろくろく眠れなかったのだ。

何やの、偉そうに。自分こそ、死にたいやの、綺麗過ぎて困るやの、わけのわからんことばっかり口走って。

ふと、父に訊いてみたくなった。

あの人って、いったいどんな人やの。何でお父はんは、あの人の気紛れをそんな風に面白がれるの。

けれど夜を徹していた父は「ちょっと横になるわ」と寝床に入って鼾をかき始めたので、それきりになった。

淡路に逗留して十五日目の朝、父が文机の上で紙の束を盛大に重ねる音を立て「おあい、そろそろ大坂に帰ろか」と言った。浮き浮きと、まるでこれから旅に出るような声だ。

「できたの」

おあいは父の傍に坐り直して、身を乗り出した。

「ああ、できたでぇ。ただの転合書きのつもりがだんだん本気になってしもて、うんと長い読み物《もん》になった。八巻あるから二巻ずつで四冊か、いや八巻八冊の方がええか」

「お父はん、もしかしたら出板する、つもりやのん」

おあいは思わず訊き返していた。俳諧師である父が出板するのは句集や撰集に決まっていたからだ。読み物である草紙にはそういったものを書く作者がいて、それはおあいにとって俳諧とはまるで別の世界の、紫式部や兼好法師のような人である。

ごく幼い頃に見た、池から飛び出した蛙が水際の柳の枝に摑まって、さあ、これからどこに飛んでやろうかと身を揺らしている姿と重なる。形はもはや定かではない。ただ、その逸《はや》り気のようなものがおあいの闇の中で立ち昇って、辺りを睥睨《へいげい》するのだ。

「板元にはもう話をつけたぁるのや」

その板元というのは、旅に出る数日前、西吟と共に素麵を食べて帰った深江屋であるらしい。

「あそこは、今では大坂でも指折りやからな」

呆れたことに父はあの翌日、深江屋に話をつけたらしい。宗因宗匠の追善興行を先延ばしにすると言って迷惑をかけたのに、何をどう言いくるめたものか、稿料を前借りまでしたと言う。その銀子でいくつかの借銀を減らし、残りはこの旅の路銀に当てたことを今日になって父は得意げに披露した。

「けど、その本、誰も買《こ》うてくれへんかったらどうするの」

「書き手は稿料さえ貰うたら、後は売れようが売れまいがかかわりないからな。深江屋が何とかしよるやろう。あそこはこれまでわしの句集でさんざん儲けたのやし、本作りの案でもずっと力になってやってる。けどおあい、心配せんでもええ。この本はきっと売れるで。こないな草紙、わしは読んだことがない。本読みのわしが知らんということは世の中の誰も知らんということや。きっと受ける」

相変わらず自信たっぷりだ。

父はこの旅籠でも夜更けまで書いて、朝餉の時分にいったん起きて食べ、昼八ツ頃までまた床に入る。気が向けば床に戻らずに、おあいを散歩に誘う日もあった。

蟬がしぐれる杉林を抜けて古い神社に詣《まい》ったり、浜に出て漁の様子を見物したりもした。

父は出会う者には必ず自分から話しかけた。神主《かんぬし》や百姓や漁師と言葉を交わし、まるで旨い物でも喰うかのように話に興ずるのだ。神社に祀《まつ》られているのが伊弉諾命《いざなぎのみこと》という、国産み神産みの男神であること、杉林の葉を粉にするのが漁師の女房らの手仕事で、それが大坂に送られて線香になること、栄螺《さざえ》の肝も美味《おい》しいこと。

父は何にでも興をそそられて話の先を促すので、おあいは少し意外な気がしたものだ。自分が大坂では知られた俳諧師であることをもっと吹聴するのかと思っていたのだけれど俳諧仲間といる時とはまるで異なって、うまい拍子で合いの手を入れて相手に喋らせる。人馴れのしていない口の重い者でも別れ際には必ずまた島を訪ねるようにと言い、次は旅籠ではなく自分の家に泊まれとまで勧めるのである。

そして父はおあいと二人きりになると、いろんな物を見つけては教えた。父は実にいろんなことを知っていた。

浜の波打ち際を散歩した昼下がりには、辺一面に咲く浜昼顔の風景をおあいに指し示した。

「海の近くで咲くこの昼顔はな、うちの垣根に巻きついてるのと違うて地を這《ほ》うてるのや。こないに潮風がきつい場所でも砂地に根を下ろしてな、まるで波音に耳を澄ませてるみたいに小首を傾げて花を咲かせる」

おあいはそこに屈んで、指先で花びらを探った。父の手が添えられて、指先が花に触れる。端が縮緬のように縮れていて、表面は薄いけれど肌に吸いつきそうななめらかさだ。茎に向かってきゅっと締まった形をしていて、中には思いの外しっかりとした芯が生えていることも指で触れて知った。

「お父はん、浜昼顔はどんな色、してるの」

「そうやなあ……可愛《かい》らしゅうて我慢強うて、ちょっと強情なとこのある色」

「もう。よう、わからへんわ」

おあいは眉を下げながら、ふと母を思った。おあいにとっての母は卯の花の匂いだけれど、父にとっては浜昼顔であるのだろうかと、そんな考えも浮かんだ。温かかった。

そして父は旅籠に戻ってまた文机に向かい、おあいは墨を磨ったり筆を洗ったり、書くのに疲れたら甘い物が欲しくなると言うので、近くの茶店に一人で買い物に出かけてみたりもした。

「ほんまに行けるんか。わし、ついてったろか」

「大丈夫やて。目と鼻の先やて、仲居さんが言うてたから」

父はおあいが大海原に漕ぎ出すかのように案じたが、おあいは己を試してみたかった。

「帰りは鳴門《なると》の渦潮でも見て帰ろうか。あ。お前にとっては聞いて帰ろうか、か」

その言いようには気遣いが微塵もなく、おあいは素直に「うん」と返すことができた。

妙な気遣いはおあいにとって隔てであったのだ。盲目であっても目明きの者と何も変わらない。いや、台所などそれ以上にできるのに、人は天から何もできぬのだろうと決めつけて、それができると知ればびっくりする。それこそが高い垣根となって自分の前に立ちはだかるのだと臍《ほぞ》を噛んでいたけれど、私のこんな思いももしかしたら隔てであったのではないかと、おあいは思った。

「お父はん、物語の題は何て言うの」

「題か。題はなあ、そもそも書き手がつけるものやのうて板元がつけるもんでな。けど、これにはわしの腹案がある。書いてるうちに思いついたのや」

父はさんざんもったいをつけてから、手の内をさらした。

「好色一代男《こうしょくいちだいおとこ》や」

巻　四

七月は方々の神社で秋祭が行なわれる。屋敷町に近い、ふだんは至って静かなこの界隈でも地車《だんじり》や囃子《はやし》、鉦《かね》の音が風に乗って運ばれてくる。

裏庭越しにその賑やかさが流れ込んでくるので、縁側に坐って蚊遣りの杉葉を焚いているはずのお玉は立ったり座ったりして落ち着きがない。団水と一緒に祭に行く約束をしているらしいのだが、当の団水は父の客が帰らないので席を抜けられないでいるのだ。

今日、父は深江屋を呼んで、淡路で書き上げた『好色一代男』の原稿を渡した。先にそれを読んでいた桜塚の西吟も訪れていて、深江屋に太鼓判を捺《お》したものだ。

「西鶴はんが自分でただの転合書きやと言いなさるからどんなもんなんやろうと思う

てたら、これがもう面白いの何の、奇想天外なお話でなあ」

すると父は、げろりと咽喉を鳴らした。

「そうや、世之介《よのすけ》という男の話なんやが、これが生まれついての色男。七歳にして恋を知り、十九で親に勘当されて、諸国を流浪するのや。遊里の太夫から天神、百姓の女房とまで情を通じて、いわば世之介は光源氏の写しやな。けど源氏みたいに雅《みやび》なだけやないで。世之介はしくじりもするし、小癪《こしやく》なとこもある。わしはな、今の町人がもっと身近に思える男を書いてみたのや」

「そうそう、まさにそうだすわ。世之介は目に浮かびやすいんだすわ。深江屋はん、これは町人らが喜んで読むこと、間違いないで」

「わかりました、わかりましたからちょっと黙っておくんなはるか。脇でそうやいやい喚《わめ》かれたら気ぃが散って、先に進ましまへんがな」

深江屋が父と西吟の口を止めるのだが、二人はしばらく黙して扇子の音を立てていたかと思うと、また待ちきれないように喋り始める。おまけに団水は深江屋の傍で、深江屋が読んだ後の紙を手に取っているらしく、「このおなご、よろしな」とか「こないな別嬪、一遍、拝んでみたい」などと、父を持ち上げるようにはしゃぐ。そのつどお玉が鼻を鳴らすものだから、おあいはおない年のお玉が急にいくつも年をとったような気にさせられる。

またもや、父が喋り始めた。

「好色物もいろいろあるがな。『色道大鏡《しきどうおおかがみ》』も『好色袖鑑《こうしょくそでかがみ》』も説教臭うていかん。色の道の究め方なんぞ、あれこれ上から物言われても楽しまれへんがな。そやからわしは、誰もがほんまはしたいけどいろんなことに縛られてでけへんことを世之介にさせたのや。商人の倅がとことん銀子を遣うて粋《すい》の道を究める、生涯の半分を投じてやってのける。日がな算盤弾いてる者ほど、胸がすかあっと空《す》くはずや」

「それもそうだすけど、わしは世之介が親に勘当されて苦心惨憺《さんたん》、暮らしの苦労をするとこも好きだすなあ。これからどないなるのやろうと思うたら、読むのをやめられんようになりましたがな」

「西吟はん、そこまでまだ行ってまへんねん。頼むから先に教えんといておくれやす」

深江屋がとうとう気色ばんだので、西吟は「これはこれは」と笑い濁して手水《ちょうず》に立った。父は咳払いをして茶を啜《すす》ったかと思うと、今度は書物をめくっては投げ出すような音を立てる。苛々しているのだ。板元とはそんなものなのか、深江屋が全く感想を洩らさずに読み進めているからだ。

おあいはお玉を呼んで、台所に入った。

「この分やと長引きそうやから、ごはん、もう三合、炊いて」

「嬢さん、夕餉なんぞ出したらもっと長引くで」

お玉は不服げに異を唱える。

「祭は明日の晩もやってるやろ」

「けど……」

「団水はんは今日も泊まらはるんと違うかな。こんな時分になってるんやから、わざわざ夜道を急いて帰ったりしはらへんやろう」

「そ、そうかな」

お玉はもう隠し立てをしない。淡路の旅から戻った日、団水が留守宅に何日も泊まっていたことがわかったのである。

あの日、鎧屋町に着いたのは夕暮れ間近のことだった。表の戸口には内から錠が下りていたので父とおあいは裏口に回ったのだが、しんとして物音一つしなかった。そしてお玉が突然、女中部屋から飛び出して、「こんばんは」とか「ええお天気で」とかわけのわからぬことを口走ったのである。おあいの傍らをばたばたと通り抜けたお玉の躰からは汗の臭いが立って、それが少し生臭いような気もして、思わず口の前に手を当てたのだった。

おあいが着替えを済ませて階下に下りると、居間で団水の声がした。早口で、へどもどと父に詫びながらお玉よりもっとわけのわからぬことを言い並べている。団水は酒が入るとそれは多弁になるのだが、素面《しらふ》の時はどうも口が回らない性分だ。

「何をそないに言い訳すること、あるねん。若い男とおなごが一つ屋根の下におったら、そら、寝てみとうもなるやろ。当たり前のこっちゃ。だいいち、お前らがそんな仲になってることなど、とうにわかっとったわい」

団水が「え」と間抜けな声を出した。

「台所や庭で何やかやと話をしてるだけの時分は、人目も気にしてへんかったがな。けど、仲が深うなった途端、わしの前であんまり喋らんようになった。目配せをし合うて、二人だけの内緒、内緒や」

笑いながらあっさりと肯定されて、団水は「すんまへん」とまた詫びた。

「そやから詫びるんやない。お前《ま》はんは悪いことをしたんか。お玉はその片棒を担いだんか」

「ちゃ、違《ちゃ》います」

「なら。ええやないか」

おあいは腑に落ちたような落ちないような、ただ、団水とお玉が父から叱られなかったことだけに安堵した。おあいには恋というものがまだわからない。でも随分と肌が生臭くなるものなのだと思った。

お玉が手荒に米を研ぐ音を立てているその合間で、おあいは鰯売りの声を聞き取った。

「鰯、いわしぃ、手々嚙むいわしぃ」

路地の外にいる。こんな時分に流しているということは売れ残りだろう、手を嚙みそうなほど活きがいいわけではないと一瞬、迷ったが、お玉に指図して買いに走らせた。

おあいは土生姜を取り出して薄く切り、壺から梅干しを出す。

「嬢さん、えらい負けてくれたで」

恐る恐る笊《ざる》に鼻を近づけると、悪くなった臭いはしない。すぐに頭と腸《わた》を取って、鍋に並べた。生姜の千切りと梅干しを鍋底に沈め、煮切った酒と醬油でことことと煮つける。

冷奴に茄子と胡瓜の浅漬けを添えて居間に向かうと、廊下で西吟の声がする。

「そやから、おなごにもそれは受けたのや。先だってこれをちょっと書き写して家に持って帰ったのやけど、ふと思いついてな、うちの女衆らに読んで聞かせてみたのや」

「へえ、どこを読んでやらはったんどすか。西吟はん」

団水がそそられたように訊ねている。おあいはお玉を伴って部屋に足を踏み入れた。話の腰を折らぬように部屋の隅に膳を積んだまま置き、そっと膝を畳む。

「あ、いや、嬢さんらの前で、よろしいのかな」

西吟が口ごもると、父は「かまへん」と短く答えた。

「いつも言うてるやないか。ここは阿蘭陀流の家やで、どない下劣な文言にも慣れてるわい。ましてこの娘らももう十六や。明日、嫁いだかて、おかしない」

気負ったような言い方をした。

「ほなら、申しますけど、端午の節供に世之介が屋根に上がって、仲居が行水を使うてるのを覗き見する件《くだり》がありますやろう。仲居は帷子《かたびら》と腰巻をそろそろと脱いで素裸になって、脱いだもんを篠竹の垣根に掛けて菖蒲湯の盥《たらい》に浸かる。自分より他は松風ばかり、他に見てる者も聞いてる者もおらんやろうと糠袋を使うて、臍《へそ》のあたりの垢をかき流して……で、ついでにあそこまでこする」

おあいはなぜか咽喉が詰まって、唾を呑み下した。その音がやけに大きく響いたような気がして尻を浮かせると、お玉が突然、くっと噴いたのである。

「目に浮かぶわぁ」

そう呟いたなり笑い出して、止まらなくなった。団水も追随するように笑う。

「そうどすねん。最初は誰か覗いてへんやろかて垣根の向こうを睨んだり耳を澄ませたりするんやけど、ひとたび安心やと思うたら……。いや、おなごもこないなことするんやなあて思うたら、可笑しいて可笑しいて」

すると西吟は「ほれ、この通り」と、膝を打った。

「わしが読んで聞かせた女衆らもな、一瞬、顔を見合わせて、その後、腹を抱えて笑うたな。次をもっと読んでくれてせがまれて、難儀したほどや。な、深江屋はん、あんた、いつぞやも言うてなはったやないか。おなご向けの草紙で何か目先の変わったもんを出したいて。『好色一代男』はまさにそれなんや。これまでの子供だましのもんなんぞ、皆、見向きもせぇへんようになるで」

西吟の言葉の端々に深江屋を説得するような語気が感じられて、おあいはふと不安になった。あんのじょう、深江屋は渋い声を出す。

「西吟はんまで、どないしはりましたんや。宗匠の追善興行が先延ばしになって、あんさんも随分と後始末に追われはったて耳にしてますで。……そうまでして出板するのがこないな放埒なもんで、西吟はんはよろしおますのか。ほんまに、お人がよろしいな」

お人好しだと皮肉られて、いつも穏和な西吟が声を尖らせた。

「ああ、ええとも。西鶴一派は一周忌法要を執り行のうて、その後に句会を催す。そないに決めたのやから、それでええのや。それを何で本屋のあんたが蒸し返す」

「いや、先生は談林派の跡目を継ぐのを目前にしてはるから、あえて申し上げてるんだす」

「すると何か、あんた、西鶴はんの為を思うてこれの板元はよう引き受けん、そない言うのか」

深江屋は今度は口を返さない。父も黙ったきりで、西吟の声だけが熱を帯びる。

「深江屋はん、あんた、いつのまにそないに偉《えろ》うなったのや。……あんたら、これまで西鶴はんにどんだけ世話になってきた。京の本屋に独占されてた出板商いがここ大坂でこないに繁盛してるんは、裏で西鶴はんがいろいろと知恵を出してきたからやないか。句集の編纂の仕方から題の付け方、無名の者の句集には序文を書いてやって、どないな絵ぇを載せたら目ぇ惹くかまで案を出して。西鶴はんが助力せぇへんかったら、あんたとこのあの店、間口《まぐち》はあないに広がってへんのやでっ」

「それは有難いて思うてますけど、先生も抜け目のないお方や。ちゃんと元は取ってはりますがな」

「何や、元て何や」

「そやから、序文の中にご自分のことをいろいろ、うまいこと書き混ぜて、宣伝してきはったやおませんか」

西吟は呆れ返ったように、荒い息をついた。団水まで「深江屋はん、見損ないましたわ」と非難がましい口をきいたが、深江屋はまるで相手にしなかった。

「私も本心は、板元にならせていただきたいに決まってますがな。けど、このところ、御公儀《おかみ》の取締りがきつうなってるのは皆さんもご承知だすやろ。今の公方さんは極めつきの堅物だっさかいな、風俗の取締りが年々、厳しゅうなってます。この二月にも忠孝を励まし、奢らず倹約せよて、四角四面な高札が立ちましたやろう。それだけやおませんで。不忠不孝の者がおったら野放しにはせん、重罪に処するて、こないなお達しや」

するとお玉がいきなり口を挟んだ。

「そんな、お侍やあるまいし、大けなお世話や。町人の不孝に、何で御公儀が嘴《くちばし》を突っ込まはりますねん」

団水がいとも軽くあしらわれたからなのか、むきになっている。

「そやから、今、不孝者の好色話なんぞ出したら、真っ向から御公儀に盾突くのも同然やないか。世之介は奢侈《しゃし》に傾《かぶ》いて親不孝をしまくって、姦通までしてるのやで」

深江屋はお玉相手に大きな声を出した。が、それは明らかに父に向けて放たれた言葉だった。羽織の裾を払う音がして、「先生」と父に呼びかける。

「そないなわけで、このお話は水に流しておくれやす」

父は「ふん」と口の中で答えた。

「お前《ま》はんの言い分はようわかったで。新作の慥《たし》かならざる書物、商売すべからざる事て、そないな禁令も出てるしなあ。うさん臭い新作は町奉行所の許しを得んと出板でけへん。それに背いたら、あんたが危ない、そないな理屈なんやろ。ああ、わかってるがな、わしはお前はんが思うてるより遥かに本商いのことは見えてるで。京のうて大坂で初めて俳書を出す時も、どんだけ越えんとならん関があったことか。新しいことを始める時はいつでも楽やないもんなあ。けど、楽やないから面白いんやないかい。……まあ、夕餉の用意もできてるようやから、ゆっくり思案を練ろうやないか。おあい、酒や」

思った通り、父は今から本腰を入れて深江屋を懐柔にかかる肚であるらしい。今日は夜通しになるかもしれへんなと覚悟しながらおあいが膝を立てると、深江屋が「嬢さん、結構だすで」と止めた。

「店に絵師を呼んでますんでな。待ちかねてますやろうから、私はこれで」

深江屋は父に短く挨拶をして、廊下に出た。

おあいは引き留めたくなるのをこらえながら出入り口までついていき、膝をついて坐った。

「ご苦労さんでした……」

框の前で深江屋はせわしなく草履を履いている。戸を引く音がしたので頭を下げると、「嬢さん」と呼びかけられた。

「先生にお伝えしとくなはれ。先《せん》にお渡しした稿料はお貸ししておきます、利息は月一分《いちぶ》で結構でおます、て」

恩に着せてくる。

「……おおきに。すんまへん」

「それと、な。何ぼ風通しのええお家か知りまへんけど、仕事の談合の場に女衆が差し出口をするなど、不行儀が過ぎますで。あの子、着物の着方もだらしのうて、感心しまへんな」

俄かにぞんざいな口のきき方をした。己がいかに筋目の通った商人であるか、板元を引き受けなかったことがいかに正当であるかを押しつけるような言いようだ。

おあいは身揺るぎ一つせず、満面に笑みさえ浮かべて返した。

「へえ、おおきに……大きなお世話を有難うさんにございます」

部屋に戻ったら父は盛んに飯をかきこむ音を立てていて、鰯の煮つけをおかわりした。西吟と団水はもう酒を始めていた。


深江屋が板元を降りた翌日から、父はいろんな本屋を家に呼びつけた。心斎橋の池田屋に岡田屋、平野町の千種屋《ちぐさ》……けれど皆、首を縦に振らない。

俳諧師としての父を見てきた本屋らは「俳諧の伊呂波本を出さはるんならともかく、何でまた」と、父が草紙に手を出したことを訝《いぶか》しがる。わざわざ父の俳諧仲間をつれてきて、意見させる本屋までいた。

「天満の宗匠が亡《の》うならはったのや。あんさんは今、この時が正念場だす。談林派宗匠の後釜はもう目の前にありますのや。あんた、あないに天辺に立ちたがってはったやおませんか。何を血迷うてこんな、あられもない話をつらつら書かはりますねん。こんな物が世間に出回ったら、きっと跡目相続にかかわりますで」

「どいつもこいつも怖気づきやがって。色好まざらん男は玉の盃の底なき心地がするて、兼好法師はんも言うてはるやないか。大坂の本屋は腰抜け揃いか、玉無しかっ」

父は地金を剝き出しにして相手を追い込んだが、誰も板元を引き受けてくれない。家に呼べる本屋が尽きると、父は方々に出かけ始めた。が、これまでつきあいのなかった本屋を回っても既に噂が行き渡っていたらしい。とうとう団水を供にして京にまで足を延ばす。句集はほとんどが自費出板であるのが尋常だが、『好色一代男』は八巻まである。とても自費では賄えないし、まして父に借銀はあっても貯えなどどこにもなかった。

「京の本屋は大坂より遥かに頭《ず》が高いからなあ。なにせ、お公家さんやお寺さん相手にお堅いもんを出してきてはるから。あかんのと違うかなあ」

お玉は団水から聞きかじったあれこれを、おあいに教えた。だがおあいは父がこのまますんなりと出板をあきらめるとは、どうしても思えないのである。

井原西鶴は誰かに行く手を阻まれたら躍起になって、正面から猛然とつき進む。

「わしは阿蘭陀流や」と自らを卑下するかに見せかけてその実は開き直り、まんまと名を売ったのだ。今度もこのまま引き下がるわけがない。負けず嫌いは、負けそうな時にこそ底力をひねり出す。

「ごめんやす」

戸口で客らしい声がして、お玉が応対に出た。すぐに台所に引き返してくる。

「嬢さん、可心《かしん》ていうお方がお越しやけど」

「可心はん……ていうことは、俳諧のお仲間かお弟子はんやなあ」

「さあ、どうやろう。この家はほんまいろんな人が来はるから、憶えきれへん。嬢さんみたいに耳もええことないし」

「顔に見覚えはあるのか。いくつくらい」

「うちの旦那さんよりは老けてるなあ。うちにも何遍か来てはるような気ぃする。海老みたいに目ぇが真ん中に寄ってて、眉頭に大きなほくろがある」

「ああ、海老の顔に似てるお人がいてはるて、あんた、前に笑うてたことがあるなあ。そのお人やったら荒砥《あらと》屋はんやな、たぶん」

おあいは「上がって待っててもろうて。お父はん、今日は遅うならへんはずやから」と指図した。

「ふん。わかった」

井戸水で冷やした瓜を切り、番茶を用意していると、お玉がぐふぐふと笑いながら戻ってくる。

「嬢さん、筒抜けやったわ」

「筒抜けて」

「わたいが海老に似てるとは知りまへんでしたわ、て、真面目な顔して挨拶しはるねん」

「あんた、そないに大きな声出して、また聞こえるやないの」

おあいはお玉をたしなめながら、また笑いがこみ上げてくるのを懸命にこらえた。盆を持って父の部屋に入ったが、気配がない。縁側の向こうで土を踏む音がして、「ああ」と声がした。

「ご無沙汰しとります」

甲高いその声はやはり、思案橋で荒砥屋という砥石問屋を営む御仁だった。れっきとした商いを営みながら俳諧を嗜《たしな》み、しかも父の直弟子ではない者は屋号で呼ばれることも多い。

「お越しやす」

「それにしても、垣根が見事だすなあ。これ、昼顔だすやろ」

「そうです」

「朝顔や夕顔を垣根に添わせてる庭は珍しないけど、昼顔はなかなか」

おあいは本当は浜昼顔をと思ったのだ。匂いはまるでないのだけれど、淡路で父に教えられた花の色が不思議と心に残ったのである。が、出入りの植木屋は海辺でないと育たないものだと言い、代わりに昼顔の種を頼んだ。それでもなかなか手に入らなかった。野原や空地でいくらでも咲く野草なので、わざわざ種を買って育てる者などいないからだと聞かされた。

「いや、そう言うたらたしか、西鶴はんの前のお宅の、あの庭にも咲いてたような」

縁側まで盆を運んだおあいは、目を瞬かせた。

「前の家て、お母はんが生きてた頃に住んでた表店ですか」

荒砥屋が「よっこらせ」と言いながら、縁側に腰を下ろした。

「そうだすわ。わたいがまだ若い頃は刀剣の手入れをしはる職人はんもいてなはったから、時折、砥石を納めに伺うてましたのや。そうや、今、嬢さんが持ってきてくれはったように冷えた瓜や西瓜を切って、あんさんのお母はんがよう振る舞《も》うておくれやした」

「あそこの裏庭に昼顔があったんですか」

「ありましたでぇ。勝手に生えて咲いたもんなんやけど、あんまり可愛らしゅうて垣根に添わせてますのやて、そない言うてなはったなあ。ここのよりもっと小ぶりやったけど」

「私、全然憶えてません」

「もしかしたら、嬢さんが生まれはる前のことやったかもしれませんなあ。そうや、みずゑはんが嫁いで間無しの頃やったかもしれまへん」

——可愛《かい》らしゅうて我慢強うて、ちょっと強情なとこのある色。

父は淡路で、浜昼顔の色をそう言い表わした。そしておあいはふと、母を思い浮かべたのだ。やはり、若き日の母は昼顔の咲く庭にいた。父の胸にはその景色が今も残っているような気がする。

軒先で風鈴が鳴った。おあいは立ち上がって縁側の隅に行き、小さな壺に何本かまとめて挿してある団扇を一本抜いて、荒砥屋に差し出した。

「やあ、おおきに。それにしても、嬢さんはよう似てきはりましたなあ、お母はんに」

「そう、ですか」

思わず手の甲を頰に当て、顔を伏せた。

「いや、顔立ちもそうだすけど、声や仕草がそれはもう」

自分の顔を見ることのできないおあいの目を気遣ってか、荒砥屋が少し言い直した。素直に「おおきに」とおあいは頭を下げた。

「不思議なもんだすなあ、親子て」

たしかにと、おあいは小さくうなずいた。母の所作をつぶさに目にすることができなかったのに、なぜ仕草まで似るなんてことが起きるのだろう。

「西鶴はんも男手一つで、よう頑張らはりましたわ。みずゑはんの野辺送りの時なんぞ、わたいはもう胸が詰まって仕様がおませんでしたで。赤子《ややこ》を背に負うて、右手におあいちゃんと、左手に……たしか、ああ、いっちゃんだしたなあ。いっちゃんの手ぇ引いて。貰い乳がでけへんかった日ぃはうちに訪ねてきはって、米の煮汁だけで大丈夫なんかてうちの女房に訊ねはりましたわ。ほんで、麦の粉に生薬の地黄《じおう》を煎じたもんを混ぜて与えはったらよろして、教えたみたいやけど。

あの頃、西鶴はんは仰山、手持ちの本を手放さはったみたいだすなあ。酒も断たはったし」

思わず、膝が動いた。

「荒砥屋はん、お酒断ったて……うちのお父はん、下戸なんと違うんですか」

「いや、強いことはおませんで。けど、ほんまは、それは好きだすがな。みずゑはんもよう、晩酌の進む肴《あて》を用意してはったもんや」

まるで憶えていなかった。

「みずゑはんが亡うなってからしばらくは、弱いくせに浴びるみたいに呑んで、こないな憂き世があるかて嘆いて泣いて、わたいらもほんま手こずらされたもんやけど。あんさん一人を手元に残して坊《ぼん》らを養子に出さはったその日に、ぴたりと止めはった。以来、一口も口にしてはらへんはずや」

「何で、おわかりになるんですか……」

すると荒砥屋は、ひっそりと呟いた。

「おあいが大きゅうなるまでは、わしは死なれへん……そない、願を掛けはったからや。西鶴はんがそれを自ら破るわけがおません」

おあいは茫然として、二の句が継げなかった。次郎太に飲ませる乳に苦労したのは自分一人であったとずっと思ってきたし、まして父が願を掛けていたなど、思いも寄らないことだった。

「……けど、ちょっとずれてますよね。俳諧を断って願を掛けるんやったらともかく、もともとそない強うもないお酒を断つやなんて」

声が震えそうになるのを、憎まれ口でごまかした。

「そない言うたら、そうやな。いや、それも西鶴はんらしい」

一緒に笑った。ふと、肝心なことを言いそびれていたことを思い出した。

「お父はん、今日は句会に招かれてて。けど、もうまもなく帰ってくると思います。このままお待ちいただいてもよろしいですか」

「へえ、構いまへんで。この縁側、静かで風がよう通って、ええ心地だすなあ。背中はひんやりと涼しいて目の前はぽっかりと明るい。夏が好きになる縁側や」

荒砥屋は皿を持ち上げたらしく、さも旨そうにしゃぶりつく音を立てた。瓜の甘く瑞々しい匂いが立った。その傍から離れがたくて、三つになるらしい荒砥屋の孫の話や、近頃、三味線に凝っているらしいことを聞く。

庭に向かっているおあいの目の中は明るさに満ちている。いつもの闇であるには違いないのだけれど、しみじみと穏やかな明るさをちゃんと感じていた。

まもなく外の路地で、父と団水の足音がした。

父は草履を脱ぐ間も惜しむように、「江戸から文は来たか」とおあいに訊ねた。

寝冷えをしたのか今朝から少し鼻声だったのだが、今はすっかり声を嗄《か》らして蝦蟇《がま》のごとくである。点料を稼ぐために、余計に咽喉を使ったのだろう。

草紙の出板を大坂はもちろん京じゅうの本屋からも断られてしばらくは火の玉のよ

うに怒り狂って荒れていたが、父はやがて江戸の本屋のあちこちに文を出した。京大坂が駄目なら江戸があると思いついたらしかった。江戸の本屋は上方に比べれば新興で格は落ちるが、もう何にもこだわっているゆとりはない。色よい返事があれば自ら江戸に下るつもりで、その路銀を作るのに句会に出ては点料稼ぎをしているのである。このところの大坂はますます俳諧が流行して、毎日のようにどこかで句会が開かれ、一日のうちで昼夕と何箇所も掛け持ちをする日まである。

「江戸からは……まだ」

「ほうか」

気にしていない風を装っているが、居間に向かう足取りは重く鈍い音である。

「お父はん、荒砥屋はんが来てくれてはって。お待ちやねんけど」

来客の好きな父が気乗りのしない声で「ふうん」と答えた。団水は台所にまっしぐらに向かい、お玉に「手を洗え」だの「麦湯がええか、番茶がええか」などと世話を焼かれている。おあいは板ノ間に入って父にも番茶を煎れようとしたが、待てよと思いついて土間に下りた。

「お玉、生姜、まだ残ってたなあ」

「ふん、まだあったはずやけど」

「それ、すり下ろしてくれへんかな。一片《ひとかけ》でええから」

そしておあいは棚の上に手を伸ばした。

「嬢さん、何ですのん」と、団水が訊ねる。

「水飴を入れた壺、見当たらへんかなあ。このくらいの大きさの、瓢箪《ひょうたん》みたいな形をしたのん」

「瓢箪形……ああ、これどすか」

団水が取ってくれた壺を両手で受け取って、おあいは蓋を開ける。匙《さじ》で中を掬って湯呑みに移し、少しずつ水で溶く。お玉が下ろし生姜を持ってきた。

「やあ、冷やし飴、作るのん。わたいも欲しい」

「ほなら湯呑み、持っておいで。あ、団ちゃんも飲むか」

「おおきに」

客の荒砥屋の分も用意して、おあいは父の部屋に運んだ。夏風邪のひき始めに、母がよく冷やし飴を作って飲ませてくれたのである。

部屋に入るとぜぜと咽喉を鳴らす音がして、父が大きなくしゃみをした。

「そうか。それは難儀なことだすなあ。せっかく書かはったもんを」

父は「そやがな……」と受けながら、洟を啜る。

「あいつら、何もわかっとらへん。大坂や京の町を舞台に、町人の小倅《こせがれ》が放蕩の限りを尽くすのやで。いや、上方だけやないがな。日本じゅうの、いろんなおなごと情を結ぶ。相手は絶世の太夫から蓮葉女《はすは》にもうつつを抜かす。むろん、衆道《しゅどう》も極めるで。こっちが騙したり騙されもしながら情を知って、世之介はだんだん本物の色男になっていくのや。

読む者はな、それを己に重ね合わせて胸を躍らせたり口惜しがったりできる。な、ここが脈所《みゃくどころ》や。そんなこと、芝居でもできる、いや、芝居やったらもっと楽にできると吐《ぬ》かした本屋がおったけどな、本屋のくせに何もわかってへんのや。まあ、こないな物語は世の中で初めてやから無理もないが、物語というのは自分の好きな時に好きなように読んで、百人おったら百通りの世之介が生まれるわけや。そないなことは役者次第の芝居ではでけへんのやから、本好きの者には一代男はきっと受ける。決まってるのや」

言葉尻がとうとう洟で濡れて紛れて、父はやっと息を継いだ。

「……ほんで、今日はまた何用で訪ねてくれたんかな」

いきなりまくしたてられた荒砥屋は早や疲れた声で、ためらいがちに切り出した。

「いや、大した用やおませんねんけど。実はそろそろ倅に跡目を譲って隠居しようと思い立ちましてな、ついては句集を出してみたいのだすわ。わたいも俳諧は長年、嗜んでますしなあ。まあ、隠居の挨拶がてら商い仲間や親戚にも配りたいと思いまして」

「ほうか、そりゃめでたいことや。おめでとうさん」

「いや、それで西鶴はんの見知りの板元を紹介してもらえんやろうかと、そない思いましたのやが」

「本屋やったらまかしとき。何ぼでも口ききするで」

「けど、あんさん、今、伺うたところ、どこの板元とも反目《はんめ》になってはりますのやろう」

「そんなん、屁でもない。句集と言うたらどこでも喜んで飛んできよるわ。荒砥屋はんにはどこがええかな。深江屋は大坂では老舗になるけどさすがにあそこはけった糞悪いし、新手の熱心なとこがええやろなあ。近頃、草紙がよう出てて板元も増えてるのや。自分とこで職人を抱えんならん商いと違うからなあ。稿を受け取ってそれを摺らせる、出来上がったもんを貸本屋に回す、これだけのことやから……」

そこで父はしばらく黙り込んで、げろっと鳴いた。

「そうや、何でそれに気ぃつかへんかったのや」

おあいは盆を持ったままそろそろと腰を下ろし、肩をすぼめた。悪巧《わるだく》みの臭いがする。


「荒砥屋はん、あんた、板元にならへんか」

「はあ」

荒砥屋の語尾が海老の尻尾のように跳ね上がった。

「わたいの句集の板元をわたいが引き受けるんだっか。そないな話、聞いたことおまへんで」

「違うがな。わしの草紙の板元になるのや。……おあい、この冷やし飴、えろう旨いな」

「そんな阿呆な。わたい、ど素人だすで。砥石の目利きはできても、出板のことなんぞまるでわかりまへんがな」

「かまへん、かまへん。本の作り方はこのわしが一から十まで心得てる。板木の彫師も摺師も、紙屋かて手配できるよってな、あんたは板元として名を出してくれさえしたらええ」

「板元て、何をしたらよろしいのや」

「本を作って売る、いわば総元締めやな」

「ということは名を出すだけやおませんな。……掛かりを持つ、てことだすやろう」

「さすが商人、ようわかってる。まあ、そういうことや」

妙な褒め方をして巧みに言い繕ったつもりだろうが、荒砥屋を怒らせはしまいかと、おあいは厭な汗をかく。

「けどな、板元ていうのは面白い商いなんやで。最初に何かと掛かるが、本の板木を一回彫ったら後は摺り放題。貸本屋がもっと回してくれて注文してきたらあっという間に元が取れるどころか、儲け放題や。懸命に思案を巡らせて出した本が見事に的を射て、売れに売れまくった時の心地というたら、ちょっと他にはないで」

「さっぱり売れんかったら、どないなりますの。あんさん、買い取ってくれはりますのんか」

「こない狭い家に置けるかいな。ただでさえ本に埋もれてるのに。床が抜ける」

「ようもまあ、そないな博打を平気で他人にさせようてな気ぃに、ならはるなあ」

「まあな。これが阿蘭陀流の本の出し方や」

父は居直ったように笑う。荒砥屋はほとほと呆れたのだろう、口をつぐんでしまった。風が流れて、風鈴が騒ぐ。

ふうと溜息が聞こえて、「嬢さん」と呼ばれた。おあいは思わず膝を前ににじり出した。

「ほんまに、お父はんときたら傍迷惑なことで……すんまへん」

「違いますがな。この冷やし飴、ほんに旨《うも》うおすわ」

そして荒砥屋は音を立てて飲み干してから、言葉を継いだ。

「西鶴はん、わかりました。いや、ほんまはようわからんけど、引き受けさせてもらいまひょ、その板元」

「ほ、ほうか、うんと言ってくれるかっ」

「あんさん、生玉《いくたま》はんの大矢数にわたいを呼んでくれはりましたもんなあ。あれ、えろう嬉しかったんや。倅夫婦にも近所にも自慢の種になって。……庭の昼顔は何とも風情やし、冷やし飴はすうっとするし」

荒砥屋はそう言って、板元を引き受けた。

父は次の日、さっそく桜塚に文を出して西吟を呼んだ。

「西吟の字ぃは巧いとは言えんが、読みやすい。草紙は読みやすい字ぃでないとあかん」

手前勝手な理屈で、西吟に板下書きを押しつけたのである。薄い紙に書いたその文字は裏返して板木に貼られ、彫師が上からなぞって彫っていくらしい。その板下に摺師が墨を刷《は》いて、紙に写していく。その紙を綴じたものが本になる。

「ああ、えらいことを安請け合いしてしもうた。書いても書いてもまだあるがな。西鶴はん、あんた、長いもん、書き過ぎや」

西吟はもう十日も泊まり込んで、お玉が言うには向こう鉢巻きをして諸肌《もろはだ》を脱ぎ、筆を走らせ続けているらしい。

「しゃあないやないか。わしかて、こないに長うなるとは思うてへんかったのや。筆が勝手にずいずいと進んで、止まらんようになったのや。文句やったら筆に言わんかい」

「ほんまにもう。俳諧は大矢数で数の勝負、草紙は長さで勝負と来てる。ようもこないに考えつくもんや。躰ん中、何が入ってますねん」

「一遍、開いて見てみたいもんやな。わしも」

西吟と戯れ口を叩き合いながら、父は自ら挿絵を描いている。風邪はすっかりどこかに飛んでいた。西吟も父もそれは筆運びが速いらしく、団水は何本もの筆を台所の流しに持ち込んでは洗い、穂先を手拭いで拭いている。お玉に頼むと荒いことをするので、口喧嘩になるのだ。

「ほんまにがさつやなあ。そないな拭き方したら穂先がわやになるがな」

「細かいことに一々、文句つけて。気に入らんのやったら、自分でやり」

押し返されて、団水は渋々と筆を洗う。

時折、荒砥屋が海老に似ているという顔を出し、おあいに向かってこっそりと心配げな声を出した。荒砥屋はどうやら、自らの句集のために用意していた銀子を父の出板に回してくれたらしかった。

「こんな寄合所帯《よりあいじょたい》で、本なんぞできまんのか」

「ええ、板下さえ仕上がったら、あとはこっちのもんやて、お父はん、言うてました」

「そうだすか……まあ、板元は黙って待ちまひょうか」

居間で絵筆を揮う父が、「どんなもんじゃいっ」と己褒めする声が響いた。

その年、天和《てんな》二年（一六八二）の暮れに、おあいは父と団水、お玉とつれだって道頓堀の芝居小屋に出かけた。

父は俳諧仲間と弟子らが祝いに贈ってくれた羽織をつけて、めかしこんでいる。それは舞鶴の紋を染め抜いた白羽織であるらしく、畳んでいると指先が微かに凹凸を感じる縮緬である。皆、さぞ張り込んでくれたに違いない。しかも今日の着物は黒に近い濃緑の縮緬を出してくれと言われたので、その上に白羽織となればやけに目を惹く格好であるのだろう。行く先々で「一代男の西鶴はん」と声を掛けられ、囲まれる。父は『好色一代男』に自らの名を記さなかったようだ。それが談林派の宗匠の跡目という長年の希《のぞ》みを見据えてのことなのか、おあいは承知していない。が、十月の中頃に出板に漕ぎつけた『好色一代男』八巻八冊は売れに売れ、巷《ちまた》ではあっという間に書き手の名が知れ渡ったようである。西吟が書いた跋文《ばつぶん》に、作者を「鶴翁《かくおう》」と記したからだ。

　欲張りなお父はんのことやから、きっと宗匠の座も草紙書きの名ぁも、両方、手に入るように仕組んだんやろうな。

　荒砥屋はしじゅう鐺屋町にやってきて父に指図を仰ぐが、おあいが応対に出るたび、溜息と昂奮の入り混じった声を出す。

「いや、もう参りますわ。たちまち後刷りをしても追いつきまへんのや。この歳になってこない面白い商いをさせてもらえるとは、思いも寄りまへんだしたわ」

　西吟がおあいに洩らしたことには、荒砥屋が自らの句集のために用意していた銀子は店の跡を取った倅に拝まれて、商いの算段に遣われてしまったらしい。結句、長年、好きで買い集めてきた書画を売り払い、それで足りない分は借銀までしてくれたという。それほど切羽詰まりながらも、荒砥屋は父に稿料を持ってきてくれた。

父が迷いもせずに、いけしゃあしゃあと受け取ったのをおあいは消え入りたくなるほど恥ずかしく思ったものだ。が、今から思えば、父はよほどの自信があったのだろう。何の保証もない、無闇な自信だけが父と周囲を衝き動かして、『好色一代男』は世に出た。それを市中の皆が受け入れ、我が事以上に喜んで喝采してくれている。だがおあいは荒砥屋に迷惑を掛けなかったその一点に、安堵している。

私はお父はんみたいに大きゅうは出られへん。

己の肝の小ささを知るたび、節季のたびに掛け取りに責められていた母の、心細い声音《こわね》を思い出すのである。あの時の切なさ、父への何とも言えぬ嫌悪は今も炒りついた鍋底のようにこびりついて、取れそうもない。

それでもおあいは近頃、もっと父を知りたくなっていた。以前のように避けずとも、やることなすことに向き合える。

何度も耳にした一代男の件でおあいが新たに知ったのは、父が大層、洒落者でもあることだった。

世之介の装いは微に入り細に入り描写されていて、肌着は緋無垢《ひむく》をちらつかせ、着物は卵色の縮緬に馴染みのお女郎らの紋を染め抜いてある。帯は薄鼠《うすねず》の西陣織、羽織は黒の呉絽《ごろ》服連《ふくれん》に縞びろうどの裏をつけてある。町人好みの七所拵《ななところごしらえ》の大脇差を少し反らして差し、その鞘《さや》には藍鮫《あいざめ》をかけてある。腰には平形の印籠《いんろう》と色革の腰巾着を提げ、それには揃いの瑪瑙《めのう》の緒締めと唐木細工の根付が付き、扇も友禅《ゆうぜん》が浮世絵を描いた十二本骨……。

おあいはそれをもうすっかり憶えてしまい、空でなぞれるほどだ。縮緬以外は手にしたこともないものばかりで、一つひとつを思い浮かべたりはできない。ただ、言葉にそそられるのである。西陣織や縞びろうど、友禅という言葉の響きが世之介の伊達ぶりを物語り、好もしさを膨らませていく。

読む人には皆、こんなことが起きてるのやろうか。そうや、私みたいに瑪瑙の緒締めを見たことも触ったこともない人も、きっといてるに違いない。

けど、感じて摑むことはできるのや。自分なりに。

団水に言わせると、大坂のみならず京の一流の流行りも隈なく盛り込んで、これも町人らの遊び心をそそっているらしい。

小屋に入ると、人いきれと弁当や酒の臭いが鼻をつく。いろんな虫が飛び交っているような騒々しい臭いで、一瞬、目眩がする。あまりに雑多な音と臭いが渦巻く場は己の立つ位置も方向もわからなくなりがちで、おあいは父の袖の先をひしと握り締めて、杖を使いながら歩を進めた。

その杖は父が京で誂《あつら》えてくれたものだ。どうやら荒砥屋が板元を引き受けてくれた直後に注文したらしく、申し訳ないことに父はその稿料を当て込んで手配したようだった。杖は手触りのなめらかな桜木でできている。おあいは初めてそれを手にした時、上から中ほどにかけてぎざぎざのあることに気づいた。首を傾げながら撫で下ろしていると、父が「昼顔の飾り彫りや」と得意げに教える。

「杖に巻きついて咲いてるみたいな文様を彫らしたのや。どや、わかるか」

おあいは「うん」とうなずいた。

指先を通して、昼顔の形が初めておあいの中にできたのだった。それは想像していたよりも遥かに可憐で、あちこちを向いて咲いている。葉やつるは伸びやかだった。

「こんなん、高いやろうに」

おあいは礼を言う前に、まずそんな心配をした。すると、父は杖を持つおあいの手の甲をぽんぽんと宥めるように叩いた。

「まあ、ええがな。わしが爺さんになったら、鳩の細工飾りが頭についた杖を作ってくれたらええ。それでおあいこや」

「鶴やのうて、鳩やのん」

「そうや。鳩は噎《む》せへん鳥やと言われててな。他の鳥が噎せたりするんか、わしは聞いたことないが、まあ、長寿の杖なんや。中風《ちゅうぶう》除けのまじないにもなるしな」

父とのやりとりを傍で聞いていたお玉は、おあいの杖を「ええなあ」とやけに羨ましがった。

座主に掛け合って「桟敷《さじき》の、ええとこを取ってもろてるで」と自慢していた父が、おあいの手を取って引っ張る。

「ああ、ここやここや」

おあいは人の膝に当たらぬように杖を使いながら足を運ぶけれど、何度も詫びねばならない。背後で舌を打つ音がして、誰かが「盲の者が芝居なんぞ」とこぼした。

父が「何を」と唸り声を上げた瞬間、前の方で気配が動いた。

「こら、おっさん、何をぬかしておいでや。芝居は見るだけのもんやあらへんのやで。台詞も音曲も耳で味わうもんや。田舎者は黙って寝ときっ」

言いようは荒いが、若くなめらかな声をしている。

「何や、椀久《わんきゅう》はんやないかいな」

父が打ち解けた挨拶をした。

「ご無沙汰してます。先生、一代男、読ませてもらいましたで。新町でも島原でも、えらい人気だすわ。あたしも見知りというだけで、鼻が高うおます」

前には豪奢な女たちも何人か一緒に坐っているらしく、衣擦れの音がするたびに華やかな香の匂いが立ち、しゃらりと簪の音が動く。

「先生、また来ておくれやすな。お姿が拝めんのは淋しおすわあ」

背後に腰を下ろしたお玉と団水がひそひそとやり出した。

「なあ、椀久はんて、堺筋の大銀持ちと違うの。役者みたいに目ぇ惹《ひ》く若旦那やな」

「ああ、親から相続した銀子を遊郭遊びに注ぎ込んで、島原も新町も客は椀久はん一人ってな、もてなしぶりらしい。それにしてもやっぱり違うな、天神や禿を四人もひきつれて。見てみ、あの重箱。漆《うるし》が底光りしてるがな」

「美しなあ、あの銀簪。なあ、わたいもあんなん欲しい」

すると左手で、「へっ」と吐き捨てる者がいる。

「毎日せっせと働いて酒と煙草を始末して、今日はやっと己に一年の褒美をしてるのや」

さっきの男の声だ。

「それが何や。盲目《めしい》の杖に膝を突かれるわ、着飾った若造に偉そうに言われるわ。験《げん》の悪いこっちゃ」

と、おあいの右手に坐っていた父がやにわに動いて、袂が髷に当たった。おあいの頭越しに父が躰を伸ばしている。

「あ痛っ」と、男が叫んだ。

「何すんねんっ」

「お前みたいな盆暗《ぼんくら》にはな、拳固《げんこ》で充分なんじゃっ」

父はいきなり、男の頭をぽかりとやったらしい。

「お、お父はん、やめて」

こんな所で人目を集めるなんて、想像するだに身が縮む。おあいが袖を引いても、父は止められたらますますいきり立つ。

「おっさん、盆暗て何じゃいっ」

男のつれらしき者も一緒になって突っかかってくる。

「はっ、知らんのか。目ぇや耳の悪い者、手足が思うように動かせん者を虚仮《こけ》にするような奴をな、盆暗と呼ぶのじゃ。気に入らんかったら、戯《たわ》け、うつけと呼んだろか。それとも阿呆んだら、か。何や、まだ文句あるんか、ほな、表に出んかい」

父が凄んだ。

「もう幕が開《あ》くのに表に出たら、芝居は観られへんぜぇ。けどここでは皆さんに迷惑がかかるからな、ほれ、早よ立たんかい。言うとくがわしも一人やないぞ。なあ、団水はん」

するとと、背後の団水が「へ」と間抜けな音を洩らした。

「この先生はな、こない見えても剣術の達人なんじゃや。ははあ、信じてないと見える。お前はんら、ほんまに世間を知らん与太郎《よたろう》やな。あのな、正真の強いお人っちゅうのは一見、そうとは見えんのや。こないに締まりのない風体《ふうてい》やからこそ、強い強い」

男らがぼそぼそと相談し合っていると、柝《き》の音《ね》が一つ鳴り響いた。

「さあ、どないする。表に出るんか出ぇへんのか」

一拍置いてからまた一つ、二つ、そしてだんだん音が高く速くなっていく。

「も、もう始まるから、今日はやめといたら。木戸銭がもったいない」

男らの真面目な言い訳に、椀久と女たちが吹き出した。

艶めいた地唄になって、お玉と団水が慌てて坐り直している。どうやら幕が開いたようだ。

芝居が始まって、おあいは顎を上げて耳を澄ませた。が、あまり気が入らない。背後の団水とお玉が喋り続けているからだ。団水は辺りを憚《はばか》って小声なのだが、もともと声の大きいお玉の言葉は厭でも耳に入ってくる。

「もういい加減……大坂に……いや、住むとこなんて何ぼでも」

二人は所帯を持つつもりなのだろう。既に古女房のように団水にあれこれ指図しているお玉はさぞ嬶《かかあ》天下を敷くのだろうと、おあいにはそれがちょっと可笑しかったりする。

「そやから、別に女房持ちでも……俳諧は」

団水はためらいがあるのか、お玉の口調がどんどん強くなっていく。

「わたいの里なんかどうでもええねん。あんたの気ぃが決まらんのが不思議やて、こない言うてるねん」

あんまり大きな声を出すので、父が後ろを振り向いたようだ。睨んだのかもしれない。お玉がすうと息を吸い込む音が聞こえた。

と、小屋の中がにわかに色めき立った。そこかしこで拍手が鳴る。

「辰彌っ、いようっ」

その名に引かれるようにおあいは身を乗り出し、手の甲が硬い物に当たった。そのまま甲を這わせて太い木の桟らしいと知る。前の席との区切りになっているようだ。

おあいはその桟に手を掛けた。

「ひゃあ、何て綺麗な女形《おんながた》なんやろう」

つけつけと団水を責め通しだったお玉が、おあいの耳許で熱っぽい息を吐いた。小屋じゅうが気を昂ぶらせているのがわかって、おあいの動悸まで激しくなる。

あの人、逃げたいとか死にたいとかばっかり口にしてたけど、ちゃんと舞台に出てるのや。

ほっとしたのも束の間、あの日、浜辺で突きつけられた言葉が甦る。

——目の代わりになる力を懸命に身につけたと言いながら、肝心なことには心を閉ざしてるやないか。

あの時は肝が焼けてしかたなかったけれど、今は少し違う。

肝心なことって、何。

それを辰彌に訊いてみたい。また話をしたいと、無性に思った。

「おあい、辰彌、ええ役がついてるで。太夫《たゆう》の役や」

父が身を寄せるようにして教えてくれた。

「そう……」

団水までが上っ調子な声を上げている。

「怖うなるほどの綺麗さやな。夢か現《うつつ》か、わからんようになる」

「ほんまに……背筋がぞくぞくしてきた」

背後から、微かに生臭いような臭いが漂ってくる。お玉の肌の臭いだということに、おあいは気がついた。

いつのまにか小屋じゅうが静まり返っていた。

舞台に耳を傾けると、芝居は遊里の客と太夫とのやりとりのようだ。江戸への下り舟を出して財を成した俄《にわか》大尽が銭に飽かせて大盤振舞いをするが、太夫役の辰彌は相手にしない。

「ほれ、これは錦じゃ、鼈甲《べっこう》の笄《こうがい》じゃ」

大尽は勿体をつけた声でそそるが、太夫は小さく「何の」と相手にしない。むきになる大尽の表情か仕草が滑稽なのか、方々で笑いが起きた。手を叩く者もいる。

「ならば緞子《どんす》の夜着か、象牙の碁盤か」

「何の」

「金無垢の琴か、香は蘭奢待《らんじゃたい》か」

「何の何の、そんなものはとうに見飽きて、持ち腐れておりますわいなあ」

「ええい、つれのうて憎いは東雲《しののめ》太夫、さてはわしを俄《にわか》と侮って袖にするか」

大尽が苛立って、足を踏み鳴らす。いや、舞台の中央に向かって足音が動いている。と、出し抜けに、ぴしりと何かを打つ音が響いた。

「屑買《くずか》いがっ」

それはいつかおあいが聞いた、辰彌自身の身の上だ。父もそれを知っているのか、おあいの傍らで膝を動かした。後ろでお玉が「ひゃっ」と声を上げた。

「ち、血ぃが流れてる。芝居やのに、ほんまに扇子で顔を叩かれたんと違うの。旦那さん、これも芝居なん、それともほんまにやられたん」

客席がざわつき始めた。額を切られたらしい辰彌が黙して、次の台詞を口にしないからだ。ややあって、衣擦れの音がした。辰彌が裾を払って立ち上がったのだろう、「さても」と声が上から聞こえる。

「さてもさても、俄のお大尽。野暮が凝り固まって、糞の臭いがするわいなあ。銭に飽かせた風にはそよとも靡《なび》かぬこの東雲《しののめ》に、思い余って狼藉三昧とは片腹痛《いと》うて可笑しゅうなるわい。……所詮、役者若衆は色で稼ぐが渡世やないかいな。にもかかわらず、恋の尽きたおなごをつけ回すその顔、阿呆鳥」

すると前に坐っている椀久が「あれ、ここんとこ、こないな台詞やったかなあ。昨日とは違うで」と不思議そうな声で呟いた。

「挙句の果ては、屑買いに寝取られ地団駄踏んで、さても無様な仕様よな。かような下司《げす》の目に一丁字もなかろうが、浮世の義理でお前にちいと教えて進ぜよう。……己の色を磨く料簡は、かの西鶴がすなりたる」

辰彌は大音声を張り上げた。

「世之介様に何もかも、教えてもらうが良いわいなあ」

わけがわからぬまま、おあいは息を呑んだ。小屋じゅうの誰もが呆気に取られたように、身動きする音すらしない。おそらく、芝居の筋書きにない台詞を辰彌が発したからだ。と、誰かが大向こうを掛けた。

「いよう、日本一」

椀久の声だ。やがてそこかしこで手を叩く者が出て、小屋じゅうが揺れている。

「辰様、いっそその手にかかって死にたいよぉ」

椀久のつれの女たちも昂奮して、叫んでいる。芝居はもう滅茶苦茶になって、いろんな物が飛び交っているのか、おあいの膝に落ちた物を拾うと箸だった。

父は膝を盛んに揺すりながら、「ほんまに喰えんやっちゃ」と笑った。

「世之介人気を使うて、兄弟子をまんまと返り討ちにしよったわ」

「いよう、いようっ」

万雷の拍手が鳴る中で、おあいも掌が痛くなるほど手を叩いた。

巻　五

雛の節句が過ぎると、家の裏庭にも蓬草《よもぎぐさ》が生《お》い繁る。おあいはそれを手探りで摘む。

大きく裂けた葉の裏側は少し毛羽立っているので、その手触りを間違えることはまずない。その新芽だけを摘み取って鼻を近づければ、青草らしい芳香がある。少し菊の匂いにも似ている。おあいはこれを刻んで、蓬の団子にするのである。

今年二月、天和《てんな》四年（一六八四）は貞享《じょうきょう》と改元された。庭の八重桜はまだ咲いていないけれど、今日は春の光が降り注いで汗ばむほどだ。どこかで山鳩が鳴いている。

表の路地で何人かの賑やかな声がして、出入り口の戸を引く音がした。

「先生、お邪魔します」

居間に上がったようだ。その喋りようから察して、父の取巻きの中でも若い連中だと知れた。団水の声も聞こえて、少しほっとする。このところ本屋らが三日に上げずやってきて、原稿を催促するのである。

父の書いた『好色一代男』八巻八冊は出板してから一年半が経つ今も売れ続け、出板を断った本屋らが息せき切って押しかけてきた。詫びの品を山のように持参して、「先生、一代男の続きをぜひ、うちで書いとくなはれ」と持ちかける。それはもう見事なほどの、臆面のなさだった。

昨日はあの深江屋までやってきた。無沙汰と詫びをやけに堂々と述べてから、こう持ち出した。

「先生、江戸の川崎屋っちゅう本屋が、一代男をそっくりそのまま真似た草紙を出しましたのや。ご存じだすか」

後で父がおあいに語ったことには、深江屋は風呂敷の包みを解き、手土産のようにその冊子を差し出したらしい。

「これ、先生に無断だすやろう。いや、荒砥屋はんではさすがに江戸まで目が届きまへんわなあ」

江戸の本屋事情にも通じているらしい深江屋は調べをつけ、作者のあずかり知らぬ代物であることも承知して注進に及んだようだ。

父は偽物が出ていることを知らなかったので内心では魂消《たまげ》たそうだが、いや、待てよと、冊子を手にした。なるほど、そっくりそのままの真似本だ。が、相当、急いで摺ったものらしく、真名はほとんど仮名になり、誤字や脱字が多いこともすぐに気がついたらしい。不思議と怒りめいた気持ちは湧かず、むしろ、深江屋がさも荒砥屋に手落ちがあるかのような言い方をしたのが気に喰わなかったようだ。

「へえ。挿絵はあの菱川師宣《ひしかわもろのぶ》やないか。当代随一の絵師がわしの描いた絵《え》をそのまま写して、腕がもったいないことや」

父は「ふん」と鼻を鳴らした。

「まあ、ええんと違うか」

「え、ええんだすか。苦労して書いて出板しはったもんを、勝手にこないなことされて」

「ええがな。これは面白いて思われたから真似されたのやろう。草紙を書いても井原西鶴は天下一やて江戸者にも知れるしな。宣伝の手間も省けて、結構なことや」

「さすが……肝の太いお考えだすな」

「まあな。そやないと、この家の敷居をあんたに再び跨《また》がせたりはせぇへんわなあ」

そこで深江屋は観念したか、「先生、この通りだす」と後ろにすさり、肘を張って半身を倒したという。

「一代男の続きをどうか、書いておくんなはれ」

だが父は既に書き上げていたのだ。一代男、世之介の倅である世伝《よでん》の物語を。しかもその時はもう摺りに入っていて、後は市中に出るのを待つばかりだった。板元は心斎橋の池田屋で、それは荒砥屋の勧めによるものだった。

「いや、ほんまに面白うおましたけどな、わたいは一代男だけで充分だすわ」

荒砥屋は欲をかかずに、あっさりと本屋稼業から退いたのである。

深江屋との顚末《てんまつ》を聞かされた時、父は深江屋を出し抜いたのだとおあいは思った。板元なら誰もが売れ行きの見込める一代男の続き物が欲しい。よそがその原稿を取ってしまわぬか、互いの動向を探りもしただろう。

「お父はん、荒砥屋はんと池田屋はんに口止めしといたんやね。一代男の続きの物語を出すこと」

「何でわかる」

父は少し驚いたが、たちまち得意げな口調を遣う。

「彫師と摺師は口の固い者を選ばせて、極秘で事を運んだのや。深江屋がここに来よることは目に見えてたからな。……一代男の続きは、来月にもう出るでと言うてやった時の深江屋の顔、お前にも見せてやりたかったわ」

「手の込んだ意趣返しやなあ。ほんまに意地が悪い」

おあいは呆れたものだ。

けれど今は蓬を摘みながら、思い出し笑いをしそうになる。

障子を引く音がして、誰かが縁側に出てきた。ぺたぺたと扁平《へんぺい》な足音は、団水だ。

「団ちゃんか」

「嬢さん、こんにちは」

おあいは笊を抱えて立ち上がった。部屋に腰を下ろしたばかりらしい客の数人に挨拶をしてから、団水に顔を戻す。

「お玉、具合はどう」

「お蔭さんでつわりはもう治まって、今度は底が抜けたみたいに喰うてます。後で、顔見せに寄せてもらうて言うてましたけど」

「それは嬉しい。ちょうど蓬団子、作ろうと思うてるんやわ」

お玉と団水は正月にやっと所帯を持って、松屋町の長屋で暮らしている。

「ええと。お客さんは何人かな」

「いや、お茶はわしが煎れますわ。勝手、わかってますよって」

腰の軽い団水はそのまま庭下駄を履いて庭を抜け、台所に向かって行った。ならばもう少し蓬を摘もうとおあいはまた屈む。

「先生、それ、ほんまだすか。うちの祖父ちゃん、狼の黒焼きの粉を飲んでからえろう元気になりましたで」

「あんなん、本物の狼やのうて、その辺の犬やがな」

「ひゃあ。薬屋に大枚はたいて買《こ》うたらしゅうて、朝晩、後生大事に飲んでますねんで。祖母《ばあ》ちゃんにも分けてやらんと、独り占めして。そや、祖母ちゃんにだけ教えてやろ。あれ、犬の黒焼きやでって」

父を囲んで賑やかに話をしているのは団水と歳の近い、二十歳前後の若者らだ。西吟と荒砥屋は別にして、近頃、父の俳諧仲間の訪れはめっきりと減っているのである。

一年前の三月、父はいつか宣言した通り、大坂俳壇の談林派宗匠であった西山宗因師の一周忌で追善句会を開いた。句会の前にはもちろん法要も営む。父はその段取りを周囲につけさせて、談林派の主だった俳諧師すべてに案内を出したのだが、父の一派以外の者からは返事が届かなかった。西吟らは、やはり父が草紙を出したことで皆の不興を買ったのではないかと落胆したが、お歴々の本意は別のところにあったようだ。

「西鶴がなんで宗匠の法要の施主《せしゆ》を務めるのや。そんな法要に出たら、談林派の跡目として認めることになるやないか」

そんな手にうかうかと乗ってたまるものかと皆で示し合わせて、返事を寄越さなかったらしい。それをどこかで聞き及んできた西吟は「尻《けつ》の穴の小さい奴《やつ》ちゃらが揃うて……法要は法要やないか」と怒っていたが、父は「来たぁない者は、ほっとけ」と受け流し、自身の門人、弟子らだけで集まった。追善句会で詠んだものはさっそく句集にして出板したが、ほとんど評判にならなかった。俳壇が揃って横を向いたらしかった。

おあいは蓬草を摘んでは笊に入れ、しゃがんだまま膝を動かしてまた葉っぱを指先でたしかめる。縮れて硬くなったものは避け、柔らかい新芽だけを選るのである。

時折、父の機嫌のよい声がする。頼まれて、若い者の発句の添削《てんさく》をしてやっているらしい。

「ここは業平《なりひら》の、やのうて、業平が、がふさわしいな」

「ああ、そうだすな。なるほど」

「ええとこれは……花見の景やな。またお前《ま》はんは悪い癖が出てる。海鳴りと花曇《はなぐもり》を一緒くたに盛り込んだらあかんやろう。情趣の異なるもんは句を分けんといかん。いずれ独吟をしようと思うんやったら、花曇と詠じたら次はその空に響く鐘の音、それを聴いてふと顔を上げる里の女と、句を続けていくのや。さて、女がその背に負うた背負籠《しょいご》の中には何が入ってる、蕨《わらび》か蓬か、女はそれを誰に食べさせたいと思うて摘んだのか」

「はあ……」

「そうやって、言葉が持つ景色、気配を横へ横へと広げて行くのや。あのな、見えてることだけ詠じてもあかんのやぞ。句を重ねて広げて、この世の心っちゅうもんを取り出していくのや。まだお前はんには難しいかもしれんがな、そのことを肝に銘じて修練したら、いずれわかる時が来る」

そんなやりとりを経て、誰かがおもねるように訊ねた。

「先生、これからも俳諧と草紙の両方をしていかはるんですか。それともそろそろ、俳諧に戻ってきてくれはるんだすか」

すると団水が「いやいや」と代わりに答えた。

「もはや二つやないで。正月には役者評判記も出さはって、これもえらい人気なんや」

父の筆の力に芝居小屋の座主らが目をつけ、歌舞伎役者の評判記を依頼してきたのである。

「まあ、芝居は好きやからええけどな。わしが書く限りは従来とは違うもんにするで。見物衆はよう知ってるからな、ただ褒め立てるだけでは読んでる方も面白うない。わしにしか書かれへん評判記でもええのやったら引き受けよう。そうや、わしは役者一人ひとりの匂いを伝える」

父はそう豪語したが、自身がしじゅう幕内に立ち入っているので、おあいはその本『難波の㒵《かお》は伊勢の白粉《おしろい》』はどの役者にもいい顔をするような代物だと思っている。

ことに上村辰彌については、手放しの褒めようだった。

——貴人寵愛の御物《ごもつ》かと見紛うほどの美少年、その後髪には伽羅《きやら》を焚《た》きしめ、供の草履取りの手にまで南蛮渡りの名香を撫でつけさせる念の入れようで、金箔で波模様を描いた小袖は衣通姫《そとおりひめ》もかくやと評判しない者はない。いやいや、あれは情の薄い小野小町よと噂する者は、辰彌の味に通じぬゆえ。瑞々しい葦《あし》のごとき立ち姿も美しく、想い焦がれるよりもいっそお前の手で殺しておくれと、見物客はその目許に溺れんばかり、辰彌が引っ込めば今一度出せ出せと大騒ぎになり、編笠を斜めに傾けて首をそっとつき出す姿はまさに鶴のごとき優美さよ。この役者の人気はいついつまでも衰え知らず、蟻《あり》のごとく群れ集まった客は一斉にいよう、いようと褒めそやす。

芝居の最中に一代男を持ち出して兄弟子を返り討ちにした辰彌の機智を、父は大層、気に入ったらしい。懐いてくる者は皆、懐に入れて滅多矢鱈と可愛がるのは、昔から変わらぬ性分だ。辰彌はこの評判記によって西鶴が贔屓を大坂じゅうに知らしめることとなり、人気の絶頂を極めているようだ。

「けど先生、俳諧にも力を入れていただかんと。先生が草紙を書いてはる間に、江戸の芭蕉一門がえらい名を上げてきてますのやで。談林派としてはこのまま黙って見過ごせません」

おあいはその時、父がふっと身を硬くしたような気がした。いや、それはおあい自身である。

松尾桃青、今の号を芭蕉とするその人の名が出るたび、父はさも興味のなさそうな風を装うのだが、それも初めだけのことで、誰かがちょっとでも崇《あが》めるような気配を見せると途端に度を失うのだ。敵愾心《てきがいしん》を露《あら》わにして吼《ほ》える。

「松尾は、天和の火事で焼け出されたんと違うんか」

ちょうど一代男が出板された年の暮れ、江戸で大火が起きた。駒込から出た火は本郷、深川まで広がって随分と焼け死んだらしいと団水がどこかから聞き及んできたのだが、おあいにとって江戸という土地は異国のごとく縁遠い。ただ、江戸と聞けば芭蕉の葉が風に鳴る音だけが耳朶《じだ》で響く。時折、母の墓参りに訪れる寺にその木が植わっていて、線香を手向けながらその音を聞くのだ。

「そうだすわ。焼け出された後は秋元藩のご家老を頼って甲州に仮住まいしてたらしおますけど、門弟らが皆でお助けして庵を再建して、先年の冬にはやっと庵に戻らはったみたいだすな」

父は「ふうん」と声を尖らせた。

「世俗を離れんとええ句は作れん、点者稼業をするくらいやったら乞食になった方がましやとか吐かして侘び住まいしたくせに、家老やの再建やの、結構な世渡りしてるやないかい。袈裟《けさ》で綺羅を飾った坊主みたいな男や」

松尾芭蕉のこととなったら、二言三言、貶《おとし》めねば気が済まない。

「そやから、先生もまた句会をお願いしますわ」

誰かがそそる。父が芭蕉と聞くと対抗心を擡《もた》げさせることがわかっていて、わざとその名を出しているのではないかとさえ思えてくる。大坂俳壇で宙に浮いた格好の西鶴一門にとって、父が俳諧で動かねばどうにも先がないのかもしれない。

「そうやなあ……また、興行を打つか」

父はいとも気安くそんなことを口にした。

「え、ほんまだっか。また生玉はんで」

「いや、今度はもっと大がかりに……そや、住吉《すみよっ》さんにしょう」

すると皆の喜ぶこと、さっそく神社に根回しをするという。おあいは心配になって笊を抱え直した。

父はおだてられるままにどの本屋にも原稿を書く約束をしていて、しかも近頃は道頓堀の芝居小屋だけでなく、戎橋《えびすばし》南詰めに浄瑠璃《じょうるり》の竹本座ができたと聞いては足繁く通って楽屋にも出入りしているようだ。

世俗の噂にも相変わらず敏く、江戸の三井某《なにがし》という商人が日本橋は駿河町《するがちょう》に両替《りょうがえ》店《だな》を開き、その向かいに越後屋《えちごや》呉服店を移して「よろず現銀売りに、掛け値なし」という新しい商法を始めて大評判を取っていると聞けば、むずむずしている。今日にでも江戸に下りたくなるのである。

もう四十三だというのに、おあいが幼い頃、家に滅多に帰ってこなかった時分と鼻息の荒さはちっとも変わらない。

父が厠《かわや》に立ったその間に、客の誰かがまた火事のことを持ち出した。

「それにしても、あの天和の大火事はえらいおまけがついたもんやなあ」

「ああ、八百屋《やおや》の娘やろ。お七《しち》とかいう。火あぶりの刑やったてなあ。……火ぃつけたんは自分の家で、おまけにちょっとした小火《ぼや》やったらしいのに。親も泣くに泣けんやろう」

そのお七という娘は大火の折に焼け出されて、親や奉公人、近所の者らと一緒に町はずれの寺に身を寄せていたのだという。ところがその寺の小姓《こしょう》と気を通じ合ってしまったらしい。やがて家が再建されると一家は町に引き上げ、お七も寺を出た。だが真新しい柱と障子の家で暮らしていてもお七は小姓のことばかり考える。もう一目だけ会いたいと願うが相手は女犯《にょぼん》を禁じられている身である。文を出すこともためらわれた。

「……ほんで、もう一遍、火事になったらまた会えると思うて己の家に火をつけるやなんて、おなごっちゅうのはほんまに浅墓なもんや。火つけが大罪なんは五つの子ぉでも知ってることやないか、親不孝極まるな」

「いや、そないな言いようはお七が可哀想というものやろう。これは相手の小姓の罪やで。焼け出された者を世話する身ぃで年端も行かん娘と情を通じるやなんぞ、仏に仕える者とも思えん。いや、道を踏み外した畜生や。そいつこそ火あぶりにせぇっちゅうねん」

おあいは不思議な気がして、居間の方を振り仰いだ。親の遺産を食い潰して放蕩を尽くし、他人の女房であろうが妾であろうが手を出して、女が孕《はら》めば面倒になって捨てて逃げる、そんな世之介の生き方を皆、面白がって夢中になっていたはずなのに、いざ、現実の話となると「孝」や「道」を持ち出して非難する。本音が出てくる。

ならばお父はんの書いたもんは何なのやろうと、おあいは思った。

ほんの一時、胸を躍らせて憂さを晴らして、ああ、面白かったと本を閉じる。それだけのものなんやろうか。

厠から出てきた父が縁側で手水を使っている。

団水が「それが、うちの女房はちょっと違うことを言いよったんや」とお玉の名を口にした。

「焼け出されてこれからどないなるのやろうって皆が不安になってる時、見目のええ小姓とふと廊下ですれ違うたら、もうそのことだけで頭が一杯になる。気ぃついたら二人で離れの物置部屋に入ってて、互いの帯に手ぇかけてた。こんなことしたらあかんてわかってて、けど勝手に身ぃが動いてしまう。そのことしか、考えられんようになる。それがおなごの色っちゅうもんやて」

　すると父が「へえ。お玉がなあ」と呟きながら部屋に戻った。

「そうかあ、なるほど、おなごの色なあ……」

　おあいは、淡路の旅から帰った日、部屋から飛び出してきたお玉の肌が立てた臭いを思い出した。あの時、もしかしたら団水との最中だったのではないかと気づいた途端、なぜか辰彌のことが胸に浮かんだ。初めて会った時の、あの白粉の匂いがする。自分の身の奥が潤んでいるような気がして、たじろいだ。慌てて、己の膝と膝をきつく合わせた。

「嬢さん、相変わらず精が出るなあ」

　脇からいきなり声を掛けられて、笊を取り落とした。

「何やの。そないびっくりせんかて……珍しいなあ、わたいの足音、聞こえてへんかったん」

　そしてお玉は縁側に近づいて父や客に挨拶をした。

「あれ、わたいの顔に何かついてまっか」

　怪訝な声を出して訊くお玉に、父は「いやいや」と笑った。

「今な、お前はんを見直してたとこや」

「はあ」

すると団水がごまかすように笑い、お玉は「けったいやなあ」と鼻で息をしながらおあいの元に戻ってくる。

「なあ、それ、草団子にすんの。嬉しいわあ、お腹の子ぉに食べさせてやりたかってん、嬢さんの団子。あ、これ、拾うわな」

おあいの足元から笊を手に取る気配がして、蓬草を拾い集め始めた。子を宿したお玉の声はますます嵩が高くなっていた。

ひと月の後、卯の花が香り始めた頃に、桜塚から西吟が訪れた。おあいは縁側で団水に手伝ってもらいながら、父の本の虫干しをしていた。

団水は本を開きながら、まるで己のことのように逸って西吟に伝えたものだ。

「西吟はん、『諸艶大鑑《しょえんおおかがみ》』八巻八冊も、さっそく売れてます。えらい勢いどすわ」

「そうらしいな。まあ、わしには見えてたけどな。なにせあの一代男の倅の話なんやから、誰もが読みたいに決まってるわ。けど、西鶴はん、此度はえろう堅い題になりましたんやな。本屋がまた、びびりましたんか」

父が「そうやがな」と相槌を打った。

「御公儀《おかみ》がまた出板取締り令を出しよったやろう。池田屋の奴、腰が引けてなあ、上梓寸前に『諸艶大鑑』で行きたいて言い出しよったのや。けどそれだけやったら一代男の続きてわからへんがな。で、ほな、表題の肩に小そう『好色二代男』と副題をつけたらどないやて、案を出してやった。これが功を奏したのや」

「末尾の書肆名《しょし》を見たら、今度は江戸の本屋も加わってるやおませんか。初板から東西の相板《あいはん》とは、一代男を出した時とはえらい違いだすな」

すると父は、げろげろと独り笑いをした。

「そのうち江戸の本屋も何か書いてくれて、ここに押し寄せてくるやろう。いや、かなんなあ。……実は昨日もな、江戸の板元から『好色一代男』を絵本《えほん》にしたいっちゅう話が舞い込んだのや。絵ぇはまた菱川師宣に頼むらしい。絵本は字ぃが読めん者でも、絵ぇ目当てに借りるからな、今度はわしの描いたもんの写しやのうて本人の腕を存分に揮うてくるやろう。そや、出来上がったら、あんたんとこの女衆らにも一冊、やろか」

だが西吟は「それはおおきに」と軽くあしらって、語気を改めた。

「そないなことより、えらいことやおませんか。一万三千五百句っちゅうのは」

京の芳賀一晶《はがいっしょう》という俳諧師が先だって、一万三千五百句の矢数俳諧を行なったのだという。四年前、父が生國魂神社の南坊で行なった四千句を易々と破った。

「あんさんも、住吉っさんの神前でやらはりますんやろう。いやいや、とぼけはっても無駄だすで。ちゃんとこの耳に入ってますんやから」

「いや、お前はんにも近々、話はするつもりやったんやがな」

父は言い訳がましく早口になりながら、「地獄耳やな」と呟いた。

「うちにも若い者は出入りしてまっさかいな。そんなん、大坂じゅうの俳諧師にとうに筒抜けだすわ。いや、もう、やっとだすな。……あんさんのことやから、傍からやいやい無理強いしたら余計に意地になるんがわしにはわかってましたさかい、皆にもここは一つ、気長に構えて待とうて止めてましたんやけど、内心では冷や冷やし通しでしてん。で、いつしはりますねん。団水、興行の日取りはどないなってる」

西吟がこちらを見たらしく、団水が「嬢さん、ちょっとごめんやす」と立ち上がり、居間に入った。

「日取りと言われても……先生は手一杯どすからなあ」

「何や、あんたがそない愚図なことでどないする。ああ、こないなことになるんやったら、一代男の板下書きなんぞ手伝うんやなかった。あの時はついおだてに乗って、この水田《みずた》西吟の名ぁで跋《ばつ》まで書いてしもうたやおませんか」

するとと父はすかさず、揶揄《やゆ》するように返した。

「何を今さら。あんた、自分の名ぁが江戸にまで知れ渡ったっちゅうて、えろう喜んでたやないか」

「それはそれ、これはこれ、だすがな。……わしはな、あんさんがこのまま俳諧から遠のいてしまうのやないかと、気が気やおませんのや。まさか、ほんまに草紙書きになってしまわはるんと違いますやろな」

「わかってる。今はいろいろと忙しいのや。いろんなものを書いてるだけやない、方々から序文も頼まれてるし、本作りも手伝うてやらなあかんし」

「他人が出す本、手伝うてる暇があるんやったら、そろそろ俳諧師の本分に精を出さはったらどないだすねん」

とうとう西吟まで、深江屋のようなことを言って父を諫《いさ》める。

「ふん、まあ、また旅にも出たいと思うてるしな。諸国を歩いて話を集めて、これを一冊にまとめたら面白いのやないかて」

「芳賀にやられっ放しで、よろしいんか」

「ああ、そんなん急かんでも、どうっちゅうことない。いつでも、何ぼでも抜き返せる」

一向に気乗りを見せない父に、西吟はとうとう大きな声を出した。

「来月、蕉門の其角《きかく》はんが大坂に立ち寄らはりますのや。西鶴はもう俳諧をやめたなんて噂を江戸に持って帰られたら、あんさんかて口惜しいんやおませんか。え、どないだすねん」

父の草紙出板にあれほど助力してくれた西吟にとってもやはりそうなのだと、おあいはまた本を開いて並べる。いかに草紙が売れようと、俳諧師と草紙作者とでは世間での格が違うのだ。西吟は、父がこのまま草紙書きに身を落としてしまうのではないかと、気が気でないらしい。

「……蕉門の其角て、松尾の門下の宝井《たからい》か」

「そうだす。旅の途中で大坂に寄らはるんだすわ」

父の気配がいきなり熱を帯びたような気がして、おあいは振り向いた。

「団水、住吉っさんに行ってこい。大矢数、するで」

「は」

「ぼやぼやするんやない。ほんま、お前はいつまでたっても鈍《とろ》いやっちゃ。ほんで西吟はん、京の芳賀は何句詠んだのやて」

「一万三千五百」

「へえ、洒落臭《しやらくさ》いことやってくれるやないかい。よっしゃ、ほな、わしは二万句を詠んでみせようやないか。西吟はん、其角も招くで。前代未聞の大矢数を打って、その様を其角にも見届けさせたる」

父の言いようは、「芭蕉に見届けさせてやる」とおあいには聞こえた。

父は夏の盛りの六月五日から六日にかけて、住吉社の神前で大矢数俳諧を興行した。江戸の宝井其角を後見に迎え、夜を徹して達した句は二万三千五百句だった。

「其角は松尾の門下のわりには、なかなか物がわかってる」

団水が言うには、其角の物腰が出鼻からそれは柔らかく、「これからぜひ、よしなにおつきあい下さい」などと腰を低くして挨拶したので、父は途端に間合いを詰めたらしい。

「また、うちにも遊びにおいでぇな。旨いもん喰うて、両吟でも巻こうやないか」

上機嫌で、何度も其角の肩を叩いたという。

以来、父は短冊に揮毫《きごう》を請われれば誇らしげに「二万翁《にまんおう》」と記しているようだが、おあいには父が本心から満足しているようには思えなかった。一昼夜に二万三千五百もの句を吟じたとなれば、一句を考えて口に出すのに三呼吸ほどの間《ま》しかない。

「あんまり速うて、執筆役の手ぇが追いつかへんのどすわ。後で綴じた紙見たら、ほとんど棒線が引いたぁるような始末で」

団水はそれを誇らしげにおあいに報告したが、おあいは何やら虚しいような気にな
ったただけだった。

――俳諧の息の根留めん大矢数

前の日に父が考えた発句がこうだったからである。追善興行で俳壇にそっぽを向かれて、もはや談林派の宗匠の跡目はないと諦めて居直ったのか、芭蕉にどこか引け目のようなものがあるのか。兎にも角にも、周囲や世間の期待に応えようと身を起こしたのはわかる。けれど二万三千五百句のうちのほとんどが駄句であることを、父が一番わかっていただろう。

住吉社から駕籠に乗せられて家に担ぎ込まれた父は凄絶だった句会の空気を総身から発していて、その足で新町に繰り出して打ち上げるなど、とてもかなわぬ様子だった。

それでも「おあい、ぶぶ漬け食べてから寝るわ」と言った。昆布の山椒煮、梅干しを添えただけの朝餉のような膳を二人でひっそりと囲んだのは、夜四ツ近くだった。言
生國魂社の時とは打って変わって何も喋らぬ父に、おあいは何も訊かなかった。

葉という言葉と闘ってきた父をそっとしておきたくて、取巻きや仲間にも帰ってもらったのだ。西吟や団水も、「ほな、お願いします」と引き下がった。

父はずずっと三杯目を食べ終えると深く長い溜息を吐き、何かを呟いた。

「え」

「射てみたが……何の根もない大矢数」

まだ暑さが残っているにもかかわらず、父は団水を供にして町中をうろつくようになった。世間話を拾って回っているらしい。

「大坂には諸国の者が集まってますから、先生は水茶屋で休んでてもちょっと訛りのある話し声を耳にしたらすぐに話しかけはるんどすわ。で、そないな話やったら播州にはこんな話があるて言わはって、膝の前にとんと扇子を横にして置かはる。まあ、その語り口の軽妙なること。幽霊になった女房と貧乏男とのやりとりもうまいこと、声色を使い分けはって。皆、笑うたり手ぇ叩いたり、水茶屋の周りに人だかりができるほどどすわ」

おあいはふと、亡くなった母が笑いながら言っていたことを思い返す。

「軽口が好きで、口から生まれたみたいなお人やからなあ。俳諧もそれが嵩じて始めたんと違うやろうか」

ただ、昨夜、父はうんざりした声で洩らした。

「なかなか、身動きがつかんなあ」

旅に出たいのだが原稿を待つ本屋が群れをなして行列を作っているので、なかなか思いが果たせないようだ。しかも皆、相も変わらず一代男のような好色物を欲しがる。

「あいつら、原稿を欲しがるだけで、わしの書いたもん、ちゃんと読んでへん」

――粋や恋やと騒いでみても、所詮、廓は遊ぶ所、銀《かね》が物を言う世の中や。一通り遊んだ後は、さっと足を洗うんが賢い。

父は『諸艶大鑑　好色二代男』で、世之介の倅、世伝にそんな醒めたことを言わせているのである。たぶん、色欲だけに留まらず、もっと人のさまざまな姿を描きたいのだ。だがそれを本屋は受け入れない。

しかも近頃は俳諧の点料稼ぎから足を洗ったので、父は手許銀にも行き詰まっているようだった。草紙がいかほど売れても、初板の稿料のみが作者の実入りなのである。ゆえに見知りの者から本作りを頼まれれば、何でも引き受けているようだ。全体の流れを考え、挿絵や序文を書く仕事だが、その謝銀がようやっと家内のやりくりに息をつかせている。

「ちょっと、誰か、いてはりませんか」

裏庭で洗濯物を干していたおあいは「はい」と答えて、裏口から路地に出た。いくつもの足音がして、「へっ、おおきに」と砂混じりの土を蹴るような物音がする。駕籠だ。

「さ、入らせてもらいましょう。せめてその菰《こも》なりとも脱いで、着替えんと」

誰かが誰かに説くように喋っているが、何とも奇妙な臭いが漂っていて、おあいは眉根を寄せた。強い香の匂いに垢臭いような、糞尿の臭いも入り混じっている。

「嬢さん、ともかく上がらせて」

艶と張りのあるその声が、いつになく切羽詰まっていた。

「辰彌はん……どないしたん」

「先生、いてはる」

「留守なんやけど」

「それでもええわ、早よ、上がらせて」

と、辰彌は「あ」と大きな声を出した。塵と埃が鼻先を舞い、垢臭さが立つ。

「ちょっとぉっ……ああ、あぁ、行ってしもうた」

辰彌の語尾が細くなった。

「いったい、どないしたん」

しばらく黙した後、辰彌は「まあ、水を一杯、頂戴」とおあいの胸の前を通り過ぎ、路地から裏庭に入ってしまった。

台所で麦湯を用意している間、おあいは何度も板ノ間を行き来した。湯呑みをと思って水屋に手をかけたはずなのに皿を出してしまっており、それに気づいて元に戻すと、今度は湯呑みから麦湯を溢れさせていた。なぜか胸がどきついて指先が定まらないのだ。ようやっと裏口から出て縁側に向かった。

「遅いなあ、待ちかねたで」

辰彌はもう落ち着いていて、芝居がかった口をきいた。

「お待ちどお……さん」

己の小さな声が震えなかったことに、ほっとする。当代きっての人気女形がここにいると思うだけで気圧《けお》されているのか、それが辰彌であるからなのか、よくわからなかった。

「あの、さっき、誰か伴《ともの》うてはった、んやね」

「何やの、えらい畏まって。あたし、淡路に一緒に旅した辰彌やで」

「わかってる、けど」

「薄情やなあ。……ふん、まあ、別にええけど。……いや、今日、ご贔屓さんに誘われて、野崎詣りに繰り出すことになってたんや。ほんで舟着場に行ったら、ぞろぞろと子分をひきつれたお菰さんが歩いてるのを見掛けてな」

「子分……」

「そうや。人に施しを受けてもそれをすぐに他の者にやってしまうんで、界隈では有名なお菰さんらしゅうて。そやから、大勢の乞食がまるで子分みたいにつきまとうようになったらしいてご贔屓が教えてくれたはええけど、その後を聞いてびっくりしたわ。あれが椀久の成れの果てやて」

おあいは芝居小屋で行き会った若旦那の様子をすぐに思い出すことができた。縮緬の綿入り羽織は衣擦れの音までずっしりとしていて、伴っていた遊里の女たちは豪奢な香の匂いを放っていた。

「あのお人、わずかこの四、五年の蕩尽で親の遺産を全部使い果たして、このままでは家の為にならんと分家《ぶんけ》別家《べつけ》が集まって、とうとう廃嫡されたらしいのや。……椀久はんは、ほんまの粋人やったのや。座敷に呼んでくれはっても、あんたの芸が好きやから贔屓にさせてもろうてるだけや、そない気ぃ遣わんでええ、ゆっくりしいて、心底、優しゅうて。

そやからあたし、つい近づいて声を掛けた。黙って、よう見過ごさんかった。ほなら、袂をかざして顔を隠さはって。いや、それは己が身を恥じてのことやないのは所作でわかった。背を丸めて顔を埋めるのやない、その手にまだ友禅が絵のついた扇を持っているかのような手の動かし方で。ああ、このお人は下手に口をきいてあたしに悪い噂が立ったらあかんて、そない思うてくれはったんやなあと思うて」

それで気がついたら駕籠を拾い、椀久を一丁に押し込んで、自らも乗ってここまでやってきたのだという。

「先生も椀久はんとは知らん仲やなし、ていうか、あんたやったらお菰さんに落ちた人にでもあんじょうしてくれるんやないかと、そない思うて」

おあいは胸に手を当てた。

こんな私を思い浮かべてくれたのだろうか、頼りにしてくれたのだろうか。

「けど、椀久はん……行ってしまわはった」

辰彌は黙り込んでしまった。何かを話した方がいいのか、それとも傍にいない方がいいのか、おあいはまだ惑う。

「あの花、何」

声が驚くほど間近で聞こえて、おあいは縁側に下ろした尻をそっとずらした。

「花……」

「垣根に巻きついて咲いてる、薄赤の花。ちょっと地味な」

「ああ、昼顔」

「へえ。朝顔や夕顔だけやのうて、昼顔もあるねんなあ」

そしてまた、辰彌は黙り込んだ。

「お、お茶のお代わり、持ってくるわ」

立ち上がろうとすると、手首を掴まれた。

「ここにおって」

「そやけど……」

「頼むから」

辰彌らしくない言いようにおあいはたじろぎながら、坐り直した。その途端、いきなり腕を引かれた。身が倒れて、左の手をつけば感触が違う。腰を掛けているはずの辰彌の脚の上であるらしいと感じて詫びを口にし、右手でもがいた。だがその腕も肩も抱き寄せられる。

「は、放して」

けれど辰彌は両の腕に力を込める。おあいは頭も肩も香の匂いに包まれた。

「ちょっとだけ、じっとしてて。心配せんでも悪いことせぇへん。そんなこと、あたしはもう飽《あ》いてるのや」

指先が小刻みに震えて、けれどそれを辰彌に知られるのが厭で息を詰めた。

「いや、それは嘘やな。あたしは色も銀子も大好きで、けどもっと好きなんは、あたしに振り回される男やおなごを見ることや」

そして辰彌は、笑い声を洩らした。

「あたしがちょっと流し目をくれてやるだけで、兄さんの女でもご贔屓さんの妾でもすぐに尻を振って、誘うてくる。乗ってやったら、あたしと寝たことを自慢して、閨《ねや》のことをあちこちに触れ回るわ。辰彌のどこに痣《あざ》があってどんな声を立てるんか……ほんまに、尻の軽い奴らは口も軽い。そやからあたしはいろんな芝居して相手を弄んでやる。つれのうしたり、甘えてやったり。あたしがおらんと夜も日も明けんようにしといて、ある日、股を拭うた紙みたいに捨ててやるのや。

面倒臭いこと、してるやろう、あたし。けど、皆、それを望むのや。芝居みたいに辛い恋をしとうて泣きとうて、一緒に逃げるとか死ぬとか騒ぎたいのやもの。ほんまはそんなこと、できもせぇへんくせに、己の人生に色を挿したいのや。あたしを遣うて。そやからあたしはそれにつきおうてやってる。……けど、ずうっと芝居してたら、だんだんわからんようになってくるのや。己の何が嘘で何がほんまなんか、わからんようになる」

麻上布の小袖は頬にひんやりと冷たくて、微かに苦い若煙草《わかたばこ》の匂いもした。辰彌はおあいを抱き締めたまま、けれどそこに誰もいないかのように言葉を繰り続ける。

「あたし、椀久はんに余計なことしたんかなあ。無我夢中でここまでつれてきたけど、駕籠から下りるなり逃げはったあの姿……もしかしたら、あのお人に切ない思いさせたんやろうか。あたしは、あんな気位の高いお人に、恥、掻かせたんやろうか。……ああ、きっとそうや。あたしがあのお人やったら、嘘でも知らんぷりしてほしいて願う」

乞食に身を落とした椀久を何とかしたくて父の元に連れてきたであろうに、辰彌はそれを悔いているかのように呟いた。おあいは黙ったまま、ただじっと辰彌の腕の中で身を硬くしていた。

八重桜の梢が葉擦れの音を立てる。それがいつか聞いた漣《さざなみ》のように静かで、おあいは目を閉じた。なぜか、辰彌に抱き締められているのではなく、自分が両の腕で辰彌を抱いているような気になっていた。

辰彌は怖いのだ。自分のしたことに独りで向き合えば、また何もかもが厭になる。死にたくなる。

「今日、あの船着場で気ぃつかへん振りをしたら良かった。そうや、あの場でこそあたしは芝居をせんといかんかった。……何もかも面倒臭うて逃げ出して、けど、死にもできんと、のこのこと芝居小屋に戻って。こうなったら肚《はら》括って、行くとこまで行ってやれと思うて演《や》ってきたのに、あたしはほんま、どうしようもない大根や」

自棄《やけ》のように吐き捨てたかと思えば、また黙り込んだ。

「あたしが生きる空の下なんぞ、どこにもない心地がする」

辰彌の腕からふいに力が抜けて、小さく洩らす。おあいは励ますことすら追い詰めるような気がして、何も言えなかった。

辰彌の気配が消えた後も、おあいは縁側に坐って葉擦れの音を聞いていた。


九月に入って、団水が駆け込んできた。

「生まれました、女の子どすわ」

「それは、おめでとうさん」

お玉の様子を訊ねると、赤子ともども至って元気であるという。

「五体満足でほっとしましたわ」と言った途端、団水は「すんません」と口ごもった。

「何を今さら、やめてよ」

笑いながら、団水と共に居間に向かう。向かいながら、胸の裡に何かが吹き過ぎた。

年が明ければおあいは十九になる。このまま誰にも嫁がず、まして子を産むことなどないだろう。そんな境涯に生まれたと自分なりに悟っていて、母もそれを覚悟して仕込んでくれたのだと今ならわかる。

子は親よりも長く生きねばならないのだ。いつか父を見送っても、おあいはこの世で生きていかねばならない。一人で。

辰彌が椀久をつれてきたことを父に話すと、「そうか」と軽く答えただけだった。肩すかしを喰ったような気がして、おあいは不服だった。

お父はんは華やかなことだけが好きなんや。落ちぶれた人はもう慮外になって、眼中に入らんのや。

父の情の薄さを詰《なじ》りたいような気になったけれど、何も言えなかった。そのことを考えると必ず辰彌を思い出して胸苦しくなる。辰彌の言葉を一つひとつ取り出しては、また己を責めて投げ遣りになっていないかと気にかかる。己の美貌も人気稼業もしんどくて、けれど役者を続けるしか生きていく術がない。辰彌の雁字搦《がんじがら》めの身の上が、己のことのように辛くなる。

居間の前まで進むと、節をつけて唸っているのが聞こえる。父は宇治加賀掾《うじかがのじよう》という浄瑠璃の太夫《たゆう》と知り合って、新作を頼まれたのである。

京の四条縄手《しじようなわて》で芝居主も兼ねる加賀掾は今年の二月、道頓堀は戎橋《えびすばし》南詰めにできた竹本義太夫座に招かれて客演したが、その浄瑠璃『世継曾我《よつぎそが》』があまりに大当たりを取ったので、芝居主としての野心をそそられたらしい。大坂者にこれほど浄瑠璃が受けるなら、何も竹本座だけに客を独占させておかずとも良い、こっちも道頓堀に座を開いて大坂に打って出よう。その旗揚げ興行の演目を、人気の草紙作者に書いてもらえばなお町の評判が取れる、そんな料簡であるようだった。

宇治加賀掾と知り合ったのは、父が竹本義太夫座に何度も通い、楽屋を訪ねたのがきっかけであったらしい。父は加賀掾の語りもさることながら、台本の巧さに舌を巻いたようだ。

「曾我兄弟を扱った浄瑠璃は珍しゅうないけど、仇討《あだうち》を巡る後日語りが良かった。人物も仕掛けも歌舞伎芝居に近い、当世風や」

歌舞伎や浄瑠璃には草紙のように台本の作者名を明らかにする習いがなく、客も頓着しないのが尋常である。その名を父が楽屋に訊ねに入ったものだから、「あんさんが、一代男の西鶴はんか」と楽屋内も驚きを隠さなかったらしい。

「奥から出てきたんはいかにも生真面目な、顔色の悪い男でなあ。加賀掾が京からつれてきたらしいんやが、杉森《すぎもり》ていうたか。わしが訪ねたことをえろう恐縮して、汗かいてたわ」

父はその杉森という男を気に入っている風だった。そしてどんな話を創ろうかと張り切って、あれこれと思案しては書きつけ始めたのである。父はまず手を動かす。するとだんだん筋が見えてくるらしかった。

それとは別に、町の方々で拾い集めた草紙の原稿を書き上げて、既に板元に渡している。ここ大坂は玉造《たまつくり》を始め、播州姫路《ばんしゅうひめじ》や紀州、駿河、常陸《ひたち》の国にまで伝わる言い伝えや珍しい話を元に、三十五の物語に仕立てたものだ。板元はまた心斎橋の池田屋で、題は池田屋の意見もあって『近年諸国咄《きんねんしょこくばなし》』、外題《げだい》を『大下馬《おおげば》』とした。

団水の訪れを告げようとおあいが様子を窺うと、父がいきなり「そうや」と手を打った。

「暦《こよみ》や、暦の話がええ」

「お父はん、団ちゃんが」

「ああ、おあいか、ちょうど良かった。お前、暦の話、どう思う」

何のことやらわからず戸惑って、手をつく。腰を下ろす前に父は勢い込んだ。

「安井《やすい》算哲《さんてつ》の新暦がとうとう大統暦《だいとうれき》に代わって、採用されたやろう」

暦の作成は長年、京の朝廷がそのすべてを握っていたが、公儀から禄を受ける身の安井がその暦では日本の実際に合わぬと主張し、朝廷との長年の確執は大坂の町でも世間話に上るほどになっていた。

「大坂の者はともかく数字が好きやからな。暦も昔から贈り物にするほど人気がある。暦を巡る争いごとは面白い浄瑠璃になるで」

暦を目にしたことがないおあいには、何がそれほど面白いのか、よくわからない。日にちは毎日、頭に刻んでいるが、毎年、大の月も小の月も変わるので記憶があまり役に立たないのである。季節の移り変わりは陽射しや風、家の内の暑さ寒さで察しはつく。ちょうど今は路地向こうの家々が菊の盛りを迎えているらしく、東風が吹く時はそれがこの家の中にまで運ばれて、大層、清々しい。が、月も末だと思っていたら翌月になっていたりするのだ。だからおあいは時々、父に月日を訊かねばならない。

「お父はん、団ちゃんが来てはるねんけど」

「……ふうん」

途端に素気なくなる。文机に躰の向きを戻したようで、「何用や」と呟く声がくぐもっている。すると団水が部屋に入ってきて、「お邪魔します」と腰を下ろした。

「先生、喜んでください。生まれましたんや」

「ほうか。おめでとうさん」

その二言だけで、後を続けるつもりはないようだ。仕方なく、二人で板ノ間に引き上げた。

「ごめんな。近頃、お父はん、ちょくちょくあるねん。筆を途切れさせとうないみたいで、この間もお客はんに居留守使うて」

「いや、かましまへん。うちのことなんかで先生を煩わせたらいけません。俳諧と違うて、長いもんを書かはるのは気ぃ抜く時がおませんやろう」

父をまるで親のように慕う団水に申し訳ないような気がして、おあいは小さく拝み手をする。

「また改めてお祝いに参上するから。お父はんもあれで喜んでるんや。喜んでる間ぁが今、ちょっと見つからんだけで」

「そやから嬢さん、わかってます。わかってますて」

団水は茶を啜る。おあいは思いついて、今朝、作ったお萩を皿に盛る。

「ちょっとやけど、お玉に持って帰ってやって。取上げ婆さんにも」

「おおきに。いつもすんまへん」

団水は茶を飲み干して、思い出したような声を出した。

「そない言うたら、嬢さん、道頓堀の芝居小屋で会うたことのある椀久はん、死なはったん、ご存じどすか」

「椀久はんて、あの、お菰さんになってはった……」

「そうどすわ」

「ど、どこで」

「九条《くじょう》の川口《かわぐち》どすて。何でも、お大尽の一行と揉め事を起こして、川へ突き落とされはったみたいで。気の毒に、もがいて川面に頭を出すたび、船頭の水棹《みざお》で突かれて、とうとう水底に沈められはったみたいどす。新町一の太夫と謳《うた》われた松山と恋仲になって、粋の限りを尽くさはったお方がなんと無残な」

「……それ、お父はん、知ってるの」

団水がひそりと答える。

「ご存じやと思いますで。死んだのは盆前で、えらい町の噂になってましたから、そら、先生の耳にも入ってましたやろう」

辰彌が駕籠でこの家につれてきたあの日から、ひと月も経たずに亡くなったのだろうかと思うと、胸の裡からせり上がってくるものがある。

椀久は助けられることを拒んだのだ。辰彌にも、父にも。

父が盛んに賞讃した「粋」なるものは、怖いものだとおあいは思った。その途端、あることに思い当たった。

「なあ、椀久はんて……一代男の世之介に似てるような気ぃする」

「そない言うたら、椀久はんが途方もない銀子を親から受け継いでそれを湯水のように遣い始めはったんが四、五年前やから、先生はそれを目の当たりにしてはったことになりますな。世之介も乞食にまで落ちぶれましたけど、そこには意気地と情があって、優雅どした」

世之介はもしかしたら、すべてが父の創り事ではなかったのではないか。おあいはそう思った。

「けど嬢さん、末路があまりに違いますわ。世之介は六十になっても枯れんと、恋風の吹くままに生き通しますねんで。最後は、さあ、これからは女護島《にょごがしま》に渡っておなごの摑み取りやて、大海原に漕ぎ出しますのやから」

七つの歳から六十まで、戯れたおなごは三千七百四十二人、若衆は七百二十五人。その数の豪儀さだけではないのだ。銭銀《ぜにかね》に囚われない鷹揚さ、結末の明るさこそが町人の心を摑んだはずだった。

けれど『好色二代男』になると、次第が異なってくる。

「なあ、団ちゃん。世伝がこない言うやろう。粋や恋やと騒いでみても、所詮、銀子が物を言う世の中や。一通り遊んだ後は、さっさと足を洗うがええって」

「へえ、そないな件《くだり》、おましたなあ。……椀久はんの身の持ち崩しようをご覧になって、思うところがおありどしたんやろうか。いや、違うな。きっとわしみたいな凡人に言わはったんや。わしら、椀久はんみたいな生き方も死に方もようせえへんもん。何ぼ銀《かね》を持ってたかて、女房も何もかも放って粋だけに生きるやなんて、やっぱり普通の者はようしまへん」

と、団水がいきなり喋るのを止めた。父の部屋から声がする。また書き物をしながらそれを口に出しているのだろう。

「暗い夜道を浮世《うきよ》小路《こうじ》で廓通いの駕籠を仕立て、四人の人足に扇車の定紋を染め込んだ揃いの単衣《ひとえ》を着せて、肩で風を切らして行く人がある」

おあいは不思議に思って、耳を澄ませた。浄瑠璃の台本は暦の騒動を取り上げると言っていたのに、何となく趣が違う。まるで一代男の一節を聞くようだ。

「誰かと見ると、大坂堺筋で名の聞こえた椀久という男」

はっと搏《う》たれるような思いがした。

「縞縮緬の浅黄の着物をさらりと着、白繻子《しろじゅす》の長羽織には京の友禅が直に描いた墨絵の源氏絵、それは人目に立つほどのものなれど、まだ奢侈《しゃし》な衣装を禁ずる法度《はっと》も出ていなかった時分の話である」

ああ、お父はんは椀久はんのことを草紙に書こうとしてる。己の生きようの果ては己で引き受けた、一人の町人の姿を。

絵空事ではない、ありのままを。

おあいは膝に置いた手を、強く重ね合わせた。

巻　六

明けて貞享二年（一六八五）、松の内である。

本屋の池田屋は新年の挨拶を済ませるや、ほくほくとした声を出した。

「お蔭さんで、よう売れてますでぇ。さっそく後刷りに掛かりましてな。これ、刷り立てのほやほやだす」

池田屋が膝で前に進むような気配がしたので、本を畳の上に置いて差し出したのだろう。すると父が「何や、これ」と咎めるような声を出した。

「題が違うやないか。『西鶴諸国ばなし』になってる」

「へえ。あの『近年諸国咄』っちゅう題ですがな、うちから既に出してるもんで似たのがありましてん。わたいもうっかりしてましたんやが先年は出板の数が何やかやと多うて、番頭に任せてるもんもありましたさかいなあ。で、こっちゃを変えさせてもらいましたんや。同じような題の本が二冊あったら客を喰い合いますよって。それに先生の名ぁをこないして題に入れた方が、世間受けもよろしいと思いまして。な、妙案だすやろう」

「ようも抜け抜けと、かなわんなあ。そりゃあ題付けっちゅうもんはあんたら本屋の仕事やけど、そもそもわしは『下馬《したうま》』としたかったのや」

下馬は袷《あわせ》や綿入れの下に着る湯帷子《ゆかたびら》のことで、近頃は質草《しちぐさ》の意にも使われている。

「大坂には諸国の者が集まるからな、町でいろんな四方山話《よもやまばなし》を訊ねて回ったのやで。遊里遊びを描いた派手さはないけど、誰もが、ああ、そんなことってあるなあ、亡《の》うなった祖父《じい》さんがそんな話してたなあて思えるような物語や。咄はどれも短いからあっという間に読めて、次の日はまた違う楽しみが残ってる。そやからわしは『下馬』を題にしようと思うたのや。どんな貧乏人でも一枚は持ってる下馬やったら、あ、身近な話かいなと通じるがな」

落ちぶれた侍同士が互いに見せる思いやりや正直者の出世譚《たん》もいいけれど、おあいには物語の合間で天狗や狐憑き、幽霊など、お伽噺《とぎばなし》で馴染んだ者らが顔を出すのが懐かしいような気がした。寒い夜に炬燵《こたつ》に足を入れた父が畳に腹這いになって何かを読み、母はそれを聞きながらおあいや一太郎に蜜柑を剝いてくれた、あのぬくもりを思い出すのである。

「それをあんたが、なるほど俳諧師というもんは言葉選びもちょっと違いまんな、けど『下馬』だけやったら馬の話て思われるかもしれまへん、せっかく先生が諸国の話を集めはったのやから、ここはそのまんま『近年諸国咄』にしまひょ、『下馬』は外《げ》題《だい》で残しまっさかい、まかせておくれやすて胸を叩くから承知したのやで。そやのに、これ、外題まで外してしもうてるやないか。何すんねん」

すると池田屋は「ようまあ、わしの申した言葉の端々まで、きっかりと憶えてはること」と妙な感心のしかたをして、「けど、売れてますで」と押し通した。

「さすが、先生。次もよろしゅうお願いします」

そう頭を下げられれば、父はそれ以上きついことを言わない。父にとって本屋はもう、内輪の仲間なのだった。

「まあ、正月やから、仕事の話はこれくらいにしとこ」

徳利の口から酒が注がれる音がするので、父は池田屋に盃を渡したようだ。おあいが黒豆とごまめの小鉢を盆ごと差し出すと、池田屋ももう慣れたもので、「嬢さん、いつもすんまへんな」と受け取って、父の膳に小鉢を載せ、自分の膝前の膳にも置いている。

「よろしなあ、このごまめのお味。甘辛うて、こくがおますわ」

「ごまめだけは仰山《ぎょうさん》作ってありますから、どうぞ」

去年、貞享元年の大節季《おおぜっき》の払いも父は難儀して、というのも手代に譲った刀剣商いの店が傾いて、いや、店の左前は今に始まったことではなかったけれど、名跡代をとうとう一分《いちぶ》も持って来られなかったのである。そのうえ父は昨夏に行なった住吉大社での独吟興行で、相当無理な算段をしていたようだ。

「こない埒が明かんかったら、いずれ、この隠居家にも住んでられへんようになるかもしれんなあ」

煤払《すすはら》いをしている最中に、父はおどけたように口にした。算盤勘定が嫌いなだけあって、「そうなったら、そうなったで仕方ないがな」と居直っているような物言いだった。

「おあいは何も心配せんでええのやで。この阿蘭陀西鶴、世を渡る才覚は売るほど持ってるよってな」

けれどおあいは何となく気になって、鯛を買うことを控えたのである。里芋と高野豆腐の煮しめに黒豆を炊き、あとは安く手に入る片口鰯《かたくちいわし》の素干しでごまめを沢山作った。祝い雑煮はもともと餅に水菜を添えるだけなので、おあいは台所で手持無沙汰なほどだった。

昨日の正月一日はどの家もそうであるように来客もなく、父と二人で雑煮を啜っていると、やけに辰彌のことが思われて困った。誰かとこうして膳を囲んでいる姿がどうにも想像できないのだ。本人は淫靡《いんび》なことも平気で口にしていたけれど、薄暗い部屋で独り膝を抱えているような、そんな姿しか浮かばない。「淋しい、淋しゅうて仕方ない」と呟いているような気さえしてきて、辰彌が再び訪ねてこぬものかと路地に耳を澄ませることもあった。

父は池田屋にまた酌をしてやり、自身は白湯《さゆ》を旨そうに飲んでいる。

「ところであんた、これはもう読んだか」

「あ、ああ。『暦』だすなあ。加賀掾はん、これで興行しはりますねんなあ」

「そうや。新作やからな。先に台本を出板して、二月から興行を始める。題の通り、新暦を巡った争いに材を取ってあるのや。まあ、さすがに御公儀と禁裏の暦争いをそのままやるわけにはいかんから持統帝の時代に置き換えてあるけどな、今年から貞享暦に改められたから町衆には何のことかすぐにぴんと来るという趣向や。山あり谷ありの筋立てで大入り間違いなしやと、加賀掾はんもえろう喜んでるわ」

世情を逸早く取り入れて浄瑠璃に仕立てた思いつきを父は自賛したが、池田屋はちゅうと音を立てて盃を干しただけだった。

「竹本義太夫座も暦ものをぶつけてきて、競演になるそうだすなあ。加賀掾一座は先生に台本を頼んで、竹本義太夫座は加賀掾が京からつれてきた……あの、『世継曾我』の、杉森とかいう男だすてなあ」

浄瑠璃の二座が同じ暦を主題にした演目でやると知って、大坂の世間は早や、沸いているらしい。そして父が浄瑠璃に乗り出したことで、これまで名が表に出ることのなかったもう一人の作者も口の端に上っている。

「まあ、杉森はええ書き手やけどな。暦ものはこうしてわしが先に書いて出板してる。好きな客には本を先に読んどいてもろうたら、ええ宣伝になるさかいな。それにしても竹本義太夫も酷なことさせるわ。いっそ全然違うもんを書かせてやったらええのに、さだめしこの正本《しょうほん》を脇に置いて二番煎じを命じてるのやろう。まあ、杉森はまだ若いし、書くのに日数も足りんから仕様がないがな」

「まあ、相手になりませんやろう。先生だけ違いますか、そのお名で客を呼べるのは」

池田屋は最後にべんちゃらを遣った。

二月も半ばになって、お玉がひょっくりと勝手口から訪ねてきた。

「嬢さん、久しぶり」

乳の匂いがして、おあいは思わず頬を緩めた。

「やあ、よう来たなあ、おつるちゃん」

団水とお玉に名付け親を頼まれた父は、自らの名の一字を取って「つる」とした。

団水はひどく喜んで涙声にさえなったが、お玉はあまり気に入らないようだった。

お玉は父の部屋を窺うように声を潜める。

「旦那《だん》さん、今日も書いてはるの」

「ううん、今日は道頓堀にちょっと。悪いね、せっかく来てくれたのに留守で」

「いや、この近くに用があったんで、嬢さんの顔見ぃに寄っただけ」

お玉は急に肩肘を緩めたように、「よっこいしょ」と板ノ間に上がる。

「はあ、重たい重たい。赤子も五月《ごつき》も経ったら、抱いてる腕が痺《しび》れるわ」

おくるみごと板ノ間に寝かせているようだ。

「可愛いぶん、世話も大変なんやろうね」

おあいは弟の次郎太を思い出しながら傍に腰を下ろし、恐る恐る、おつるに向かって手を伸ばした。

「大変なんは嬢さんの方と違うの。俳諧に比べたら、文机の前に坐ってはる時間がえろう長いんやてなあ。この頃は物音にも気を遣うてはるて、うちのが言うてたわ」

「うん、けど、そない気ぶっせいでもないよ」

おつるのぷくりとした小指が触れたかと思うと、おあいの人差し指がぎゅっと握りしめられた。思わず抱き上げたくなる気持ちをこらえる。次郎太の襁褓は平気で替えていたのに、よその子を万一、抱き損ねてはという怖さが先に立つのだ。

「へえ。嬢さん、えらい鷹揚《おうよう》なこと言うようになって。旦那さんのこと、あないに嫌うてたのに」

「え。……お玉、知ってたん」

「そりゃ、わかるわ。旦那さんが家にいてはる時はほんま、口きかへんかったもん。旦那さんに伝えんならんことがあっても、同じ家の中やのにわざわざ、わたいに言わせて。お膳の時でも、旦那さんが何か言うたび眉間寄せて、口の端歪めて」

淡路の浜辺でだったか、辰彌にも同じことを言われた。

「もしかしたら……お父はんにも見えてたんやろうねえ、私のそんな顔」

「そら、目明きやもん、見えてるに決まってるやん。そやから旦那さん、いつでも嬢さんにえらい気兼ねしてはったでぇ。弟子やお仲間にはあないに好き勝手しはるお人が、横目で娘の顔色窺《うかご》うて、機嫌取るようなことまで言うて」

そうだ、それがまた苛立たしくて私は背を向けた。

「ほんま、気難しい、やりにくい子ぉやったで、嬢さんは」

お玉はさらりと言ったがおあいははっとして、おつるを覗き込むように屈めていた半身を立てた。おつるの指が離れた。

「そないびっくりせんでも……あれ、自分でわかってなかったん」

お玉にそんな風に見られていたなど、想像すらしたことがなかった。自分の知っている自分とは違う人間を突きつけられたような気がする。

「だいたいな、わたいの在所《ざいしょ》にも目ぇのあかん者がおったけど、嬢さんみたいにお客はんの前に出してもらえる者なんかおらんねんで。あの家の子ぉが盲らしいて、皆、知ってるんやけど、外に出ぇへんから誰も会《お》うたことがない。家の中に隠されてずっとそのままで。庄屋の娘はんなんか座敷牢に入れられて、一生そのままっちゅう噂もあったくらいで」

春も盛りというのに、おあいは躰が冷たくなったような気がした。膝の上に置いた拳を握りしめる。何度も唾を飲み下してから、おあいは訊ねた。

「おつるちゃんが、もしおつるちゃんの目ぇが見えへんかったら、お玉も外に出せへんの。お客はんの前にも」

「さあ……そんなん、考えたこともないわ。この子はちゃんと見えてるもん。わたいの顔見たら、嬉しそうに笑うもん」

そしてお玉はねちゃりと高い声を使って、「なあ、おつる」と我が子に呼びかけた。

「さ、帰ろか。買い物に行こうか」

おつるを抱き上げている。

「お邪魔しました。そうや、嬢さん、旦那さんにまた句会をやってほしいて頼んどいてくれへんかなあ。うちの人、点者もやらしてもろてはいるけど、なかなかそれだけでは、なあ。……それに、自分も草紙を書いてみたいやなんて夢みたいなこと言い出して、この頃、反故の山ばっかり作るんや。わたいもおつるが大きゅうなって留守番できるようになったら水茶屋勤めでもしようかて思てるんやけど、今はまだ内職もでけへんしなあ。赤子は目ぇ離されへんから、今は昼寝もでけへんのやわ」

お玉の身勝手さに、おあいは言葉の継ぎ穂が見つからなくなった。亭主の団水が草紙に手を染めたことが気に入らないのか、父のことを何となく非難がましく評しながら、句会を催してくれなどという頼み事は平気なのだ。おあいの顔を見に寄ったというのも口実で、いつまでもぱっとしない団水の身を何とかしてくれと、それをおあいを通じて父に伝えようという魂胆だったのではないかと、思い当たった。

所帯を持ったおなごは随分と厚かましくなるものだと呆れながら、いや、お玉は昔から図太いところがあったような気もしてくる。父はそれを面白がって軽口を叩き、おあいも気楽に過ごせたのだ。

変わったんはお玉やなく、私なんやろうか。

表の出入り口で、戸を引く音がした。

「あ、旦那さんや。ほな」

お玉は父に挨拶をするのが面倒なようで、慌ただしく立ち去った。板ノ間に乳臭さだけが残った。

帰ってきた父はひどく機嫌が悪かった。

今日もまた、客の入りがはかばかしくなかったのだろう。最初の入りは竹本座と五分五分だったのだ。「勝負はこれからや。そのうち『暦』の評判が大坂じゅうで盛り上がって客が押し寄せてくる。気の毒に、竹本座で鳴くのは閑古鳥だけになるで」

ところが目に見えて席が空くようになったのは加賀掾座の方で、竹本座の『賢女手習《けんじょのてならい》幷《ならびに》新暦《しんごよみ》』は大入りを続けているらしい。それで父は矢も楯もたまらぬようになって、今日は竹本座をこっそりと覗きに行ったのである。

「どうやったん、竹本座」

「あんなもん、古びた仇討話《あだうち》に新暦騒動をくっつけただけの代物やないかい。わしの『暦』の方がよほど材に忠実で新しい。ほんまに、大坂の者の目ぇは節穴か」

おあいは父の書いた台本を家の中で何度も聞いている。父は筆を進める時は口の中で、書き上げてからはそれは大きな声で読み直す。俳諧で鍛えた咽喉であるから台所にいても裏庭にいても響き渡るので、父がどこで節をつけてどこで声を絞るのかまで憶えてしまったほどだ。

「私も一遍、道頓堀に行こうかな。加賀掾さんがどないな曲節《ふし》で語らはるのか、聴いてみたい」

本当は歌舞伎芝居にもまた行ってみたかったが、舞台に辰彌がいると思うと気が怖《お》じけた。父からは「辰彌はえろう精進してる。そろそろ自前《じまえ》の看板役者になるんと違うか」と聞いていたので、その芝居がどんなものかを桟敷で味わってみたいと願いながら、近頃ようやく、辰彌の胸の匂いや腕の感触が薄れてきている。また気持ちをかき乱されるのが怖いような気がした。

父は「曲節」と鸚鵡《おうむ》返しにして、膝を打つような音を立てた。

「そうか。杉森の筋書やのうて、竹本座の義太夫の語り口がええんかもしれん。浄瑠璃は読むんでも観るんでもない、聴くもんや」

久しぶりに、父の咽喉がげろりと鳴いた。

「わしとしたことが、とんだ迂闊やった。加賀掾の語りは曲節の配りが細こうて、たよよしてる。ところが『暦』は山あり谷あり、客の手ぇに汗を握らせるような筋書や。ごつごつしてる。合《お》うてなかったんや、筋と語りが。……よっしゃ、わかった。わしの台本があの若造に負けたわけやない。ふん、次はもっとこう、加賀掾の語り口に合うもんを書いてやることにしよう」

父は自分が竹本座の作者に負けたわけではない理由を見つけると途端に気を取り直したようで、もう次の作のことを勇んで口にした。

お父はんはほんま、へこたれへんなあ。

「何や、おあい、何が可笑しいのや」

「え、笑うてるかな、私」

「眉を八の字に下げて、苦笑いしてるがな。けったいな奴やなあ」

父が不審がる。

「そうや、今日、安土町《あづちまち》の板元に寄ってきてな。新しい草紙、受け取ってきたで」

「安土町て、森田屋はんやったね。どの本が出るのやったかな。近頃、いろんなもんを一杯書いてはるから憶えきれへん」

「ああ。『椀久一世《わんきゅういっせい》の物語』や」

おあいの膝前に、父が本を置く音がした。

秋風が吹き込んで肩が冷たいほどだ。

台所の天窓を閉めようとおあいは紐に手を伸ばしたが、ふと耳を澄ませた。三味線と切ない節回しが聞こえてくる。木戸の向こうを、三味線を抱えた祭文語《さいもんがた》りが流しているのである。

おあい父娘がここ、錫屋《すずや》町《まち》に移り住んで、もう二年が過ぎた。貞享二年（一六八五）の夏、父は十年暮らした鑓屋町の隠居家をとうとう手放した。手許がどうにも回らなくなったからである。ただ、それだけではないような気がした。

浄瑠璃と、そして俳諧からも手を引いて、草紙の作者としてやっていく。そんな覚悟をどこかでつけた、そのための家移《やうつ》りだったのではないかとおあいは思う。

父が再び挑んだ浄瑠璃の新作、義経の奥州落ちに材を取った『凱陣八嶋《がいじんやしま》』は客の入りが良く、加賀掾にも大層喜ばれて面目をほどこしたのである。が、三月末に小屋が火を出した。折柄の風にあおられ、道頓堀から難波村まで焼けた。そして加賀掾は大坂進出をとうとう断念して、失意のまま京に戻って行ったのである。

「この家も祖父さんの代からやからな、古うてかなわん。なにせ、阿蘭陀西鶴っちゅう名は新風で知られてるのやからな。木の匂いも新しい、ええ家に移ろう」

なるほど、この家は新しくはあったが、鑓屋町の隠居家よりも遥かに手狭で部屋は二つきり、庭は隣りの長屋の板塀との間に申し訳程度の土があるだけである。柱も敷居も手触り足触りがいかにも安普請で、以前の家が奢《おご》ったものでなかったにしろ、曾祖父が筋目の良い大工に建てさせたものであったことが今になって身に沁みた。

父が生まれ育った鑓屋町の、刀剣商いの表店《おもてだな》ももう無い。二年前、名跡を譲った手代が商いに行き詰まって夜逃げをしてしまったのである。

「あいつもあそこまで頑張らんと、早う商いに見切りをつけたら良かったのに。……うちの祖父さんに義理立てしたんやろうなあ」

父は懐に余裕のある若旦那のように、逃げた手代の胸中を忖度《そんたく》した。それからまもなく方々の知り合いに頼んで、この家を見つけてもらったのである。この錫屋町の家は谷町筋の東側にあって、父の言によると大坂城代の下屋敷に鉤《かぎ》型にくっついているような町だそうだ。

錫屋町に越してくる少し前に、団水とお玉夫婦も京に移った。団水の生家の近くに住むのだそうで、俳諧師としていつまでも芽の出ない亭主の尻をお玉が叩いたらしかった。団水の生家は表具屋を営んでいて何人かの職人も置いているらしく、お玉はその商いで生計《たつき》の目途を立てたかったのかもしれない。団水は言い訳のように「京と大坂は近うおす、これからもお訪ねしますさかい」と父に繰り返したが、お玉は手を引いたおつるにばかり話しかけていた。

「なあ、京の祖父ちゃん祖母ちゃんに可愛がってもらおなあ。ええ着物《べべ》、作ってもらおなあ」

おつるは二つになっていて、人見知りが激しかった。おあいは別れ際に到来物の飴を包んでその手に持たせたが、頭を撫でようとするともうそこにはいなかった。お玉の尻の後ろに隠れたらしく、一言も発しない。自分がどこか尋常ではない、得体の知れないものに見えているような気がして、おあいはそっと腕を下ろした。

祭文語りが近づいてきて、小唄が耳にそばだつ。

あ、八百屋お七や。

それは何年か前、江戸の八百屋の娘、お七が火付けをやらかして死罪になったのを材にしていた。さらに違う唄が続き、それも一昨年、ここ大坂は天満で起こった樽屋《たる》の女房、おせんの自害を材にしたものだ。

父はそんな女たちを題材にして、『好色五人女《こうしょくごにんおんな》』という物語を書いた。父が遊女ではなく素人のおなごを真っ向から取り上げたのは初めてで、『椀久一世の物語』の板元でもあった森田屋は父の原稿を一読して、何度も唸った。

「よろしなあ。これ、よろしいわ。素人のおなごは遊女みたいに銀子では動かん。法度も義理もない、命懸けの色恋だすな」

挿絵は上方で随一と謳われる浮世絵師に頼むと、森田屋は声に力を籠めた。

その『好色五人女』が出板されたのは、去年、貞享三年（一六八六）のことだ。その直前の一月に『大和《やまと》絵のこんげん』と『好色世話絵づくし』が江戸で出板された。絵師の菱川師宣が腕を揮って『好色一代男』を二冊の絵本にしたもので、最初に父にその話が来てから数年が過ぎていたが、文章よりも絵の方が多い草紙は大坂でも大層な人気を博し、『好色五人女』の売れ行きにも弾みがついたようだった。そして父はその四ヵ月後の六月に、『好色一代女』という草紙も板行したのである。

世はまさに好色が大流行り、大坂の俳壇の名だたる面々からは「西鶴はとうとう、好色屋に身を落としよった」と眉を顰められているらしいが、父はまた開き直った。

「いつまで経っても、わしを越える句ぅなどよう作らんくせに、他人の世話焼いてる場合か。ああ、わしは両吟でも万句会でも、いつでも受けて立ったるで。あんな黴臭《かび》い連中に、わしが負けるわけがない」

十五の歳から寝ても覚めても俳諧に生きてきた父は本流に認められぬまま、そして談林派にも見放されたままで、けれど草紙を書くことから離れようとはしない。

去年の冬はさらに、『本朝二十不孝《ほんちょうにじゅうふこう》』なる草紙も出した。きっかけは公儀がやたらと親孝行を勧め、親不孝者への刑罰を強化したからだった。町に何度も高札が立つのを見て、父はむくりと反骨心を擡《もた》げさせた。

「初めはえらい節介な公方はんやなあて聞き流してたけど、ちょっとひつこい。皆が公儀から命じられるままに善人になれるやなんて、まさか本気で思うてるのやあるまいな。人間て、そんな簡単なもんやない。人は結局、我が身が可愛い、生きてるだけで醜さをさらすもんやないか」

父がそうぶつと、岡田屋は途端に懇願するような声を出した。

「親不孝のさまざまを主題に書くやなんて、そない恐ろしもん、やめとくれやす。頼んまっさかい、好色もんにしとくなはれ」

岡田屋は、『好色一代女』の板元である。

「まあ、文句は読んでから言うてみ。親孝行は苦労してまでするもんやない、信心からするもんでもない。まして公儀に捕まるんが怖《こお》うてするもんでもないわ。己の生業《なりわい》に励んで、それで得た金で親に食べさせたいもんをちょっとでも購《あがな》う。な、お前《ま》はんも覚えがあるやろ。春になったらそろそろ筍《たけのこ》の時分やなあ、夏は西瓜やなあ、柿が出たら秋で、冬は勝栗《かちぐり》や。そんな物を親の元に運んでやって、ああ、旨いなあ、これは一緒に食べるから旨いのやでて親子で話をする。な、そないなことでええのや、いや、それがええのやて、ここには書いたぁる」

両親《ふたおや》を早く亡くしてその味を知らない父が、親への孝行のありようを岡田屋に説いて聞かせた。

「ほな、親孝行話を書いてくれはったんだすかいな。いや、それやったら有難うおますけど、けど先生、それやったら『本朝二十不孝』やのうて『本朝二十四孝《し》』っちゅう題になるんと違いますのんか」

「お前はんなあ、本屋稼業を始めて何年になる。本屋っちゅうのは、人の心玉《こころだま》を転がすんが商いやないか。もうちょっと頭、働かせてみぃ。ただでさえ親孝行せえて、上からやいやい言われてるのやで。このうえ誰が好き好んで親孝行の話なんぞ読む気になる。わざわざ不孝て謳《うと》うてるから、こりゃ面白そうやと手を伸ばすのやないか。そのくらい、わからんか」

そして父の目論見通り、この人を喰った題の物語に江戸の本屋まで乗り気となり、大坂は岡田屋、千種屋《ちぐさ》の二軒、そして江戸は万屋《よろず》と、計三軒での東西相板となった。上方はむろん江戸でも大いに受け、板元が町奉行に呼び出されることもなかった。

そして今年の正月には、男色《なんしょく》ものである『男色大鑑《おおかがみ》』を出した。去年、あの厚顔な深江屋が京でも名のある書肆《しょし》、山崎屋との相板話を持ってきて、父の自尊心をくすぐったのだ。父は深江屋を鼻であしらいながら、結局は話を受けた。

「断るのも面倒や、さっさと引き受けて書いた方が早いからな」

そんな奇妙な理屈だった。ゆえに今年の三月、四月にもまた異なるものが板行され、今もなお矢継ぎ早な筆の揮いようなのである。

おあいは賽《さい》の目に切った芋に火が通ったことをたしかめ、手前に出しておいた味噌壺から匙で味噌を掬い取って杓文字に移した。鍋肌に添うように左手で杓文字を入れ、右手に持った匙で味噌を溶いていく。仕上げに薄揚げの刻んだのと小口切りにした葱を入れる。

軒をつらねる近所の長屋も米を研ぎ、包丁を使い、竈《かまど》に向かって火吹き竹に口を当てているのが耳でわかる。干魚の焼ける匂いや釜の飯が噴いて蓋を持ち上げる音まで聞こえて、おあいは微笑んだ。誰かが誰かのために食べるものを用意している音は温かい。

近頃ではこの安普請の家をおあいは気に入っていた。二階はおろか部屋も二間しかないので、勝手を摑むのに大した日数を要しなかったほどだ。手狭な分、手を伸ばせばすぐ何にでも届くし、昔は苦手だった掃除も呆気ないくらいである。

ただ、居間は前にもまして本が積み上げられ、畳の上には紙や筆が転がっているので、足捌《さば》きには用心が要る。父は土壁に向かって置いた文机の前に坐り続け、眠くなればそのまま仰向けに倒れるようになって寝ているようだ。おあいはその隣りの茶の間で寝起きしているのだが、父が墨を磨ったり、「いや、待てよ」と本の山を引っ繰り返したり、「ふん、ええぞ」と満足げに呟くのを耳にしながら寝入る。鑓屋町の隠居家では蒲団を敷いた階下から聞こえていたものが今は右手の障子越しで、近間《ちかま》になっている。

お母はんはこんな風に、お父はんに寄り添って暮らしてたのやろうか。

おあいは寝床の中で、そんなことに思いを馳せた夜がある。その頃はまだ駆け出しの俳諧師であったけれど、父が草紙を書く速さと量は俳諧と同じ筋骨《すじぼね》であるような気がするのだ。まして、誰も足を踏み入れたことのない俗な物語の世界を独りで切り拓いていく、おあいにはそれが談林派が非難する変節だとはどうしても思えない。

父は何も変わることなく、ひたすら異端の「阿蘭陀流」を貫いているような気がした。

「ごめんください」と油障子の向こうで声がする。

おあいが坐る台所は出入り口の前土間に面していて、膝を回せば易々と応対ができる。

「あの、こちら、井原先生のおたくでしょうか」

居間に顔を向けた。

「今、仕込みの沙汰や。留守やて言うてくれ」

外に丸聞こえの大きさで、おあいは肩をすくめる。ややあって、来客が落ち着いた声で返してきた。

「さようですか。ほな、急ぐ用やありませんのでまた後日、出直します」

「すいません。あの、お名前、伺《うかご》うといてもよろしですか」

「はい、浄瑠璃書いてる近松《ちかまつ》と言います。先生によろしゅうお伝えください」

「ちょっと待て」

父が立ち上がる物音がして、居間から出てきた。筆を持ったままなのか、おあいの鼻先で墨がつんと匂う。

「杉森か、竹本座の」

「……はい」

「留守は撤回や。潜り戸の錠はまだ下ろしてへんから、入ってくれ」

客にいくら夕餉を一緒にと勧めても固く辞して首肯しなかったので、おあいは熱い番茶を煎れて運んだ。そろそろと足を運ぶおあいの姿を見上げる気配もなく、父が喋るのに時々、短く相槌を打つ。やけに行儀のいい男で、声から察するに父より一回りは下の三十路だろうか。

「近松門左衛門《もんざえもん》とは……えらい角張った筆名にしたもんやな」

「はい」

「先だってはえらい騒ぎやったやろう」

「はい。方々からお叱りを受けました」

「まあ、どこにでも頭の古い奴はおるもんでな。放っとけ。まあ、これでお前はんも浄瑠璃作者として一本立ちや」

杉森信盛《のぶもり》はこの夏、道頓堀の竹本座のために『佐々木大鑑《ささきたいかん》』という作を書いた。その台本に新たな筆名を記して、近松門左衛門の名乗りを上げたという。が、世間では作者が名を出したことを非難する声が少なくないらしい。浄瑠璃はあくまでも義太夫のものなのである。

「ところでお前はんは、町人の出ぇやないねんなあ」

「ご存じでしたか」

「まあな。形《なり》は町人やがちょっと訛りもあるし、生《なま》まれは京より北か」

「はい。父は越前の吉江《よしえ》藩士でした」

推測が当たって、父は得意げに咽喉を鳴らした。

「代々、主君に忠を尽くす武家の者がよりによって河原者《かわらもの》の世界に身ぃを投じるとは、お前はん、見かけによらぬ傾《かぶ》き者やな。……で、今日はわざわざ何用やろう。言うとくけどわしはもう浄瑠璃は書かへんで。本屋との約束が来年の末まで埋まっててな、もうどないもならん」

「はい。先生が書かはったもんは全部、拝読してます」

「そうか。どないや、あんたはどないな感想を持った」

父は気軽に訊いたつもりのようだったが近松という男は細く息を吸って吐き、しばらく黙した後で口を切った。

「四月に出された『武道伝来記《ぶどうでんらいき》』は、あまり感心しませんでした。人物が死んでます。先生はやっぱり町人ものがええと思いました。最近の御作で私がとりわけ心を動かされたんは『好色五人女』です。お夏《なつ》におせん、おさん、お七、おまん……巻一で先生が角書《つのがき》に書いてはるように、五人とも恋の闇に生きました。あの、お夏が春の野遊びの宴で空寝をして、清十郎《せいじゅうろう》を誘うた場面がありますね。花見小袖の幕内で、すぐそばに人がおるのに、二人は思いを遂げる。幕の隙間に目を据えて人目を気にしながら二人とも息をせわしゅう、胸ばかりを躍らせて……あれを読んでおなごの大胆を面白がる人もおりますが、私はお夏があまりに一途で切のうなりました。おなごの色は何と熱うて、己も相手をも焼き焦がすものなんやろう、と。

遊びを極める男の色とおなごの色をこないに書き分けはったんは、先生が初めてやと思います。ほんまに先生というお人は何本腕を持ってはるんやろうと、私は胴震いしました。頭が下がりました」

「いや、まあ、世間に知られたおなご五人やからな」

褒められているはずの、しかも褒め言葉が大好物である父がなぜか言葉につっかえた。

となれば、果たして近松が言うほどの自覚を持って書き分けたのか、怪しくなってくる。読み手が書き手の思惑を遥かに越えて、何かを摑んだ。それは読み手の力なのか、それもやはり物語の力であるのか、おあいにはわからない。

「それで先生、お頼みがあります」

「頼み……」

「お夏清十郎に、おさん茂右衛門《もえもん》……いつか、私の手で浄瑠璃にさせてもよろしいですか」

「何や、そないなことかいな。そんなん、あんたの好きにしたらええがな。お夏清十郎の駆け落ちなんぞ、かれこれ二十年は前に起きた有名な事件やし、歌祭文《うたざいもん》や流行り歌にもとうになってる。京烏丸《からすま》のおさんと茂兵衛《もへえ》が姦通して磔《はりつけ》になったんは数年前やが、いずれわし以外にも書く者はおるやろうと思うてた」

近松は随分と律儀であるらしい。世にはこんな物書きもいるのかと、おあいは少し驚かされた。父はいつも勝負師のように騒々しい音を発している。

「けど、世情をそのまま取り入れるのは難しいもんやで。昔から有名な話の、このあと誰がどないなって結着がどうつくんか、あらかじめ知ってて馴染みのあるもんでないと客がついてけぇへん。皆、義太夫の語りを聴きにきてるのやから」

父は自らが書いた『暦』での不入りを、暗に指した。己の負けを決して認めようとしない父にしては、ひどく珍しいことだ。

「承知してます。けど……古い、手垢のついた説話を仕立て直すばかりでは、いつか飽きられてしまうのではないかと、近頃、そんなことばかり考えて頭から離れません。むろん、台本は太夫、三味線の芸のためにある。それはようわかってます。けど、私は憂き世に生きる人間の業《ごう》を書きたい。先生が書かはった男とおなごの相愛《そうあい》を、とりわけ、報われぬ恋ゆえの美しさをもっと突きつめてみたい。それは浄瑠璃でもできるんやないかと思うのです。それとも私はとんでもない心得違いをしてるんでしょうか」

「心得違いも何も、あんたが思う通りに筆を揮うたらええのや。人は同じ物事を目の前にしても、まるで違う景色を見る。わしはどないな悲恋でもそのまま書くことはない。どこかに人の滑稽さを見てしまうからや。けど、近松はん、あんたの目ぇはそれを美しさと捉えるのやな。深みにはまって自ら滅びに向かう性《さが》を、あんたは泣きながら美しいと思う。……それが響くかどうかは、客が決めることや」

近松は「はい」と答え、「執筆のお邪魔になってはいけませんから」と立ち上がった。

父はその後、一言も喋らぬまま、夕餉を済ませた。

おあいは昼餉の膳を片づけて、前垂れをはずした。前土間に下りて杖を持ち、父に呼びかける。杖は昼顔の文様を彫ってあるもので、かれこれ五年も使っているのですっかりと手に馴染んでいる。

「お父はん、ほな、行ってくるよ」

「ちょっと待て。わしも一緒に出るわ」

「ほな、襟巻、持っていかんと。夜の川風は冷えるで」

父が「そうやな」と部屋に引き返し、箪笥《たんす》を探っているのか、引手《ひきて》の環《わ》が甲高い音を立てている。

「上から三つ目の抽斗《ひきだし》、見て」

「三つ目……ああ、あったあった」

引き返してきて、せかせかと草履に足を入れている。一緒に谷町筋を渡り、農人橋《のうにんばし》への通りを西に向かった。なだらかな坂道を下ると、枯葉がかさこそと過ぎてゆく。秋の陽が左の頰や肩を温めてくれるのを感じながら、おあいは杖を爪先の前に出しては左右に動かす。

「ほんまに大丈夫なんか。一人で買い物に出たりして」

「順慶町《じゆんけいまち》はもう何回も行ってるから。橋を渡って左に折れてまっすぐ南、五つ目の通りを右に曲がったらすぐ。な、合《お》うてるやろう」

「で、何を買うのや」

「うん、糸が切れてて。端切れも。繕い物とか、いろいろあるし」

そしてうまく見つかれば、玩具《おもちゃ》の一つなりとも買っておきたいと心組んでいる。団水が近いうちに訪ねてくるとの文が父宛に来たので、おつるへの土産を用意しておこうと思い立ったのだ。

近所で幼い子の声を耳にすると、おあいはおつるを思い出すことがあった。前に会ったのは団水一家が京に移る前で、人見知りが激しくて一言も発しなかったから、その声を聞いたことはない。ただ、おつるがまだ赤子の頃、恐る恐る伸ばしたおあいの手の指をぎゅうと摑んだ、その小さくて短い指の意外なほど強い力をおあいの手は憶えている。そして四つになった今はどんな声をしてどんなことを喋るのだろうと、時折、想像してみたりするのである。

「ついていってやりたいが、今日は待ち合わせがあるさかいな」

父は荒砥屋の招きで、高津《こうづ》に湯豆腐を食べに行くという。桜塚の西吟も一緒だそうだ。今の家は手狭なので、父が客を招いてもてなす機会はめっきりと減っている。

「高津の湯豆腐は葛湯《くずゆ》と芥子《からし》をかけて食べるんやてなあ。おいしそうやね」

「ほな、お前も行くか。一人増えたかて、誰も何も言わへんで」

「ううん、ええわ。私は買物したいし、お父はんはゆっくり気散じしてきて」

父はこのところ『長者教《ちょうじゃきょう》』という本を読み込んでいて、何かまた新しいものを書こうと画策しているようだ。だが根を詰めすぎてか、時折、夜更けに咳をしていることがある。父は四十六歳になっていた。

農人橋を渡ってから、一緒に川沿いを南に下る。すすきが風に揺らいで、頭上高く、ぴぃひょろひょろと祭り囃子のような鳴き声が響いた。

「鳶《とんび》やね。もう、秋も終わりなんやな」

「そうや、この頃は日暮れが早うなってるからな、用が済んだらさっさと家に帰らんとあかんぞ。順慶町は夜四ツ時になっても賑やかやからな、紛らわされんように、時の鐘の音《ね》ぇにちゃんと耳を澄ませて」

「お父はん、心配しすぎや。夜道になっても私はちゃんと帰れる。この目ぇは提灯も要らんのやから」

「阿呆、そないなことを言うてるのやない。若い娘が夜道なんぞ歩いてみぃ、どこの路地に引っ張り込まれるかわからんやないか。ええか、くれぐれも人気《ひとけ》のないとこに入るんやないぞ」

私はもう二十一や。若い娘やないと思いながらそれは口に出さなかった。父親にとって、娘はいくつになっても娘であるような気がしたからである。

安堂寺《あんどうじ》橋の手前で、父と別れた。通りを西に、呼び込みの声に耳を傾けながらゆっくりと歩を進める。

「いらっしゃい、ええ袋物《ふくろもの》おますで。作りは京だすで」

「房楊枝《ふさようじ》はどうだす。歯ぁが真白になりまっせ」

「下駄が安い、安い下駄は甲州屋っ」

威勢のよいその声はおあいが近づくと尻すぼみになる。何かを買ってくれる客だとは思えないのだろう。そんな遇され方にはもう慣れているし、おあいには目当ての店があった。左側に並んだ店を九つ過ぎると煮売り屋がある。その角を入ったところに古布屋があって、端切れや糸もそこ一軒で購《あがな》うことができた。年寄りが一人で店番をしているのだが色や柄行きまで親切に教えてくれて、それは家に帰って父にたしかめたので正直な商いだと知れている。しかもいろいろとおまけをつけてくれ、値も張らなかった。

ところが行けども行けども、煮売り屋の匂いに行き遭わない。うっかりと前を行き過ごしてしまったのだろうかと身を返しかけた途端、右腕に何かが当たってよろめいた。硬い物が落ちる音がして、怒鳴られた。

「こら、いきなり止まったらあかんやないかっ」

「す、すいません」

「見てみぃ、餅が広蓋《ひろぶた》ごと引っ繰り返って、わややないか。あぁあぁ、ほんまにっ」

おあいは何度も詫びを口にしながら、そろそろと身を屈めた。手探りで餅を拾い、土を払う。

「何や、あんた、盲かいな」

おあいは「はい」とうなずいて、拾った餅を左の掌にもう一つのせた。男が言う広蓋を右手で探るけれど、指に触れるのは道の土や砂ばかりである。

「もう……ども、ならんな」

男は文句を言いながら、板が触れ合うような硬い音をいきなり立てた。広蓋を道の上に置き直したのかもしれない。通りがかりの者が男に声をかけた。

「あれ、野田屋はん、こないなとこで餅撒きして。何ぞめでたいことでもあったんか」

「転合《てんご》言いなや。朝からかかって搗《つ》いたのに、こんなん、店先に並べられへん。商売上がったりや」

弁償するべきなのだろうかと思いながら、巾着の中身を考えると迷いが出る。口ごもっているうちに、追われるように肩をこづかれた。

「もう、ここはええから、早う家に帰りっ」

おあいはまた詫びて、その場を離れた。背後で聞こえよがしに言われた。

「何でこないな界隈を一人でほっつき歩いてるねん。こっちゃ、ええ迷惑や」

「野田屋はん、その言いようは酷や。あないな者を外に出す、家の者が悪いのや」

おあいは唇を噛んで、右手の杖を前に出した。また右肩が人に当たり、どやされた。こんなことは初めてで狼狽《うろた》えた。家の者が悪い、その言葉が胸に突き刺さっていた。

目のあかん者を町に出す家は、不心得やとでも言うのやろうか。

いつか、お玉が口にした言葉を思い出す。

——わたいの在所にも目ぇのあかん者がおったけど、嬢さんみたいにお客はんの前に出してもらえる者なんかおらんねんで。……家の中に隠されてずっとそのままで。

思い出すことがなかったのに、いや、努めて思い出すまいと蓋をしてきたのに、それは土まみれの餅のようにおあいの咽喉をふさいだ。

それでも買物をして帰りたくて、おあいは煮売り屋を懸命になって探した。手ぶらで家に帰るのは負けたような気がする。何に負けるのかはわからない。けれどひたすら歩いて、探した。蓑笠《みのがさ》や青物《あおもの》、茶葉の匂いはやたらと鼻につくのに、煮物の匂いだけが現れない。思い切って人に訊ねると、「さあ、この辺はしじゅう店が入れ替わるからなあ。潰れたんとちゃうか」と素っ気なかった。

やがて、自分が通りのどの辺りにいるのかがわからなくなって、おあいは生唾を呑み込んだ。行く手に曲がり角があれば風が変わる、こんな匂いが漂うてくる、いつもはそれを頼りに自分の居場所を摑むことができていたのに、焦れば焦るほど足がすくんだ。

何度も訪れていたはずの町が、忽然と消えていた。

立っていると身が揺れそうになって、おあいはしゃがみ込んだ。途方もなく怖くて、息が荒くなる。ずぶりと地面に足を取られそうで、上からいきなり毛深いものに首をひっ摑まれそうで、声にならない声を上げた。

「お日ぃさんや。お昼間は南にお日ぃさんがいてはる。お日ぃさんはどこから射してるのかを、いつも気にしてんとあかん」

ふいに、母の言葉が過《よ》ぎった。子供の頃、母に裏庭につれ出されて、世の中には方角というものがあると教えられた日のことだ。

「そんなん、わからへん」

「躰じゅうを澄ませるのや。ほしたら、どっちが温《ぬく》いの。でこちんか、背中か」

背中が何となく温いような気がして、おあいはおずおずと振り向く。

「そうそう、そっちや。そのまま両手を広げてみ。顔の向いてる方が南やったら、背中が北。ほんで右手が西、左手が東や」

顎を上げた。額が微かに温もりを感じる方角に向かって、立ち上がる。

こっちが南や。間違いない、店が並んでる。人の気配が戻ってきた。

おあいは懸命に己を落ち着かせようと、何度も息を吸って吐いた。たぶん行き過ぎてるから、東に引き返さなあかん。南を右手にしたら、躰の正面は東を向く。一歩、一歩と踏み出した。もし、見当違いの方向に歩いていたらどうしようという不安を懸命に抑え込んだ。でないと先に進めない。それでも、日が暮れたらこの界隈は夜店になって賑わいを増す、その雑踏を想像してしまう。途端にまた、怖くてたまらなくなった。

人混みに揉まれたら、きっと耳も鼻も利かへんようになってしまう。

おあいは怖さに急き立てられるように、杖を爪先の前に出した。

「あのう」

脇で声がして、ひっと身をすくめた。近くに人の気配をまるで察していなかったからである。気が動転して、咽喉の奥で言葉が空回りする。

「ああ、やっぱり。姉ちゃん、姉ちゃんやな」

「もう、ここからは一人で帰れる」と断ったのに、一太郎は農人橋のたもとまで送ってくれた。

「本当は家までついていってやりたいけど、使いの途中やから」

二つ年下の弟は、耳慣れぬ若者の声をしていた。船場の油屋で奉公していて、今は手代になっているという。

一太郎はおあいの買物に付き添ってくれ、おつるのための玩具まで選んでくれた。芥子《けし》人形と起き上がり小法師《こぼし》である。芥子人形は小さな木彫りの人形で、豆粒のように小さいのにちゃんと衣装を着せてあるそうだ。

「助かったわ。私、人形遊びしたことないから」

「姉ちゃんは台所《だいどこ》するのがほんま、好きやったもんなあ。いつでも俎板の前に坐って包丁を使うてた。今から考えたら、親もあんな危ないこと、小さい子ぉによさせてたもんや」

一太郎の声を聞き取るのに顔を斜めに上げねばならないのも不思議な気がした。いつもこっちが身を屈めて小首を傾げねばならなかったのに、随分と背が高くなっている。それもそのはずだった。弟二人が養子に出されたのは母が亡くなってまもなくのことで、十三回忌も今年の春に終えている。

川沿いを歩きながら、一太郎はまた「呆れたな」と言った。

「よう、一人であんなとこ歩くわ。姉ちゃんも無茶や」

あの舌足らずだった弟に説教されているのだと思うと嬉しいような、可笑しいような気がする。

「笑いごとと違うで」

「いや、甘えたのいっちゃんが、こないしっかりしたかなあ、と思うて」

「しっかりもするわ。この十何年、そうせんと生きてこられへんかったからな」

一太郎の声が少し硬くなった。養家で苦労したのだろうかと思うと、途端に笑みが引っ込んだ。胸の裡に翳《かげ》が差す。

「親御さんは、お達者なんか」

「いや、両親《ふたおや》とも、とうに亡《の》うなった。俺が十二の時や。流行り病で呆気なかった。俺はつくづく、親に縁がない」

その時は既に丁稚奉公に入っていたから暮らしは何も変わることはなかった、苦労なんぞ微塵もしていないと、一太郎は言い直した。

「そうか……私、何も知らんと。あんたら、どないしてるのやろう、達者にしてるのやろうかと思いながら、私、文が書かれへんやろう。そやから、そのままになってしもうて」

言い訳を口にすればするほど、申し訳のなさが募ってくる。どこかで雀が群れて盛んに鳴いている。

いつか、荒砥屋に聞かされた話がまたおあいの胸をちくりと刺した。父はおあい一人を手許に残して、一太郎と次郎太を養子に出したのである。

「ごめんな。私だけ家に残って」

すると、一太郎は驚いたように「え」と洩らした。

「何言うてんの。俺と次郎太の方が、姉ちゃんは気の毒やなあて言うてんねんで。あの、好き放題な親爺の傍に残ってさぞ苦労やろうて。お母はんがあんなこと、お父はんに頼むから」

「え、お母はん、何を頼んだの」

「姉ちゃん、お父はんから何も聞いてないのか」

おあいがうなずくと、一太郎は「そうか」と口ごもった。

「俺は養い親から教えられたんやけど、お母はんは姉ちゃんのことだけは頼むて、そない言い遺してたらしい。……まあ、親爺はほとんど家におらへんかったから、子供三人の面倒見るのは到底、無理やてお母はんも見通してたのやろう」

両親の間でそんなやりとりがあったことを、おあいはまるで知らなかった。

お母はんにそないなこと頼まれて、お父はんもえらいお荷物を背負《しょ》い込んだもんやと、胸に苦いものが走る。

——おあいが大きゅうなるまでは、わしは死なれへん。

そんな願まで掛けて。そやのに私はお父はんのことが疎ましゅうて、いつでも舌打ちをしてた。

思えば、それは母の生前からだった。蛙のように騒々しくて図々しい父が家に帰ってきた途端、静かな暮らしの何もかもが掻き乱される。外でさんざん好き放題をして、その埋め合わせのように耳ざわりの良いことを母に喋り散らした。

「みずゑ、吉野の上千本《かみせんぼん》、それは見事やったでぇ。わしの俳風に肩入れしてくれてるお人があの辺の山持ちでな。ええ場所から眺められるで。今度、連れてったる」

「琵琶湖の傍にな、旨い諸子《もろこ》を喰わす店ができたのや。そこの主がぜひともうちで句会を開いて欲しいて、矢の催促なんや。今度、お前も一緒に足延ばそうか」

父の「今度」は必ず反故にされた。母はおあいら子供にも明け方から外出《そとで》の用意をさせて、けれど待てど暮らせど父から音沙汰がなかった日もある。にもかかわらず、母は甲斐甲斐しく父の世話をした。

「まあ、次郎太は赤ん坊で養子に行ったから実の親のことはまるで憶えてへんねんけど、何せ、親爺は有名やからな」

「じろ坊と会うてるんやね、元気にしてるの」

「たまにな。俺は養い親に実の親以上に良うしてもろうたけど、次郎太んとこは家内にいざこざが多かったのや。辛抱し切れんと飛び出してしもうて、性質《たち》の悪い連中の下っ端になっててんけど、まあ、もう大丈夫やろう。今は雑魚場《ざこば》の魚問屋で懸命に下働きしてる。いつか市場の競《せ》りに立つのやて、意気のええこと口走ってるわ」

「そう……あんた、えらい面倒見てくれて。おおきに」

「いや、面倒なんぞ見てへん」

一太郎は何でも淡々と口にする。けれど、彼らの十二年はやはり生半可《なまはんか》なものではなかっただろう。弟たちに何もしてやれなかった己が身を不甲斐なく感じながら、今は真っ当に暮らしている様子に心底、ほっとする。胸が一杯になる。

「親爺……何やかやと書いてるみたいやな。俳諧、もう止めたんか」

「綺麗さっぱり止めたかどうかはよう知らんねんけど、ともかく今は草紙で手一杯なんよ。躰、きついはずやのに、結構、無理してる」

「……姉ちゃん、変わったな」

「そうかな。どこが」

「親爺のこと」

と言いかけて、一太郎は「いや、どことなく」と紛らわせる。一太郎の言いたいことはわかったけれど、おあいは気がつかないふりをした。私はきっと弟の前でも眉を顰め、口の端を歪めていたに違いない。周囲の人にずっと、私はそんな顔を見せてきたのだ。

「けど、俺、今でも忘れられへんことがある。……子供の頃、姉ちゃんと路地におったのや。お母はんはまだ次郎太が生まれたばっかりやったから、一緒やなかったと思う。そうや、俺が姉ちゃんと遊びとうて外に連れ出したんや。ほなら近所の餓鬼らが寄ってきて、姉ちゃんのこと蟬丸《せみまる》やて言うて、えろう囃《はや》し立てて」

「蟬丸……て、謡曲に出てくる。たしか、帝の子ぉやのに盲目やったから逢坂山《おうさかやま》に捨てられたお人」

「何か知らんけど、あの頃、杖ついた按摩《あんま》を見かけても蝉丸やあて囲んで、からこうたりしてたからなあ。けどあん時、たまたま家に帰ってきた親爺が通りかかってな、そいつらの頭、拳固で叩いて回ったのや。ほんで、俺もごつりとやられた。脳天に穴空くかと思うほど、本気で叩かれた」

「いっちゃんまで、何でやられたの」

「姉ちゃんがこないなこと言われて何で黙ってるのや、お前は玉無しの弱太郎《よわたろう》か、何で向こうて行かへんのやて。……俺、親爺に怒られたの、後にも先にもあの時だけや」

おあいは鼻の奥がつんと潤みそうになるのを懸命にこらえて、杖を握りしめた。

「一回、うちに来てよ。じろ坊も一緒に。お父はんもきっと、喜ぶ」

「いや、それはやめとこ。親爺との縁は、とうに切れてる」

足が止まった。

「あんた、もしかして、お父はんに捨てられたとでも思うてるのん」

すると、一太郎は笑い濁した。

「違う、違う。そんな子供みたいなこと、いつまでも思うてるわけないやないか。養子なんて世間には掃いて捨てるほどあることや。ちいとも珍しいことやない。……いや、違うのや、姉ちゃん。うちの親が亡うなった時に、親爺が通夜に来たのや」

「え、お父はん、お通夜に伺うたの」

おあいはそのことをまるで知らなかった。

「俺かてびっくりしたわ。でな、親爺は俺の前に手ぇついて、こう、きっちりと頭下げて、悔やみを述べた。……赤の他人やったな、あの振舞いは」

おあいはその日の父の胸中を思った。他家に出した我が子が親を喪ったのだ。いったい、どんな思いで頭を下げたのだろう。

「お父はん、さっさとあんたらを養子に出してしもうて、ほんまに手前勝手な情の薄い人やて、私も長い間、恨みに思うてたけど。ほんまにそうやったんやろうか」

私のせいやと、おあいは内心で言葉を継いだ。

お父はんは私を育てるために覚悟を決めて、一太郎、次郎太との親子の縁を切った。そやから一太郎が養い親を喪うても、他人として接したのや。世間ではいまだに目立ちたがりの法螺《ほら》吹きやと言われてるらしいけど、いざとなったらそんな筋目にこだわるとこがお父はんにはある。

「まあ、親爺が死んだら知らせて。線香の一本でも上げさせてもらうわ」

一太郎は妙に明るい声で言った。

「うん……わかった」

おあいは己の考えを引っ込めて、弟を説きつけることはすまいと思った。

これから生きていくうちにまた捉えようも変わるだろうし、考えも情も変わるだろう。人は皆、刻々と変わる。だから息をしていける。

でも、一言、詫びねば気が済まない。

「かんにんな」

「また詫びる。姉ちゃんが詫びることなんぞないやろう」

予想通りの言葉が返ってきた。

「……なあ、今はそんな暇もないやろうけど、いつか、お父はんの書いた物、読んでみて」

すると一太郎はいきなり、口から吐くように吟じた。

「脈のあがる、手を合わしてよ、無常鳥《ほととぎす》」

五七五ごとに区切って口に上《のぼ》せたのは、母の初七日に父が行なった独吟一日千句興行の発句だった。

「うちの旦那さんがちょっと俳諧をしはるんでな。親爺の句集も持ってて、たまに読み返してはるのや。まあ、俺が倅やなんてまるで知らはれへんけど、この時の千句は全部、ほととぎすを詠んであるて言うてはった。千もの連句が我が女房への恋慕で貫かれてるやなんて前代未聞なことやて、お仲間とそんな話、してはった。……俺が知るんはあの一句だけでええ。それで充分や」

おあいの肩に手を置いてから、一太郎は傍を離れた。

「ほな、姉ちゃん、気ぃつけて帰りや」

「うん、有難う」

おあいは夕風の中で、弟が遠ざかる足音を聞いていた。せかせかと親指の爪先に力を入れて歩くような音で、いっちゃんの草履もすぐに裏前があかんようになるのやろうなと、おあいは思った。

森田屋が上がり框《がまち》に腰を掛けたまま、父と押し問答をしている。

上がってもらおうにも、居間は足の踏み場がない。しかも茶の間ではおあい自身が臥《ふ》せっていた。十月のかかりに風邪を引いて、熱を出してしまったのである。

父は気の毒になるほど狼狽《うろた》えて、近所の誰彼なしに「娘が風邪を引いた」と触れて回り、皆が梅干しの入った粥や葱雑炊《ねぎぞうすい》、卵酒などを持ち寄ってくれた。裏店《うらだな》住まいの物売りや職人、その女房らは父が俳諧師であることも草紙の作者であることも知らず、家の中に本が堆《うずたか》く積んであるのを見て呆れ返ったものだ。

「按摩さんが何でこんなに本を一杯……何の内職してはんの」

昼間は二人とも外で働いている夫婦者が多いので、たまに見かける父の坊主頭とおあいの杖で、按摩の親子だと決め込んでいたようだった。ばかりか、父が夜更けに本を読んだり、書き上げたものを口に出して推敲しているのを芸の練習だと思った者もいた。

「按摩と違うで、このお人は願人坊主《がんにんぼうず》やがな」

「何、それ」

「門付《かどづ》けの芸人やがな。その証《あかし》に夜、念仏やら口上やらの習練をしてる」

面白がりの父は長屋者の頓珍漢がやけに気に入ったようで、以来、世間話を盛んに交わすようになっている。

今朝は熱も引いたのでおあいは起きて台所に入ったのだけれど、父は「もう一日、養生せい」と、茶の間に蒲団を敷き直した。

「風邪は怖い、怖い」

父はそう呟いていた。母が寝ついたのも、最初は風邪だったのだ。周囲も本人もそう思い込んで、ほんの数日寝たら枕が上がると呑気に構えていた。が、松の内が明けてからさらに具合が悪くなって、四月に逝《い》った。あれは何の病だったのか、本当のところを誰も知らない。

「そやから先生、商人を主にして書いた物語なんぞ、聞いたことおまへんで」

「今さら何を言う。一代男の世之介も商人の倅やないかい」

「出自《しゅつじ》がそうなだけで、中身は色恋の道やおませんか。銭銀の稼ぎ方を主題にして書くやなんぞ危ない、危ない」

「何が危ないねん。生涯、主君から禄をいただける侍とは違うて、商人は才覚と機転と運を遣いまくって金銀を摑むのや。で、莫大に散財するからその金銀が世の中に回る。その仕組みを物語にするのやで。面白いに決まってる」

父と森田屋は互いに引かない。

「そやから、今の公方さんは身を慎め、倹約せよて、何かと堅うてうるさいのは先生も先刻ご承知やおませんか。ほれ、公方さんがお母はんをつれて寺に詣らはった時、豪商の夫婦がその参道沿いの店屋に陣取って、えらい上等な香木を焚いて扇子で扇《あお》いだとかいう事件がありましたやろう」

「ああ、そんなことあったなあ。商人の分際で贅をひけらかすとはけしからんと咎めを受けて、店は闕所《けっしょ》、夫婦は江戸を所払いになったんやったな。けど、その夫婦も間抜けなことや。せっかく公方はんに挑んだんやったら、最後の仕上げまで絵を描いとかんならん。そんなん、しょっぴかれるんは目に見えたぁることやないか。わしやったら、ただいまは吹く風、松の枝をも鳴らさぬ泰平の御世《みよ》にござりまして、それもこれも皆、公方様の結構な御治世の御蔭と存じおります、つきましてはかような身分の者が畏れ多きことにござりますが、御母堂様と共に御参詣の道すがら、身代懸けたるこの香で御世の栄《ほまれ》を千代に八千代に寿《ことほ》ぎ奉りたい、かように願いましたる次第にござりまして……まあ、こないな台詞で言い抜けてやるがなあ。

けど、今の公方はんも初めはえらい賢いお人や、出来物《できぶつ》らしいてな評判やったけど、親に孝を尽くせやの、いつも行儀ようしてなあかんやの、ほんまに厄介やな。今度は飼《こ》うてる犬猫、鳥まで大事にせぇて、ふざけてんのか」

話が脇に逸れていくのがおあいには可笑しくて、笑い声を洩らしたらまた咳が出た。

「ともかく、新作の出板、これには吟味が厳しおすねん。商いものはやめときまひょ。ここはひとつ、安心な好色ものを書いておくれやすな」

父は相変わらず、方々の本屋にせがまれて好色物を書いている。しかも似たような物もあちこちで出板されているのだ。父はそれに目を通しては、ふふんと鼻を鳴らす。

「やっぱり、わしの書いたもんの方が勝ってる。わしは何せ、この流行りを作った当人やからな。後追いは所詮、真似事や。本物には勝てん」

そう言って本屋に自慢するけれど、今日は早々に声を荒らげた。

「何が安心や。好色ものを出す時、お前はんら、何て言うた。不孝者の好色話なんぞ出したら、真っ向から御公儀に盾突くのも同然やおませんか、世之介は奢侈に傾いて親不孝をしまくって姦通までしてますのやで。こないにあられもない話、談林派の恥になるんと違いますか、俳諧師の名折れだす。そこまで喚いてさんざん通せんぼしといてからに、わしがするっと関所を通ったら、ああ、この道は安心やて、のこのこ尻にくっついて。で、今度はまたそっちの道は危ない危ないて袖を引くんか。どうせお前はんらは、己《おのれ》の足で道を見つけようとも見つけたいとも思うてないんやろう。ほなら黙ってわしについて来んかいっ」

それでも森田屋は渋って、くどくどと言い訳を繰り返す。

「もう、ええわ。お前はんがそない厭なんやったら、無理してくれんでもええ。これはな、一代男より当たりを取って、後刷りが追いつかんようになるのは目に見えてるのや。お前はんとは古いつきあいやからな、たんまり儲けさせてやろうと心組んでたんやが、そない気乗りせぇへんのやったら無理強いすることもないわ。ほな、ご苦労さん」

「先生、ま、まさか、よそで出さはるんだすか」

「あんたんとこの原稿、次は来年の秋やったな。まあ、気長に待っとけ」

森田屋は一瞬、息を呑んだ風に押し黙り、大きなくしゃみを落とした。

巻七

狭い家の中でもそこに風が渡ると、少しばかり広くなったような気がするから不思議なものだ。

風が卯の花の匂いを含んでいることに気がついて、おあいは鑓屋町の家を久しぶりに思い出しながら西吟と団水、そして父に湯呑みを差し出した。

「やあ、冷やし飴だすな。これは嬉しい」

「西吟はん、遠路はるばる、いつもすいません」

「やっと風が出てきましたけど、ここに来る道すがらはもう暑うて。四月やいうのに、陽射しは真夏だすな」

西吟はぐびりと冷やし飴を口に流し込むような音を立て、一服つけてから呆れるような声を出した。

「それにしても。まさか、まだ号を変えてはらへんかったとはなあ。せっかちの西鶴はんらしゅうもない。御法度《ごはっと》が出たんは二月だすやろう。京の鶴屋はもうとうに屋号を駿河屋《するがや》に変えて、看板も暖簾も掛け替えてますで」

すると団水が庇《かば》うような言い方をした。団水は久しぶりに大坂の句会に招かれて、しばらく仲間の家に厄介になっているらしい。

「先生はずっと、草紙を書くんに追われてはりましたから」

「そんなこと、お前はんに教えてもらわんでも承知してますがな。今年も正月、二月、それに先月と、立て続けに本が出てる。よう、あないに書くことがあるもんや」

「わたいは正月に森田屋はんが京、江戸と相板で出さはった『日本永代蔵《にっぽんえいたいぐら》』、あれがほんまに面白うおました。俳壇に出入りする商人らの富貴《ふっき》はこの目で見てきたことどすよって、ああ、あの人もこないにして蔵を建てはったんや、あの人は昔はこないな苦労してはったんやて、目に浮かぶようで。先生のお伴をさせてもろうたお蔭どすわ。

ことに、わたいは巻五ぉの、長崎の貧乏人の話が好きどすな。胡麻をたった一粒手に入れた男が南京《なんきん》渡りの金平糖《こんぺいとう》を自分で作れんやろうかと思いついて、けど、何年もうまいこと行かんで失敗して。それでもあきらめんと工夫を凝らすうち、とうとう胡麻一升を種に金平糖を二百斤も作れるようになって大儲けする。しかもそこからがよろしおしたな。うまいこと稼いだらその作り方を近所のおなごらに教えて手職《てじょく》にさせて、自分は菓子からさっと身ぃ引いて小間物商いに移るんどすわ。これも才覚を揮《ふる》うて、とうとう一代で千貫目持ちの分限者《ぶげんしゃ》にならはった。胸がすかあっと空《す》いて、正月から気分のええこと。憂《う》さが晴れましたわ」

　団水がまるで目の前で見ていたかのように西吟に語るので、父は機嫌の良い音を咽喉で鳴らし、さっそく内幕を披露した。

「あれを出板するんは、また難儀したんやでぇ。商人を主にして新作を書いたというたら、森田屋のやつ、あんのじょう腰が引けよった。でな、ちょっと策を凝らしたのや」

「策、どすか」

「そや。かれこれ六十年ほど前に出た『長者教』ていう本があってな、長者になるための教訓が、まあ、蓄財や始末の仕方とか、大坂の者なら誰でもわかってる手立てばっかりなんやが、そんなんをつらつらと書き並べたぁる。その本にあやかって教訓本にしようやないか、と」

「へえ、あれ、教訓本どしたんか」

「節介焼きの御公儀《おかみ》に目ぇつけられんために、衣を着せたっちゅうことやな。題も初めは『本朝永代蔵　大福新長者教《おおふくしんちようじやきよう》』と付けてあったんやで。ところがいざ稿を読んだ森田屋がこれは受けますわて、副題をはずしよった。題も堂々と『日本永代蔵』と勢いつけて、初摺りからえらい強気な冊数にしたみたいやな」

「京での人気は凄まじいほどどすから、江戸でもさぞ売れてますのやろうな」

「年賀に来た本屋らも皆、口を揃えて『永代蔵』の続きを書いてくれと、矢の催促や。今年はもう手一杯やから待たしてるんやが」

そこで西吟が、話を元に戻した。

「で、どないしはりますねん。西鶴の代わりの号は」

「それが己では決まらんから、お前はんらに案を相談してるんやないか」

今年、貞享五年（一六八八）の二月のこと。公儀が「鶴字《つるじ》鶴紋法度《つるもんはつと》」なるものを出して、市井で「鶴」の字の入った屋号や紋を使うことを禁じたのである。理由は、今の公方である五代将軍綱吉公が溺愛する娘、鶴姫の名にあった。

「娘と同じ字ぃも紋もあかんて、どこまで親馬鹿なんや。おまけに、信心の過ぎる母親が寺を寄進したいというたら護国寺《ごこくじ》をぽんと建てて、さあ、お母はんどうぞ、て献呈したっちゅうのも有名な話やないか。あれやな、公方はんもある種の放蕩者やで。孝行放蕩」

触れを耳にした父はそう言って、見得を切った。

「わしはそないな法度には従わへんぞ。天下に知られた西鶴の名ぁを、今さら何で捨てならんのや」

ところが町人らは素早かった。看板や芝居の幕の紋をさっさと変えて、新しい名の喧伝に余念がない。そして父は、これからの出板を控えている本屋らにやいのやいのと尻を突《つつ》かれているのである。

「けど、あんさん、草紙にはまだ西鶴の名ぁを入れてはりませんでしたなあ」

「そや。一代男で鶴翁とだけ記したからな。けど、今や、鶴といえば大坂の西鶴っちゅうのが通り相場やないか。それをやで、娘可愛さに阿呆らしい触れを出しおって。ほんまに傍迷惑な公方はんや」

天下の将軍を摑まえて、傍迷惑だの親馬鹿だの言いたい放題だ。しかも当の本人が、傍迷惑で親馬鹿なことでは負けていない。

「そや、おあい。お前はどない思う」

茶の間で夏着を繕っていたおあいは父に呼ばれて、手にしていた針を針山に戻した。

「そうやねえ……いっそ、鶏翁《けいおう》にしたら。にわとりの」

「こらこら、何を言い出すねん」

江戸で『好色一代男』が重板された時、板木を彫り直したようなのだが、よほど慌てていたものか、鶴の字が間違われて鶏になっていたのである。

「なるほど、鶏翁どすか」

おあいは戯れで言っただけなのに、団水が真面目に思案し始めた。

「けど鶏は首も短《みじこ》うて、けこけこ鳴いてるだけどすで。……はて、先生の号にしては、ちと臭いような」

おあいが思わず吹き出すと、父と西吟も一緒に笑う。

「いや、ほんまはわしにも考えがあるのや。さいほう、さいえん……この二つなんやが、おあいはどっちがええと思う」

しばらく考えたけれど、音《おん》だけではどうにも感じが摑めない。

「それ、どんな字ぃなん」

すると父は茶の間に入ってきて、おあいの掌を取った。父の太い人差し指が掌の上で動く。縦に棒が引かれて横、また縦に下りる……造りは鶴の字と同じ鳥のようだ。

「西鵬《さいほう》のほうは、吉祥《きっしょう》極まる鳳凰《ほうおう》のことや。西燕《さいえん》のえんは、つばめやな」

父は煙草の匂いのする息を吐きながら、また指で書く。すると誰かが身を動かす気配がして、「嬢さん」と声を引っ繰り返した。父の背後から声がするので、団水は立ったまま覗き込んでいるようだ。

「嬢さん、字ぃ、わかりはるんどすか」

「あ、うん。仮名とお父はんの名ぁだけは」

おあいは去年の秋、父に字を習ったのである。

「忙しいのに、悪いねんけど」

仕事の切れ目を見計らって、申し出てみた。すると父はいとも気安く、「ああ、ええで」と答えた。理由を訊ねられたらどうしようと思いながら、うまい言い訳も用意できぬまま頼んだことだったが、父は何も問わなかった。

「さあて、どない教えたらええかな。まずは書いてみるか」

父は文机の上にある紙を左右に落としたり本を放り投げたりする音を埃臭く立てていたが、しばらくしておあいを文机の前に坐らせた。おあいの肩越しに手を伸ばしているらしき父は筆の持ち方から墨の含ませ方、左手の置き方も肘や腕を取りながら教えてくれた。筆を持つおあいの右の手を父の掌が包み、いろはの順に書いていく。

「草双紙はこの仮名を仰山、使うてるから、近頃では仮名草子《かなぞうし》と呼ぶ者もある。仮名は音だけを表わすからな、四十八字を憶えさえしたら何でも書き表わせる」

「何でも……」

「そうや。あ、い、この二字でお前の名ぁになる。さいかくはこうや」

「お父はんはこの仮名を使うて草紙を書いてるの」

「いや、世の中には真名《まな》もあるから、混ぜて使うてるな。ただ、真名は一文字一文字、意味を伴うてるから恐ろしいほどの量を憶えんならんし、読めんならん」

真名の方は大変そうだと思ったが、仮名も容易ではなかった。紙に向かっていくら手を動かしても、その動きそのものを記憶できなかったのである。

その日から父は昼寝をぴたりとしなくなり、いろんな方法を編み出してはおあいに試させた。家の前の路地に二人でしゃがんで、砂混じりの土の上に書かれた文字の形を指でなぞったこともある。台所の板ノ間の上に細い紐で作られた形には、掌でも触れてみた。が、土も紐もすぐに崩れてしまう。それでも父は何度でも紐で形を作り、おあいは師走までかかってようやく五つの文字の形を手に刻み込んだ。

あ、い、さ、か、く、の五文字である。

そのやりとりはあまりに父の時を奪うので、おあいは「五文字で充分や」と言ったけれど、父はしぶとかった。

晦日も近いある日、外からせかせかと帰ってきた父は台所の板ノ間に来て、古い重箱はないかと訊ねた。

「早よ出せ、早ようっ」

わけのわからぬまま重箱を水屋簞笥から出すと、今度はべちゃべちゃとした音を立てる。湿っているのか、泥のような臭いがする。

「三軒向こうの爺さんがな、左官やってるのや。ほんで近所の子ぉらがな、余った土をもろうて遊んでた。字ぃ書いて。……おあい、箸や、いや、篦《へら》はないか」

父は湿った土を重箱に平らに詰め、固まる寸前に字を彫ったのである。おあいはその溝に指先を入れて、なぞる。指先がはっきりと字の形を悟ったのがわかって、胸が躍った。

「わかる、わかるわ」

総身ががたがたと震えて、仕方がなかった。

左官の爺さんは音松《おとまつ》といい、後でやってきて、土は水で濡らしたらまた柔らかくなって元の平らに戻せることを教えてくれた。

「道理でよう粘ると思うたら、へえ、そうかいな。字ぃを彫っても濡らしたら元に戻せるのか。よう出来たぁる士やなあ」

「そないなこと、この辺の子供でも知ってるで。あんさん、何か書いてなはるらしいけど、物知らずなんやな」

父が按摩でも芸人でもなく物書きであることは家に出入りしている本屋の身形《みなり》や話し声で何となく知られつつあるようだが、音松爺さんは気の毒そうな声を出した。遊郭遊びに芝居、浄瑠璃、商いのあれこれまで詳しい父だが、職人仕事だけはよくわからない世界であるらしい。

「まあ、わしは己の名ぁ書くのがやっとやけど、うちの孫は近頃、流行りの手習い塾たらいうもんに通うて難しい字ぃを習うてるらしい。それをわしに見せてくれるのやけど、こっちはさっぱり読まれへん。左官の孫が筆持つやなんて、世の中も変わったもんや。先生、これが天下泰平やな」

音松は少し誇らしげに笑ったものだ。

そう、字を書けたらそれを誰かに見せることができる。それが音沙汰になる。

おあいは本当は、いつか弟たち、一太郎と次郎太に文を出してみたかった。去年の秋、順慶町で迷った時、一太郎に助けられた。舌足らずな物言いでいつも「姉ちゃん、姉ちゃん」と腕にしがみついていた一太郎が、おあいの手を取ってこの近くまで送ってくれたのである。父も姉の力も借りずに一人前になっていた弟をおあいは頼もしくも、そして少し淋しくも思った。これまで何一つしてやれず、自分だけがぬくぬくと父の膝元で暮らしてきた。そう思い返すと、これからは時折、元気でやっているかとだけでも訊ねてやりたいような気がした。

——まあ、親爺が死んだら知らせて。線香の一本でも上げさせてもらうわ。

一太郎があんな風に口にしたので、おあいは一太郎とたまさか出逢ったことも助けられたことも、父には話さなかった。まして、一太郎の父に対する思いも、父が赤の他人として倅《せがれ》に振る舞う心も、おあいは何とかしようとは考えていない。それはそれでいいような気がしている。

ただ、父の様子のあれこれを世間からではなく、たまには姉からの文で知ってほしい、そのくらいの縁だけは残しておきたいと思ったのである。

「真名はまだちょっとしか知らんけど、掌に書いてもろうたら、ああ、これは画数が多い、こってりした姿なんやなとか、角張ってるとか丸いとか、いろいろ感じられて面白い。字ぃを知ったからとて自分一人では何も読まれへんねんけど、それでも世間の端っこにちょっと触れたような、そんな気がして嬉しいのや」

それも本音であった。おあいは誰のためよりも、自身のために字を憶えたいと願ったのである。

　すると団水は「へえ」「ほう」と何度も感心して、西吟は大仰なことに鼻声になった。

「で、おあいちゃんは鵬《ほう》の字と燕《えん》の字と、どっちがええと思いなはる」

　洟《はな》を啜りながら問われたものの、よくわからなかった。

「うぅん……どっちも、ようわからへん」

　そのまま正直に言うと、団水が思案を出した。

「西郭《さいかく》てのもあるんと違いますか。郭公《ほととぎす》の郭《かく》やったら、音は変わりませんやろ」

「音が変わらんのは有難いけど、字面が唐人《とうじん》めいてるわなあ」

　漢籍嫌いの父が却下した。

「字面で言うたら、鳩もよろしなあ。さいきゅう、いや、今度は音が悪い」

　結句、父は面倒になったのか、「西鵬」と改名することにした。

「鳳凰は、鶴よりも遥かにめでたい鳥やからな」

　己に言い訳するように言う。ふと、おあいは団水とお玉の娘の名を思い出した。

「団ちゃん、おつるちゃんはどうしたの。変えたん」

「そ、それが、一悶着あったんどすわ。うちの親とお玉の間で」

団水は途端に、情けない声を出した。

「うちの親は真面目だけが取り柄どすよって、表具屋の孫が公方様の姫君と同じ名ぁでは畏れ多いのやないかて、取り越し苦労したんどすわ。いや、夕餉の最中にふと口にしたような按配で、本気半分てなとこどしたやろう。まさか御公儀も京の人別帳《にんべつちょう》まではお調べになるほど、暇やおませんやろうしなあ。ところがお玉がいきなり火ぃついたみたいに怒り出して……」

手にしていた箸を膳の上に叩きつけて、お玉は眉を逆立てたのだそうだ。

「わたいは公方さんのお母上と同じ名ぁだす。ほんでこの子は姫さんと同じ名ぁや。わたいは玉の輿に乗り損ねましたけどな、おつるだけはこのままでは済まさしまへんで。この子には琴に小舞《こまい》もちゃんと習わせて、誰にも後ろ指を指されへん嬢さんに育ててみせまっさかい。それからお姑《かあ》はん、これからはおつるに糸延ばしみたいな仕事、手伝わせんといておくれやす。指の節が太うなりまんので」

——だいたい、親が子に甘過ぎるのは家を乱す元や。随分と厳しゅうしつけても、おおかたは母親が子と一緒になって抜け道を拵《こしら》えて、身分不相応な浪費をする。

父がこんなことを『日本永代蔵』で書いていたのをおあいは思い返した。あの草紙には商いの成功譚だけでなく、どんなことをすれば身代を潰すのかという失敗譚もたくさん出てくるのだ。教訓とも捉えられる書きようだけれど、父は欲に振り回される人間を描いたのだと思う。

金銀への欲だけでなく、子に対する親の思いも度を過ぎればただの欲である、と。

「団水、お前はどないやねん」と訊ねながら、父はおあいの傍を離れた。文机の前に戻ったようだ。団水も居間に戻って坐り直したようで、気のない返事をした。

「おつるの名ぁですか。せっかく先生がつけてくれはったんどすから変えたいわけはおませんけど……さあ、どないしましょう」

団水は生家の表具屋商いを手伝っているようだが、こうして句会のために大坂まで足を運んできている。ということは、いまだ俳諧師として一本立ちになる夢を捨て切れていないのだろう。お玉はそれに苛立っているのかもしれない。倅の身が定まらぬのをずるずると許している親にも、何かにつけて煮え切らぬ亭主にも。

青葉の匂いが湿って、おあいはつと、障子を開け放した向こうに顔を向けた。そこには濡れ縁と裏庭があるのだが、五歩も歩けば隣りの長屋の塀に手がつく。洗濯物を干すのがやっとの裏庭で、木の一本も植えることがかなわない。今は父がどこかでもらってきた朝顔の鉢が一つあるきりだ。

板葺きの屋根をぽつ、ぽつと打つ音がする。

「おや、また雨や」

父がぼやいてまもなく、大降りになった。

家の前に出した縁台で、父が近所の者と涼んでいる。

五月雨《つゆ》の晴れ間の夕暮れのこと、団扇《うちわ》で蚊を追っているのだろう、己のふくらはぎや腕をぴしゃりぴしゃりと叩きながら喋っている。以前、父が土を分けてもらった左官の音松爺さんに小間物売りや蚊帳《かや》売り、鍛冶職人や稼業のよくわからない者もいて、皆、寄ると触ると安酒を呑んで貧乏自慢だ。

誰かが昔、喰う物に困って土壁を毟《むし》ったことがあると言えば、蚊帳売りは負けじと「ああ、あれはなかなか旨い」と返した。

「音松爺さん、藁《わら》を混ぜるやろう」

「ああ、藁を入れとかんと土だけでは落ちやすいからなあ」

「あれを引っ張ってしがんでたら、だんだんするめを咥《くわ》えてる気分になるのや。酒のええ肴《あて》になるで。懐かしなあ、たしか孑孑《ぼうふら》集めて売ってた時分や」

すると父が驚いて、訊き返した。

「孑孑てなもん、売り物になるんか」

「先生、世の中に売れん物なんか、ないがな。孑孑は釣りの餌に売れるんや」

「なるほど、あちこちの水溜りや外に放り出したまんまの水桶の中覗いたら、取り放題やな」

「そう。それで元手を作って、今は蚊帳売りや。米櫃《こめびつ》はしじゅう空やが、毎晩、酒だけは切らしたことない。我ながら大した出世や」

蚊帳売りの自慢に父がさも可笑しそうに笑い声を立て、皆も囃し立てる。

すると、誰かが甲高い音を立てた。煙管の雁首を灰吹きの縁で叩いたらしい。「わしは煙草だけは切らしたこと、ないなあ」と呟いた声は、小間物売りである。

「そないいうたら、去年の暮れにちょっと算用してみたのや。一日に一文ずつ遣う煙草をやめたら、何ぼになるやろうて」

「へえ、何ぼになった」と、また父が訊ねる。

「一年に三百六十文、十年で三貫六百文やな。ほしたら傍でそれを聞いてた女房が、目の色を変えたがな。煙草やめたらえらい貯まるなあとわしが言うたら、ほんまや、それで質に入れた正月の着物を取り返せるかもしれんと、欠けた歯ぁを剝いて笑いよる。ほな、お前、まずはその伝で茶に味噌、塩と薪を始末してみぃとお鉢を回してやったら、怒って出て行きよった。まあ、寒うてたまらんようになって、四半刻《しはんとき》も経たんうちに帰ってきよったがな」

するると、渋苦い声が「いやいや」と割り込んだ。左官の音松だ。

「やっぱり煙草より酒やろう。わしなんぞ八文のはした酒を一日に三度、買わぬ日はないで。十五の歳で酒を覚えたからこの四十五年、欠かさずや。この酒の量をかりに一日二合半としたら、四十石《こく》五斗《と》になる。積もり積もって銀四貫八百六十匁《もんめ》……どや、大したもんやろう」

己褒《おのぼ》めしている。

「音松爺さん、わしみたいに下戸やったら、今頃、左団扇やな」

父がからかうと、爺さんが「そないなわけ、ない」と鼻で嗤《わら》った。

「先生、下戸でもこないなとこで貧乏暮ししてるやないか。同じ貧乏やったら、呑むが花や」

やり込められた父が愉快そうに笑っている。皆、源氏と言えば蛍しか浮かばない連中で、父の草紙はおろか貸本屋とも縁がなさそうだけれど、いつともなしに「先生」と親しげに呼ぶようになっていた。

そして父もまた、路地裏で一緒に他愛もない話をするのが楽しみで仕方がないらしい。ことに、算盤を弾くのが苦手であったらしい父は、皆の計算の速さに舌を巻いている。そしてしぶとく、時に世知辛く生きる彼らを好いているのがおあいにはわかる。

と、外が急にざわつき始めた。怒ったような声がいくつか続くが、何を言っているのかまでは聞き取れない。皆が一斉に立ち上がったのか、縁台が倒れるような剣呑な音がして、おあいは油障子の桟に手をかけて前土間から外に顔を出した。喧嘩騒ぎかもしれないと思い、唾を呑み下した。

血腥《ちなまぐさ》い臭いがする。

父が「辰彌」と叫ぶのが聞こえた。

父が何度、手拭いを替えても、辰彌の人差し指を縛ったそれはすぐに濡れてしまうらしく、手桶で手拭いを絞る父の手許からはずぶずぶとした音が立つ。

「手を下に下ろすんやない、肘を右手で持って、掌を立てとけて医者も言うたやろう」

辰彌は左の腕をすぐに下ろしてしまい、そのたび、父は癇癪《かんしやく》を起こす。したたかに酔った辰彌は半身を立てていられないようで、さっきから何度もおあいの膝の上に倒れ込み、父が手を貸して起こしているのだ。父の手も袖も辰彌の血にまみれ、動くたびに血の臭いが立つ。

「もう、あたしのことなんか放っといて。どうせ死ぬんやから」

辰彌が途切れ途切れに呟く。

「阿呆ぅっ、指を落としたくらいで死ねるか」

こんな風に父が辰彌を叱りつけるのは、初めてだった。

「なんぞ不始末をしでかして他人に脇差《わきざし》を突きつけられたんならともかく、客と呑んでて自分で指を切り落としてみせるやなんぞ、そんなもん、役者の座興《ざきょう》とも言えん」

それは辰彌がこの路地に入ってきた時、自ら口にしたことらしかった。辰彌は贔屓筋の旦那衆らに招かれて、道頓堀にできたばかりの料理茶屋で呑んでいたらしい。そこで何か気に入らぬことがあって、辰彌は己の人差し指の節から先を自ら切って落としたのだ。

「芝居は舞うことでもあるのやぞ。指のない手ぇでお前はこれから、どない舞うつもりなんやっ」

辰彌は父の言に嗤《わら》いで返した。

「違うで、先生ぇ。これも役者の座興や。和泉屋はんのつれてきたあの客……備前《びぜん》から来たとか言うてたけど、商いの談合がうまいこと行かんかったみたいで端《はな》からえらい不機嫌で。上座に坐るなり、へえ、これが今、飛ぶ鳥も落とす勢いの役者か、凄いほど綺麗やて和泉屋はんはえらいご自慢やったが、直で見たら大したことないなあて吐《ぬ》かしたのや……先生、それでもあたし、一度はこらえてんで。あたし、ほんまはわかってんねん。自分がもう色香の薄れた、ただの大根役者やていうこと」

「何を言う。お前はもう座主に飼われてる若衆やない。れっきとした自前《じまえ》の、百三十両もの給金取ってる看板役者やないかい」

おあいは辰彌の胸の裡を思うと自分が血を流しているような気になって、左の人差し指を何度も右の掌で握りしめた。役者稼業が厭でしんどくて、逃げ出すことばかり考えていた辰彌はたぶん己なりに覚悟を決めたのだ。懸命に修業し、それが自信にも矜持にもなり始めていたのだろう。

「あたし、ほんまにこらえたのや。ご贔屓さんのおつれやからな、ここでしくじったらあかんて思うて」

「お前、それでまた酒、あおったんか。お前は癖が悪いのやから過ごすんやないぞと、あれだけ言うてきかせたやないか」

辰彌は呂律の回らぬ口で、父に「違う」と喰ってかかった。

「向こうが先に酔うて絡んできたんや。あたしの目つきが生意気やとか、役者なんぞ所詮は卑しい河原者《かわらもの》の色子稼業やから、肚の底では何考えてるか知れんて吐かした。和泉屋はんはもう顔色が紙みたいに白うなってて、間に入ってえらい宥《なだ》めてはったけどな、そこまで言われたらあたしも黙ってすっ込んでられへん。あの客、あたしだけやのうて和泉屋はんの顔にも泥を塗ったのやで。そやから……新町の太夫は己の誠《まこと》をお客に見せるのに指さえ落としてみせます、お望みやったら、あたしも誠をお見せしますでて言うてやった。ほなら向こうが、ああ、見せてもらおうやないかて笑うたから、懐から脇差抜いて、この指に刃を当てたのや。な、先生、ただの座興やろう」

辰彌は奇妙な嗤い声を立て、そしていきなりおあいの膝の上に倒れかかってきた。おあいは飛び上がって、後ろに手をつく。父がまた辰彌を抱え起こした。

「ほれ、しっかりせぇ」

「お父はん、このお人、き、気ぃ失うたん……」

「いや、酔い潰れてるのや。こいつは呑んだら見境がつかんようになるから、あれほど外では、ことに贔屓筋と一緒の座では控えて言うてきかせてあったのに」

父はあまりの忙しさに芝居小屋からも足が遠のいていたようだったが、外出の折には幕内を覗いて、辰彌を気にかけていたようだった。

「しゃあない、駕籠、呼んできてもらおう」

すると戸口の向こうで「先生、無理やで」と誰かが言い、前土間に入ってきた。近所の者らは皆、路地の外から顚末を窺っていたらしい。

「駕籠が血ぃで汚れたら商売にならんからな、きっと引き受けへん」

「酒手《さかで》、弾むがな」

「いや、ここまで酔うてたら、身ぐるみはがれて川に放り込まれるんが落ちや」

「そや、殺されるで」

口々に言い立てる。

「先生、わしらが戸板で運んでやろうか。家、わかるか」

「……ああ」

「ほな、家までつれてって、女房に介抱させた方がええで。それにしても、こんだけ酔うてて、ようここまで歩いてきたもんやな。道々、えらい騒ぎやったやろう」

「こいつはまだ独り者やが……まあ、下男か小女《こおんな》くらいは置いてるやろう」

父は不承不承、うなずいたようだ。男らが何人も家に上がり、辰彌を運び出す。

「おあい、ちょっと行ってくるからな。後、大丈夫か。気ぃ、しっかり持たなあかんぞ」

父がくどいほど念を押したが、おあいは唇が震えて声が出せない。血の臭いがまとわりついて、吐き気さえ込み上げてくる。

「気の毒に、顔、真っ蒼やないか。先生、うちのに来させるわ」

小間物売りが女房の名を呼んだ。


女房は家の中を雑巾で拭きながら、「あの役者、上村辰彌やろう」と言った。

おあいは何も答えられぬまま、両手で口を塞いでいた。血腥さと酒の饐《す》えた臭い、そして女房が掃除に使っているらしい酢水《すみず》の臭いまで責めるようにおあいを取り巻いて、また吐き気がこみ上げてくる。とうとうこらえきれずに立ち上がり、濡れ縁に突っ伏した。

「ああ、危ない、落ちてしまうがな。もうちょっと後ろに、そうそう」

女房は背をさすってくれる。二度、三度と裏庭に吐いて、身を起こした途端、また胃の腑がせり上がって、ずぼっと吐いた。

「ちょっと待っときや。水、汲んでくるから」

吐きながら、目尻まで濡れてくる。わけもなく怖くて、躰じゅうが軋《きし》む。自分がこんなにも辰彌を恐れたことが、おあいにはこたえていた。浜辺で海砂の音を立てていた辰彌とおあいを抱き寄せた辰彌が遠ざかり、己の指を切り落とした辰彌の声だけが身の裡で暴れ回る。

何でもできるような顔して、字ぃまで読めるようになって、けど何もできんやないか。あんたはただ狼狽えて、震えてただけや。

「はい、これ飲んで」

女房が手を取って、湯呑みを持たせてくれた。

「役者も大変な稼業やなあ」と、女房が呟く。

「わたい、知ってるねん。あの役者。ちょくちょく、うちの店に上がるから。……わたいが仲居奉公してる店、川魚の料理屋やねんけど、客は料理が目当てやのうて、その二階で遊ぶんや。注文受けてから半刻《はんとき》はかかるさかい、まあ、店の方も客が何してるかわかってて、慣れてへん頃はさっさと膳を運ぼうとして叱られたもんや。でな、あの役者、しじゅういろんなんと来るんやわ。いや、元は色を売る若衆やから男でもおなごでも相手するのは当たり前とは思うてたけど、座元から給金もろうてる自前の役者やて、さっき、先生が言うてはったからびっくりしたわ。……まあ、給金なんぞ湯水のように遣うて、結句、躰で稼ぐんしかないんかいなあ。けど、ああいう手合いはどっちみち、二十歳過ぎまでらしいで。男ともおなごともつかぬ綺麗さやからこの世の者とも思えんとちやほやされるけど、歳行ったら眉目《みめ》も変わってくる。

華々しゅう見えてても、盛りはほんまに短いんやろうなあ」

おあいは思い知らされたような気がした。

現実のこの世は父が書く物語よりも遥かに放埒で、酷だった。

貞享五年は九月になって、「元禄《げんろく》」と改元された。


軒《のき》から雫《しずく》が垂れる音がぽとり、ぽとりと響く。近所は皆、稼業に出ているのか、界隈の昼間は奇妙なほど静かである。雨の雫の音で、かえってその静けさをおあいは知る。

おあいは椀を洗おうと手にして、父がまた残していることに気がついた。このところ食が進まないようで、気になりながら残り物を小皿に移した。器を洗って伏せてから、父の部屋を覗く。

「お父はん」

呼びかけても応答がない。以前は箸を置くのも慌ただしく文机の前に戻るのに、どこにいるのだろうとおあいは部屋に入った。外に出た気配はなかったけれど、聞き逃したのだろうか。茶の間の向こうで小さな物音がして、顔を向けた。

「お父はん、いてるの」

一拍置いて、「ああ」と返ってきた。

「ここや、濡れ縁や」

四畳半の茶の間を抜けて腰を屈め、濡れ縁の手前であることを手でたしかめてから膝を畳んだ。

「具合、悪いの。今日も」

それとなく訊ねてみた。

「いや、悪いとこなんぞないで。ちょっと、気ぃが乗らんだけや」

父の声はぼんやりと曇っていて、おあいは「そう」としか返せなかった。本当に何ともないのか、それとも筆が進まないせいなのか、よくわからないのである。大矢数俳諧のように矢継ぎ早に、息継ぎをするのももどかしげに文机の前に坐り続けていた父が、まるで別人のようだ。

父は去年、元禄元年（一六八八）の間にまた六冊もの草紙を板行した。その後も本屋の注文を受けて休みもせずに書き、今年の正月、二月も続けて二冊が出た。そのままの勢いが続くのだろうと誰もが思っていた。むろん、本人もそうであっただろう。その注文はいまだ引きも切らず、ここに訪ねてくれば次の思案を出して打ち合わせをして、何軒かからは稿料の前借りもしている。が、年が明けてから父の筆が止まったのである。広げた扇子を一気にばさりと閉じたような止まり方だった。

文机の前に坐ったかと思えばすぐに台所に入ってきて、「甘いもん、ないか」と水屋簞笥を開け、「咽喉が渇いた」と言ってまた戻ってくる。自ら茶を煎れて濡れ縁に坐り、そのまま夕暮れまで動かない。

「今日こそ書くでぇ」

朝、景気よく前触れしても、「墨が切れた」と出かけてそのまま帰って来ない。毎日、何がしか耳にしていた父の推敲の声も本を読む声すらも響かなくなって、もう五《いつ》月《つき》になる。

近所の者と話している様子は以前と変わりなく、時折、派手な笑い声も立てているのだが、文机の前に坐ると途端に溜息を吐き、「今日はもうやめとこ。そや。明日、精を出したらええのや」と自ら床を敷くのだ。

本屋との約束は溜まっていくばかりで、催促に訪れた者らに居留守を使ったり、たまに思いつきで家に上げても世間話だけを盛んに交わすのがもっぱらだ。相手も初めは話を合わせているものの最後は痺れを切らし、おずおずと切り出す。

「ところで、御稿の方はどんな按配ですやろう」

「考え中や」

「ま、まだ考えてはるんだっか」

「そうや。悪いか」

「悪いことはおませんけど、先生は筆を持つ前にあれこれ思案するお人やおませんやろう。頭で何ぼ考えても、いざ手を動かしたら違う話になる。人物が思わぬ動きをしよる、それが面白いのやって」

父が「ふん」とだけ返すと、たしか池田屋だったか、こんなことを言った。

「先生はやっぱり俳諧師やなあと、内心で感心してたんだすわ。一つの句ぅの持つ心を次につないで、またつないで、どんどん情景が広がっていくみたいに筋が動きますやろう」

「お前はん、ようわかってるやないか。そやがな。『袖ゆく水の』と出てきたら、ひょっと『泪《なみだ》』が出て来る。袖と泪は縁のある語ぉやからな。で、泪からふいに『鴨《かもの》長明《ちようめい》』に飛ぶのや。これは一つ目の、『水』に引かれて出てきてるもんやわな。行く河の流れは絶えずして、しかももとの水にあらず、やからな。で、鴨長明というたら『方丈《ほうじよう》』や。話の舞台がこうやって、うまいこと寺の本堂に変わる。読み手はな、するする、するするっと言葉に引きずられて、気ぃついたら思わぬ世界に立ってる、とまあ、そんな按配や」

「なるほど。やっぱり並の書き手にはでけまへんわ」

「わしの頭ん中はな、古今東西の物語や和歌がぎっしりと詰まってて、いつでも何でも取り出せるんや。……そやから、今度のんも手ぇ動かしたらわけものう書き上げるよって、まあ楽しみにしとき。待った分、損はさせへんがな」

父は相手をそんな風に言いくるめて、けれど戸が閉まった途端、どすんと横になる。しばらくしたら、大きな鼾が聞こえてくるばかりだ。

道頓堀には今も時々、足を運んでいるようで、「竹本座の近松はまだ己の書きたいもんに辿り着いてへんみたいや」とか、歌舞伎芝居を観ては「坂田藤十郎《さかたとうじゅうろう》はえらい人気やが、ひょっとして近松が台本を書いたらもっと大きい役者になるかもしれん」などと、おあい相手に評を繰り出す。

だが父は辰彌についてはあれから一切、口にすることがない。むろん、おあいも何も訊かない。ただ、一年前、おあいを介抱してくれた小間物売りの女房が、頼みもしないのに時々、消息を教えてくれた。

自ら指を切り落とした事件は大坂じゅうで大変な騒ぎになったが、人々はそれを役者の奇矯な振舞いとしてではなく、むしろ豪胆さと捉えたようだった。贔屓の旦那が酒の席で恥を掻かされた、その仇を辰彌が血を流して討ったという筋書まで出来ていて、熱狂的な贔屓の間では人差し指に白い布を巻くのが流行っているらしい。

辰彌がますます芝居の嘘に塗《まみ》れ、溺れていくようで、おあいは胸が塞がるような思いがする。

軒からまた、雫が落ちた。

「古池や、蛙《かわず》飛込む、水の音」

父がふと、吟じた。

「へえ。久しぶりやね。お父はんが詠むの」

父の気配に風情が戻ったような気がして、おあいは思わず膝を動かした。

「もう一遍、聞かせて」

「古池や、蛙飛込む水の音……気に入ったか、これ」

「ふん、ようわからんけど、静けさがええなあ」

感じたままを口に上せる。いや、本当にそう感じはしたのだけれど、父を少し励ましたいような気持ちもあった。半年近くもただ案じるだけだったおあい自身も、気詰まりが晴れるような気がした。

「そうか。松尾の句やねんけどな」

おあいは息を吸い込んで、口に手を当てる。

「そう……」

「そうや。今の句ぅは蕉門の連中が蛙の句ぅばっかり集めて出した句集の、巻頭に出てるもんでな。蛙といえば和歌連歌の昔から鳴くものと決まってたけど、松尾は飛ぶ蛙を詠みよった。……三年前に出た句集やが、この句ぅで松尾の名ぁは日本じゅうに広まったのや。今や、この手合いの俳諧は蕉風とまで呼ばれてる」

三年前といえば、父が『好色五人女』や『好色一代女』、そして公儀の裏を掻いて『本朝二十不孝』を出板した年だ。遮二無二、物語を紡ぎ続けていた。

「お父はんは、この句ぅ、気に入ったん」

思い切って訊ねてみた。「何を言う」と噴火して、昔のように敵愾心を剝き出しにするかもしれない。それはそれで難儀なことだったけれど、おあいは無性に聞きたかった。げろりと鳴らす、ふてぶてしい父の咽喉の音を。

「何とも思わんな。ええとも悪いとも、好きとも嫌いとも」

軒先から、またぽたりと雫が落ちた。

「わしが転合書きに精を出したんは、俳諧で物足りんかったさまざまが、長い話にしたら何ぼでも言えたからや。ふだん見聞きしてきたことを、まことしやかな話に拵えてみせるんが面白うてたまらんかった。どや、こんな面白いこと知ってるか、知らんやろう、わしは知ってるねんぞと、ひけらかしてきた。話の種に詰まったら、犬みたいに市中を嗅ぎ回ったらええのや。……なあ、おあい。巷《ちまた》にはな、まるで嘘みたいな本当の話がごろごろと落ちてるのや。けど、わしがそれに墨をつけて紙に移した途端、絵空事になる。ほんまの話をそのまま書いても、嘘臭いのや」

本屋には強気な言い訳を繰り返してきた父が、吐き出すように呟き続ける。

「いや、たぶん誰もそんなことは気にしてないし、草紙みたいな軽い読み物に求めてもおらんのやろう。けど、わしはこの頃、気になって仕様がないのや。椀久が何であないな末路を迎えたんか、わしはまだ書き切れてへんのやないかと。書くことで椀久への供養にしたいと願うたけど椀久はきっとあの世で苦笑いしてるやろう、先生、何もわかってはりまへんなあって。

そないなこと気になりだしたら、何を書いたらええのか惑うようになった。書くって何や、物語って何や……もうこの期に及んで、俳諧を巻くみたいに点景を広げていくだけではあかんとわかってる。そうや、これまでの力だけではどないも足りんのや。いったい、どないしたら人が生きること、死ぬことに迫れる。この憂き世に迫れる。己に問えば問うほど手ぇが動かんようになった。濡れた綿みたいに躰が重とうて、苦しいのや。苦しゅうても筆を放したらそこで道は終いになるとわかってるのに、前が見えへん」

父は闇《くらがり》の中で手探りしている。これまでは俳諧で養った力でいくらでも書けてきたのだ。今、それを捨てて、これまでとは異なる世界を歩こうとしている。必死にもがいて呻《うめ》きながら。

父が放った一筋の息がいつまでも尾を曳いて、おあいの前を漂っている。ふと、左肩がにわかに重くなった。父の掌が置かれたことを知る。父はおあいの肩に摑まるようにして、のろのろと立ち上がる。

「風呂、行ってくる」

「ほな、手拭い、出すわ」

「いや、ええ。首に巻いてるさかい」

前土間に下りて外に出る父の足音は、ひどく緩慢だった。

蒸し暑いばかりの五月雨《つゆ》が明けて、夏も盛りになった。

久しぶりに団水が訪ねてきて、土産に麩《ふ》をたくさんくれた。団水は居間に入って父に挨拶をし、おっとりと切り出す。

「先生、添削をお願いできませんやろか」

「添削て、何の」

「へえ、これどすねんけど」

しばらくして、紙の触れる音がする。団水が父に何かを見せているようだ。おあいは沸かしたばかりの番茶を土瓶ごと桶水に浸けながら、粗熱《あらねつ》が取れるのを待つ。

「俳諧の注釈書やな。これ、お前の字ぃやないか」

「そうどす。先生、わたいもいよいよ一本立ちどすわ」

団水の声は明るかった。近頃、つきあっている京の俳諧仲間の噂や誰某が出した句集の評判、そして団水自身に素人向けの注釈書を出さないかという話が舞い込んだことを報せている。

団水はお玉に反対されながらも精進を続けてきたのだろう。まるで父親に褒めてもらいたい子供のようなはしゃぎ方だ。

けれど父は「そうか」と気乗りのしない声である。

「添削なあ。今さら、わしが出しゃばることでもないやろう」

気の毒に、父は添削を面倒に思って体のいい断わり方をしたようだ。が、団水は何を勘違いしたのか、「せ、先生にそないに言うてもらえるとは」と声を潤ませた。団水は昔からこんな風に、人の心に疎《うと》いところがある。

「じつはわし、草紙も書いてみたんどす。見てもらえまへんやろか」

「ふうん……」

そこで団水はようやく気づいたようだ。

「え、えらいお疲れのようどすな。加減、お悪いんどすか」

「いや、元気満々やで。今から大川端まで走って戻れる」

「すんません、また出直しますわ」

「ええがな、ゆっくりしていけ。かまへん、かまへん。おあい、早よ、冷たい茶ぁを出したってくれ。そうや、このあいだ、道明寺詣りの土産にもろうた菓子があったやろう」

近頃の父は客の相手をするのが面倒そうで、至って無愛想だ。が、帰るとなると急に人恋しくなって「あれを出せ、これも出してやれ」と引き留めるのである。

「いや、ほんまに出直させてもらいます。お忙しいのは承知してましたから、今日、すぐに見ていただこうやなんて、そんな厚かましいこと望んでまへんどした」

暇《いとま》を告げて、そそくさと帰り支度をしている。上がり框でふと足音が止まった。団水が「嬢さん」と呼びかけてきた。

「団ちゃん、かんにんな、せっかく来てくれたのに」

するど団水は声を近づけて、潜めた。

「外に出られますか」

おあいはうなずいて、そうっと身を動かした。

「先生、おおきに。失礼します」

背後で、団水が父に大きな声で礼を言うのが聞こえる。おあいは杖を手にして路地に立った。肘に団水の手が一瞬、触れる。

「ちょっとそこまで、よろしですか」

「うん、構へんよ。この先の辻まで送るわ」

団水がゆっくりと歩を進めるのがわかって、おあいは小さく笑った。

「ええよ、さっさと歩いてくれて。ここ、うちの近所やから勝手はわかってる」

「あ、ああ。すんまへん」

団水もほっとしたように笑ったが、つと声を硬くした。

「先生、いつからあんな風どすねん」

「……うん、まあ、夏負けと違うかなあ」

思わず、言い繕った。

「えらいだるそうに背ぇ丸めてはるし、目ぇも虚ろで、だいいち声に生気がおませんがな。……忙し過ぎるんやおませんか。ちょっと休んでもらわはった方が」

「うん。そうやね。今はあんまり忙《せわ》しのう書いてへんみたい」

「え、草紙をどすか。あないに、きりきり舞いしてはったのに」

団水が驚いて足音を止める。おあいも仕方なく立ち止まった。どうにも、うまい嘘がつけない。真を上手に紛れ込ませようと思えば思うほど、拍子が狂う。

父はまだ煩悶している。文机の前に坐っても溜息ばかり吐いて、いきなり本の山を叩き落とすような音を立てたりもする。案じて居間に向かえば、踏み出した足の下に厚い紙のような感触があって、おあいは障子の縁《ふち》に摑まらねばならない。父は草紙や冊子を部屋じゅうに撒き散らして、その上に大の字になっているようだった。

けれどそんな様子を父は誰にも知られたくないはずだと、おあいは思う。書けないことを知られるくらいなら、「躰の調子が悪い」と思われた方がまだましのはずだろう。

「あの先生が……信じられへん」

「心配せんでも大丈夫やと思うよ。もともと傍迷惑なほど元気でしぶとい人なん、団ちゃんも知ってるやろ」

おあいはわざと軽い口調で紛らわせた。

「もう、四十八におなりどすもんなあ。この何年もずっと筆を揮うてきはって、これまでの無理が一遍に出てきてはるのかもしれまへん。……それにしても嬢さんにだけ気苦労おかけして、弟子として申し訳ないことどす」

実のこもった言いように、おあいは小さく頭を下げた。

「私は何ともないんよ。毎日、することは何も変わりがないのやから」

「本は今年も市中に出回ってるから、てっきり今も忙しゅうしてはるのやと思うて……よう考えたら、あれ、去年に書かはったもんどすもんなあ。えらい、申し訳ないことどした。しじゅう伺うて先生の手ぇ止めるんもご迷惑かと思うて、わたい、遠慮してましたのや。これからはちょくちょく寄せてもらいますわ。何のお役に立つかわかりまへんけど、囲碁のお相手なりして、ゆっくり過ごしてもらいましょう」

親身に思いやってくれるけれど、おあいは迂闊に首肯できない。

お玉に気が差して遠慮が立つのだ。団水がまた父と親しく交われば、お玉の夢を奪うことになるような気がした。亭主が俳諧からきっぱりと足を洗って家業に精を出し、安穏な暮らしを手に入れるという夢を。

ましてただでさえ苦悶を抱えている父がお玉夫婦の不仲の火種になるなんぞ、想像しただけで気が重くなる。

「京は近いようで、やっぱり遠いやないの。お気持ちだけいただいとく」

「いや、わたい、また松屋町に戻ってきましたんや」

「え。初耳やわ。いつ」

「先月どすがな。句会があってご挨拶に来そびれましたけど、先生には文をお出しした……もしかして読んでくれてはらへんのどすやろうか」

「私が買い物に出た間に読んでたんかもしれんなあ。私に言い忘れてるだけで」

そう口にしながら、父は文を文机の上に放ったままにしているような気がした。

話を変えたくなって、おあいは顎を斜めに上げた。

「けど。お玉、よう承服したね。大坂に戻ること」

「いや、あいつとおつるは京に残ってますねん」

「どういうこと……」

「嬢さん、そないびっくりしはらんでも。あいつ、出て行きよりましたんや。島原の近くの茶屋勤めをしてるらしいて、人伝てに聞きましたけど」

「おつるちゃんは、おつるちゃんはどないしてるの」

「うちの親が頑として手放しまへんどした。さんざん好き勝手した嫁やけど、わたいらも妙に辛抱したんが間違いの元やった、今度だけは引き下がらへん、孫だけはつれていかせへんて頑張りましたのや」

団水はその時もまた黙っていたのだろうかと、おあいは思った。

親娘三人が一人ずつ別のとこで暮らすやなんて、何てもったいないことをするのやろう。うちみたいにお母はんを喪うたわけでもないのに、誰も欠けてへんのに、一家を割るやなんて。

昔、鑓屋町の隠居家でお玉がこっそりと盗み喰いをしていた菓子の匂い、あの黄粉の匂いを思い出していた。

団水はそれから足繁く通ってくるようになって、秋になると毎日のように顔を出した。

その代わり、本屋連中の足がめっきりと遠のいた。父が原稿の約束をいつまで経っても果たさないからで、堪忍袋の緒を切らしたのだ。こうも待たされるのなら先に渡していた稿料をいったん返してくれと迫られると、父は中途まで書いたものや思案の書付けを出した。

「こんなもん戴いても、一冊にまとまりまへんがな」

「絵ぇを大きゅう入れたらええがな、絵本みたいに」

父はいい加減な思いつきで言いくるめようとするが、もう誰もそんな口車には乗らない。

「気安うおっしゃいますけどな、絵師に注文するのもただやおまへんねんで」

「ほなら、わしが描いたってもええで。ついでに字ぃも大きゅうしたらどないや。年寄りは小さい字ぃが見にくいて、ようぼやくやないか」

「それでも、こんな書き散らしたもん、どないもなりまへん」

「ああ、ええこと思いついた。この後ろにわしの発句をつけ足したらどないや。吟じた句ぅは売るほどある。適当に見繕って」

「先生、やる気、おますのか」

そんなやりとりを繰り返すうち、本屋の来訪がだんだん間遠になったのだ。父の書く草紙に執着せずとも、粋人向けの和歌の指南書や俳諧の句集、注釈書など、今の大坂の本屋は京の向こうを張って手駒に事欠かなくなっている。

そして父はいつのまにか、俳壇とのつきあいを復活させた。談林派の俳諧師らは今や江戸の蕉風に押されて派手な句会興行など及びもつかぬらしいが、俳諧を嗜む者の裾野はますます広がっており、町の顔役や隠居が集う会所《かいしょ》にもしばしば招かれて指南している。

「おあい、行ってくるで」

団水が迎えに来て、父は前土間からおあいに言い置く。

「行ってらっしゃい。今日は遅うなるんやったね」

「ああ、夕餉は向こうで出るそうやから、要らんで」

「ふん、わかった」

おあいも路地に出て、父と団水が出かけるのを見送る。もちろん姿は目にできないのだけれど、それでも二人が何やかやと喋る声が聞こえなくなるまで耳を澄ますのだ。それがおあいにとって「見送る」ということだった。

茶の間に戻って、父の羽織の綻びを繕っておこうとおあいは針を持つ。長年、着通しているそれは生地がくたびれきって、張りがない。古巣に戻った父がこんな羽織をつけている姿を昔の仲間が目にしたらどう思うだろうと、胸が詰まる。

父は食べていくために、再び点者稼業に手を染めたのだ。おあいには何も言わないが、自ら句を吟じている様子はない。団水と話をしていてもどこか上の空で、俳諧に心がないことはわかる。

左手の人差し指にちくと痛みが走って、おあいは肩をすくめた。針で刺してしまったらしい。血が噴き出たらしい指先を慌てて口に含むと、干した椎茸みたいな臭いがした。

秋も末の夕暮れ、おあいは背開きにした塩鯖を焼こうと路地に七輪を出した。そこに仕事から帰ってきた左官の音松や小間物売り、その女房も混じって、皆で地べたに屈んで世間話になった。

「そろそろ、松茸《まつたけ》も終《しま》いやなあ」

「毎年、一本も食べんうちに秋が行くなあ」

「近頃、何でも物の値ぇが張って、かなん。あんなもん、わしの子供時分にはその辺に放《ほか》すほど生えてたもんや」

「あ、先生、帰ってきはった」

女房がそう言うので顔を傾けると、耳に足音が入ってくる。あれ、と気になった。いつもと異なる剣呑な足運びであるような気がして、立ち上がる。

「お父はん、お帰り」

父は「うん」とだけ返して、そのまま家の中に入ってしまった。

「えらい形相《ぎようそう》してたなあ、先生」

「何事や」

中に入ると、父が荒っぽく羽織を脱いでいる気配がした。出先で何かあったのだろうか、俳諧仲間にまた何か聞かされたのだろうかと案じながら、背後に近づいた。

父は先だって、あの芭蕉から激烈に非難されたのである。父は点者としてまた方々の句会からも呼ばれるようになっており、その模様はそのまま執筆役が紙に記し、句集として出板されることが多い。それは日本じゅうの俳諧師や同好者に配られるので、芭蕉の目にも触れたのだろう。点者としての父をこき下ろした。

「見当はずれなことを言い散らして、句の良し悪しをちゃんと判じてもおらぬ。西鶴は、俳諧をまるでわかっていない」

そしてこう批判したのである。

「阿蘭陀西鶴、浅ましく下れり」

その言はたちまち大坂の俳壇に届いた。団水が言うには、今や、蕉門を仰ぎ見て学ぶ者も多く、ただでさえ「西鶴は点料稼ぎが目当てで戻ってきた」との陰口もあったらしい。その通りだった。が、父は芭蕉の言を句会で聞かされて、跳ねるように立ち上がった。

「はっ、俳諧をまるでわかってないやとうっ。偉そうに構えくさって、しゃらっと何を吐《ぬ》かしてくれてんねん。わしがどないな捌き方しようが、わしの勝手やっちゅうねん。ほな、何か。松尾は俳諧の神さんか。下手な句ぅでもちょっとええとこあったらそこを褒める、わしらがそないなことしたら、俳諧が穢《けが》れるとでも言いたいんかっ」

父の太い眉は額の真ん中にまで吊り上がり、ただでさえ大きい眼《まなこ》は火を噴くがごとく血走って、東の方角を睨みつけたと団水は言った。

「わしが浅ましゅうなったやとぅ。阿呆か。この阿蘭陀西鶴、名乗りを上げたその日ぃから、さもしゅうて下劣な輩やと自ら触れてあるわい。突《つつ》くんはそこか。違うやろ。せっかく町人の、俗の楽しみになってたもんをわざわざ難しゅうして、皆が手ぇの届かん俳風に祀り上げてんのは己やないかい。ああ、ああ、なるほど、お前はんは清いわ、尊いわ。言葉に凝りに凝って磨きをかけて、これが芭蕉の句ぅでございっ、はっ、それが何やっちゅうねん。小《ち》っちゃい言葉の端切れにこだわって、理詰めにあれこれ判じて。それが一体、何になる。凝り性の澄まし屋がっ」

そして父は剃り上げた頭まで真赤にして、胴間声《どうまごえ》を張り上げた。

「俳諧が何ぼのもんじゃいっ」

芭蕉への批判が俳諧そのものへの決別にも聞こえたので、一緒にいた団水は後で周囲に拝み手をして回ったらしい。

「けど、嬢さん。わたい、あんな先生、久しぶりどした」

供をして一緒に帰ってきた団水は、板ノ間に入ってきてそう耳打ちした。安堵と高揚が滲み出ていた声だった。

その頃からだ。父が夜、時々、起き出して墨を磨るようになったのは。硯の上を行きつ戻りつする音を立てながら、父は念仏のように唱える。

「あわれや世にある時、悪所《あくしょ》へ遣わしたる文飛脚《ふみびきゃく》の通いに記せしその賃銀も、一月には百目あまり出しけるに、生きながらかようになり果つるは、我ひとりのように思われて口惜し」

——遊里で盛んに遊んでいた頃、馴染みの太夫に文を出す、その飛脚にやった心づけだけでもひと月に銀百匁は遣ったというのに、ここまで身を落とし果てるとは、世間広しといえども己一人であるような気がして口惜しくなる。

父は毎夜少しずつ、いろんな物語の想を練り始めた。それは相変わらず、落ちぶれたお大尽の袖の寒さであったりするのだけれど、貧乏の底であえぎながら意気地を見せる主人公もいる。

遊蕩が過ぎてとうとう、孑孑《ぼうふら》売りに身を落とした男が旧知の友たちと偶然、出会った。皆、ひどく懐かしがり、その落魄を憐れんで、「これからは一緒に遊んだ者が合力し、貧しいながらも安穏に暮らせるように我々が引き受けよう」と申し出る。とこ

ろが男は、

「女郎買いの行末、かくなれる習いなれば、さのみ恥ずかしき事にもあらず」

遊里遊びを自分ほど極めたら果てはこうなるのは目に見えていたこと、これが世の習いというものでさほど恥ずかしいことでもないと言い放ち、茶屋に入ってなけなしの、その日、子子を売って稼いだ二十五文を投げ出して、昔の遊び友達に一杯の茶碗酒を奢るのである。

父はそこまでを思いついて、声に出しながら紙に書きつける。が、その先はまた手が止まってしまうのか、溜息を吐く。父はまだ喘《あえ》いでいた。心から書きたいのに、それが思うようにならないようだった。それでも、もう文机の前から離れなかった。朝も昼も夜も呻吟する声が家の中に響いた。

そして今日、父は墨を買いに久しぶりに外に出たのである。おあいは居間に入り、畳の上に広がった紙を手探りで拾い集めて文机の上に戻した。雑巾を固く絞って畳表も拭いた。文机の前に置いた薄い座布団を濡れ縁に干そうと手にした時、胸を衝《つ》かれた。その下の畳にも掌を当てると、やはりそうだった。父の尻の形に、座布団も畳も丸く窪んでいたのである。

これまで、お父はんはこないに書き続けてきたのや。そやのにまだ唸ってる。足搔《あが》いてる。

たった独りで、何かを摑もうとしてる。

おあいは古畳の窪みを、何度も撫でた。


けれど今は様子がまるで違うと感じて、おあいは居間の前で控えた。父は煙草入れをはずして叩きつけるように投げ、何もかも荒い音を立てて脱ぎ捨てている。心底、怒っていて、けれどそれだけではない。何かをこらえているような、ぎりぎりと口の中で歯嚙みしている気配がする。

父は着物を替えてから、おあいを呼んだ。厳しい声をしている。「はい」と応じて敷居を跨ぎ、すぐに膝を折って坐った。

「もっとこっちへ……いや、もうちょっとこっちまで」

父が招き寄せる。真正面の、ひどく近くで向き合うことになった。

「あのな、おあい。辰彌が死んだ」

一瞬、何のことかわからない。

「死んだ……の」

ぼんやりと繰り返す。

「そうや。自分で生きることをやめよった」

「自分で、死んだの」

己の声を聞いて、ぐらりと顎が上がった。

「しっかりせえ、おあい。ちゃんと聞け」

そして父は酷いほど淡々と告げた。

「今日、いつまでも楽屋に姿を見せへんので、座元が小屋の者を家に走らせたらしいのや。相変わらず、酔うたまま舞台に上がって芝居をしくじったり、客と揉め事を起こしたりしてるのはわしも噂では聞いてたからな。まあ、時折、幕内を覗いて声を掛けてはおったのや。座元にもな。けど、座元は今度という今度は堪忍ならん、その名を看板からはずすと大層な剣幕やったらしい。ほしたら辰彌は家で死んでた」

「どうやって」

そんなことを問うてどうするのだと思いながら、気がつけば言葉を継いでいた。

「もしかして、己の腹、かっ割《さば》いてたん。十文字に」

「まあ……それが芝居で割腹する時の、決まりの所作やからな」

「たしか二年前、京の役者も死んだよね」

「ああ。山村座の嵐三郎四郎《あらしさぶろうしろう》やな」

上方で絶世と謳われた嵐三郎四郎は辰彌以上の高給取りであったが、暮れに座元から一年分の給金を受け取ると、その日のうちにすべてを遣い切り、手元には小粒も残さなかったという。あればあるほど遣う派手な暮らしはこれぞ役者よと、かえって人気を集めた。が、病を得ればたちまち窮する。三郎四郎は贔屓筋と銀子の貸し借りで揉めて、腹を切った。

ただ、死に切るまでに時を喰い、その間に周囲が「誰ぞに遺恨でもあってかような真似をしたんか」と糺《ただ》すと、「そんな者、おらん」と斥《しりぞ》け、医者を呼べとの騒ぎに「医者に治せるような切り方、このわしがするもんか」と嗤った。

「この世はどうせ仮の世ぞ。じたばたと長う生きてもそれが一体、何になる。短《みじこ》う生きて、今日を仕舞いにしよう」

芝居のように見得を切り、二十四で死んだ。その日、舞台に穴を空けられた座元は代役を立てたが、たちまち芝居の中に三郎四郎の自死を取り入れて評判を取った。父も去年の春、三郎四郎の生涯を書いた『嵐無常物語』を出板している。それは何年か前に聞き書きしてあったもので、父は座元から頼まれて本屋に原稿を渡したようだった。

「大根役者のくせに。そんなことだけちゃんとして、死んだの」

己の声が腹に響く。まるで目の前の父に呼応するように、硬く冷たい言いようだ。

「いや、身ぃ入れて聴け。辰彌は心中を図ったのや。互いの咽喉を懐剣で突いて」

「心中……」

「ああ。小屋の者が家に入ったら、辰彌の傍で若い娘が血みどろになって震えてたらしい。娘は死にきれんと泣いて喚いて、ちょっとの間、手ぇがつけられんかったが、ようやっとわかったんは辰彌と娘が深い仲になってさほど日が経ってへんかったことと、どうやら娘は本気で死にたいと願うてたわけやのうて、辰彌が一緒に死のうかて誘うてきたから、ふん、ええよて、洒落の気分で乗ったらしい。ここで怖気を見せたら見くびられるような気がしたて、そないほざいたと言うてた。名ぁを訊ねたらえらい豪商の娘で、どうやら親が辰彌の贔屓筋やったみたいやな。親の身上《しんしょう》を笠に着て、派手に遊んでたのやろう」

「ほな、あの人は独りで死んだの」

「娘の咽喉には刀の切っ先の痕しかついてへんかったらしい。もともと、道づれにする気はなかったんやろう」

「うん……そうやろうね」

そんな返し方しかできなかった。おあいは懸命に避けていた。己が何もせぬまま、辰彌を見殺しにしたような気になることを。それに気づいてしまうことを。
ふと、海の匂いが甦った。砂が落ちる音がする。
──あたしが生きる空の下なんぞ、どこにもない心地がする。
辰彌の声が耳朶に響く。
私はあの人を想っていたのだろうかと自問した。首を横に振る。
ううん、好きになる間もなかった。
そう思った途端、嗚咽《おえつ》が零《こぼ》れ、こらえ切れなくなった。父も泣いていた。

巻八

おあいは数年ぶりで桜鯛を捌いていた。

左手で頭をぐいと摑み、包丁でうろこを落としていく。柄杓で水を掛け流してはまたうろこを取り、胸鰭の下にも丁寧に刃先を入れる。

父が今朝、「二月の二十日は、わしが生まれた日ぃや」と言い出したからだ。

「そんなん、初めて聞いたわ。これまで一遍も、そんなこと言わへんかったやないの」

「親に向こうて口を尖らすな。本人が言うねんから間違いない。今日は五十歳の誕生日や」

「へえ」

おあいはわざと不服げに肩をすくめ、台所に引き返した。おのずと笑みが漏れる。父はきっと書き上げたのだ。二年半ぶりに、物語を。

今年、元禄四年（一六九一）の松の内が明けた時分からだろうか、父が文机の前に坐る時間は徐々に長くなって、このひと月ほどはひたすら筆を走らせていた。その墨の匂いや文鎮をごとりと動かす重い音、疲れて茶を啜り、一服つける気配、しばらくしてまた筆を持ち、「いや、違う」「ふん、そうや、そう動くか」と呟きながら書き進める。

寝ても覚めても書く父の傍にいることが、おあいには倖せだった。

鯛の頭を落としたらまた洗い、腹から尾にかけて包丁を入れて腸《はらわた》を綺麗に取り出した。三枚に下ろして皮をはぎ、斜めに包丁を入れて身を切り分ける。頭とあらは出初めの牛蒡と一緒に甘辛く炊き上げた。

煎酒と醤油、さらに出汁を加えた梅干しのほぐし実をそれぞれ小皿に入れ、桜鯛の造りを皿に盛る。釜の蓋が機嫌のよい音を立て、小豆の香りが台所じゅうに漂い始めた。

「赤飯《あかまんま》か」

父は様子を見にきたのか、背後から煙草臭い息を吐く。振り向いた途端、おあいはずきりと激しい痛みに襲われて、一瞬、目を閉じた。

「どないした」

父が怪訝な声を出す。

「え。どないもしてないよ」

笑ってごまかした。

「刻みが切れたから、そこまで買いに行ってくるわ。ついでに買《こ》うてくるもん、あるか」

「別にないけど」と口にしてから、思いついた。

「なあ、ご近所の人らにも声かけようか。お酒も、買うてきたら」

「あんな酒呑みらに呑まそう思たら、えらいかかるで」

父は嬉しそうに、けち臭いことを言う。

「払いは節季前に考えたらええやん。ともかく今晩はお祝いやから、ぱっと行こ」

「そうかぁ、それもそうやな」

いそいそとした足音が路地を行くのをたしかめてから、おあいは呻き声を吐いた。

鳩尾《みぞおち》に掌を当て、背を丸めて息を鎮める。

いったい、何なんやろう。

近頃、時々、冷や汗が出るほど胃の腑が疼《うず》くのだ。陽気が深まっても手足は冷えたままで、時折、悪寒《おかん》にも襲われる。ただ、それを父に知られたくなかった。風邪で熱を出しただけで近所じゅうに触れ回って、皆に迷惑をかけるのだ。しかもせっかく父が取り戻した筆の勢いを、自分のことなんぞで削ぎたくはなかった。しばらくじっとしていたら痛みは必ず治まる。

外で微かな物音がして、一瞬、父が帰ってきたのかと思って、おあいは慌てて背筋を立てた。が、なかなか音が入ってこないし、父にしては帰りが早過ぎる。

「どなたさんですか」

すると、気配がゆっくりと動いた。

「嬢さん」

思いも寄らぬ声だった。

「お玉……か」

「へえ。ご無沙汰しました。嬢さん、お変わりのう」

「いやあ、よう来てくれたなあ。上がって。京からわざわざ来てくれたん」

「あ、いや。ちょっとあんた、早よう」

お玉が外に向かって叫んでいる。ややあって、団水が「お邪魔します」と入ってきた。

長屋の皆が続々と集まって、家の中には到底、坐りきれず、外に筵《むしろ》を敷いて騒いでいる。

「先生、ええ花見させてもろうて、おおきに」

もう酔ったらしき蚊帳売りが何度も礼を言う。すると誰かが、わざとらしい茶々を入れた。

「ぼけてるんか、この裏店の路地のどこに桜があるねん」

「いやいや、ほれ、ここに、花より旨い桜鯛があるがな」

「何や、急に巧いこと言うてからに」

すると小間物売りが涎を啜るような音を立てた。

「いや、こいつの言う通りやで。わし、こんなええ鯛、生まれて初めて喰うたわ」

桜鯛は二切れずつしか当たらない勘定だったが、皆が揃って舌鼓を二度、打った。

「この葉つき蕪《かぶら》の煮びたしも旨いで。筍と蕗の炊き合わせもええやろ。どないや、おあいの料理は」

父が皆に褒め言葉を催促するので、小間物売りの女房が上手なことを言う。

「いや、びっくりしましたわ。この家に入るたび、いつでも出汁のええ匂いがしてるなあとは思うてましたけど、まさかここまでやりなはるとは。わたいが勤めてる店の料理よりよっぽど、美味《おい》しおますわ」

「わしはこれが気に入った。ええ肴《あて》になるで、ほんまに」

音松爺さんはちびりちびりと煎酒を嘗めては、好きな酒を味わっているようだ。

おあいの隣りに坐っているお玉は、

「嬢さん、昔もようこんな風に過ごしたなあ」

懐かしそうな声を出した。

団水が父に話したことには、お玉は昨日、突然、団水の暮らしている裏長屋に現れたという。団水が大坂の松屋町に移り住んだことを誰かから聞いたようで、髷《まげ》を乱して髷を振り立てていた。前の日の夜に京から舟に飛び乗って、八軒家浜に着いたのは明け方だ。それから松屋町まで南に下って、裏長屋を虱潰《しらみつぶ》しにして団水を探し出した時はもう夕暮れ間近だったという。

「よう、見つけたもんや」

父が呆れ返ると、団水の横に並んだお玉はにいと笑ったらしい。

「わたい、必ず探し当てられると思うてました。そういうのんだけは図星なんや」

「で、こうして揃うてうちに来たっちゅうことは、縒《よ》りを戻したんか」

団水は「へえ」と首肯した。

「近いうちに、おつるを引き取ってきます。親子三人で出直します」

今年の正月に、団水はようやく己の名を冠した『俳諧団袋《はいかいだんぶくろ》』を板行していた。

団水は是が非でも本を出したくて、けれど舞い込んだ話のことごとくが腰折れして、なかなか出板まで漕ぎつけなかったようだ。それでもしじゅう何かを書いては父に見せていた。父はそのほとんどに洟も引っ掛けなかったが、去年、ようやく『特牛《ことい》』という俳書に、「ふん、まあ、ええやろ」とうなずいた。団水はそれを自費で出板して方々に配った。特牛《うし》は強く大きな牡牛のことらしいが、書名の雄々しさに引き比べ、微塵も評判にならなかった。

それでも諦めない団水は父に頼んで、両吟歌仙《りようぎんかせん》二巻に挑んだ。が、俳諧からとうに気が離れている父は句が続かなくなって、互いに中途でやめてしまったようだ。ところが団水はそれを捨て置くのはあまりに惜しいとばかり、『両吟半《はん》歌仙』と居直った名をつけて注釈本に仕立ててしまったのである。父や団水の句を紹介し、語句の意味や俳諧法を滔々《とうとう》と書きつらねた。

「お前もしぶとうなったな。まさに特牛《こってうし》や」

父は妙に感心して編集を手伝い、まだつきあいの続いている板元まで世話してやった。父はどうやら、ふだん団水相手にあれこれと喋ってきたことがそこに盛り込まれていることに気を良くしたらしかった。

団水は『俳諧団袋』でも、父の言葉を伝えている。

——寓言《ぐうげん》と偽とは異なるぞ、嘘なたくみぞ、つくりごとな申しそ

俳諧も物語もしょせん、嘘の作りごとに過ぎへん。けど何もかもが偽物かと言えば、それも違う。

巧みな嘘の中にこそ、真実《まこと》があるのや。

おあいは父のその言葉に、もはや芭蕉への意地のようなものを感じなかった。あれほど長いものを何冊も書き継ぎ、やがて書けなくなって、ようやくまた筆を執った。書き上げた。その言葉は苦しみ抜いた果てに父が見つけた、書き手の真実でもあった。

「嬢さん、たまにはちょっと呑も」

お玉がそう言って、掌に猪口を持たせた。

ふと、父にも呑ませてやりたいと思った。父はおあいが大人になるまでは死ねぬと、酒を断って願を掛けたのである。

私はもう、二十を幾つも過ぎた。お父はんの満願成就や。

「なあ、お父はんにもちょっと勧めてやって」

「え。旦那さんは下戸やろうに」

「そやねんけど」と言いかけて、おあいは気を変えた。

ま、ええか。お父はんのことやから、ほんまに呑みたかったら隠れてでも呑んでたに違いない。「神さん、すんまへんな。この一杯は勘定に入れんといて」と、己に都合のええ理屈をつけて。

父は物語が書けるようになった途端、俳諧師としてもまた動き始めていた。美濃や播州など遠方から訪ねてきた当代の俳諧師とも気軽に会い、また歌仙も巻くようになった。生計のための点者稼業ではなく、むろん売名や競い心でもなく、俗な町の中で、心底、俳諧を楽しんでいるような気がする。

「やっぱり私がいただこう。花見やもんな」

「そうそう。どうせ旦那さんは呑んでへんでも、誰よりも酔うてる」

父は団水や裏店の連中相手に、軽口咄を披露している。

「長者になる秘訣を訊ねに来た貧乏人連中に、銀持ちの婆さんは喋り通しや。けど肝心なことは指南してくれんまま、どうでもええ世間話で日が暮れて、とうとう夜も更けてきた。婆さんの暇潰しの相手をさせられただけで、これはとんだ空手形を喰おうたもんやと膝を立てかけた途端、台所から擂鉢の音が盛んにしてくる。やあ、これは何ぞ旨い物でも馳走してくれるのやと期待して坐り直したはええが、運ばれてくるんは音ばかり。誰かが、あれ、どないなお菜を作ってはりますねんと問うたら、婆さんはにやりと笑うて返したな。……あれは大福帳の紙を綴じる糊を作ってますのや。客に夜食なんぞ出さぬのが、長者になる秘訣だす」

団水が「したり、したり」と父の口真似をして感心したが、他は誰も神妙に耳を傾けていなかったのだろう、途端にいろんな言葉が飛び交う。

「うちの亭主の褌《ふんどし》が風で飛んで、坊さんの頭に引っ掛かってしもうて」

「あいつ、こないだまでうどん作ってたのに、今度は拝み屋になるらしいで」

「三味線に使う猫は何色がええねん」

口々に喋り放題だ。お玉はその様子を見て「この長屋、銘々勝手連やなあ」と呆れ半分に笑うが、おあいには誰の話もさっぱり追えない。でも淋しさはなかった。

桜はないけれど、おあいにとってはこの人臭さこそが花見だった。

その年、元禄四年（一六九一）の大晦日《おおみそか》、おあいは父と一つの掻巻《かいまき》にくるまって、息を潜めていた。

「西鵬《さいほう》はん、いや西鶴はんっ、いてはりまんのやろ。居留守使うてもあきまへんでっ」

酒屋の掛取《かけと》りがしぶとく戸を叩く。

「あいつ、しつこいなあ。ええ加減、あきらめっちゅうねん」

「青物屋はんと魚屋はんは早々に帰ってくれたのになあ」

おあいが呑気な声を出したので、父はふと笑う。

「お前も性根が据わってきたな」

「まあ、うちだけやないもん」

隣りと、さらに隣りでも大節季の払いができないらしく、あちこちで怒声が響いているのだ。そして父もまた算段が間に合わなかった。二年半もの間、ろくろく本を出板していないのである。味噌壺は空になり、正月の餅も用意できていない。父に久しぶりに稿料が、それもささやかな包み銀が入った時はもう日が暮れていた。

「ほんまに、喧《やかま》しいなあ。昔の掛取りは夜明け方まで家々を回って、それこそ命懸けの喧嘩をして何なりと持って帰ったもんやが、近頃は声高に物を言わんようになってたやろう」

「ほんまや。近頃の掛取りは行儀が良うなってたのに」

「そのうち、内々に話をつけようて向こうが折れてくるからやな、ほしたらこの銀子から最近の分だけ払うてやって、古い借銀は棒引きにさせたろて胸算用《むなざんよう》してたのに、こうも怒鳴り散らされたら談合《だんこう》に入る隙もないやないかい」

父がぼやく。

「ご近所への手前もあるしなあ。うちだけ払いを済ませたら義理が悪い」

おあいも一緒にぼやいた。

三月に仕上げた原稿は本人の自信に反して、なかなか板元が決まらなかった。不義理をしてつきあいが薄くなったせいもあるが、森田屋や岡田屋など何軒かは父が文を出してすぐに訪れたのである。ところが原稿を読み終えた途端、声が渋くなった。

「『世間胸算用《せけんむねさんよう》』だすか……なんか辛気臭い話だすなあ。貧乏人が右往左往してるだけやおまへんか。……何だす、掛取り相手に横車を押す男の言いようは。私は金に憎まれて、どういうわけか金が近寄りません……先生、これは売れませんで。『日本永代蔵』みたいに、どどんと景気のええ話を書いてくれはらんと」

「いや、辛気臭いだけやないやろう。皆、滑稽なほど懸命に生きてるやろ。読んでるうちに、どことのう可愛げが出てくるやろう」

それは父が推敲のために通しで読み上げるのを聞いていて、おあいが口にしたことだった。

『世間胸算用』には、世の中の底で生きる貧乏人の身過ぎ世過ぎが描かれていた。場末の大晦日に聞こえるのは夫婦喧嘩に洗濯、壁下地の修繕の音ばかり。正月を迎えるのに餅一つ、ごまめ一匹もなく、しかし質草の心当てがある者は少しも憂き世を嘆く様子がない。

父はこの裏店に住む連中のさまざまを、いろんな人物の悲喜こもごもに託していた。団水やお玉の片鱗も感じられる。そして、生き通すことをやめた辰彌の匂いすら感じたのだ。

皆、愚かで惨めで、けれど父は彼らを非難していない。ただひたすら、掛け値なしのまなざしを向けていた。

ああ、これぞお父はんの真骨頂《しんこっちょう》や。

おあいは無性にそう思った。だから最後の本屋が板行を断ってきた時、おあいは買物に出た足で松屋町を訪ねたのである。八つになったおつるに土産の菓子をやり、少し遊んでやった。人見知りの激しかったおつるはすっかり、口の達者な大坂の子になっていた。

そしておあいは、団水とお玉夫婦に頭を下げた。

「こんな躰やなかったら自分で頼んで回るんやけど、そんなことしたらすぐに本屋の間で噂になる。お父はんに知られるのだけは困るのや。この通りです、お父はんの本の出板をしてくれるとこ、探してくれませんか」

「嬢さんがわしらに頼みごとしてくれはるやなんて、初めてどすなあ」

団水は情のこもった声で「わかりました」と受けてくれた。お玉は黙っていたけれど、帰り道の途中までおつるをつれて送ってくれた。

道すがら、お玉はこんなことを言った。

「嬢さんはとうとう嫁ぎもせんと子も持たんと、二十五になってしまわはった。旦那さんも便利に使うて酷なことしはるて思うてたけど、今日、そんな捉えようは見当違いなんやて思うたわ。ああ、こないな生きようもあるんやなあて」

長い間、お玉との間を隔てていたものが少しだけ動いて、風が通ったような気がした。おあいは微笑んで、お玉とおつるに別れを告げた。

「なあ、痩せてきたんと違う。料るばかりやのうて、嬢さん自身もちゃんと食べなあかんで」

背後からお玉がそう言った。母親らしい、落ち着いた物言いだった。

そして七日ほど経って、おとなしい声の客があった。梶木町《かじきまち》の本屋、伊丹屋《いたみや》だと名乗り、本屋仲間の噂で父の新しい原稿があると耳にして訪ねてきたと言った。団水の紹介だとは一言も口にしなかった。

そして原稿を読み終えると、「板元にならせてもらえますか」と膝を進める気配を立てた。

「ああ、なったらええがな。かまへん、かまへん」

父は鷹揚に受け入れた。そして副題がつけられ、『世間胸算用　大晦日は一日千金』は年明けの正月に板行されることが決まったのだ。伊丹屋は京と江戸の本屋にも声を掛けてみると請け合ってくれた。

そして父は初めて、原稿の末尾に「難波《なにわ》西鶴」と筆名を入れたのである。公儀の鶴の字法度はまだ解かれていなかったけれど、父はげろりと咽喉を鳴らしたものだ。

「御公儀《おかみ》が何じゃい、何するものぞ」

おあいは父の蛙のごとき笑い声に耳を澄ませながら、目尻を慌てて拭った。

あの日、おあいは台所の板ノ間で、弟の一太郎に文を書いた。

——おらんださいかく、つつがなし。

一行だけ書いて、書いた字がどんなことになっているのか、一太郎がちゃんと読めるものになっているのかどうかも心許なかったが、宛名書きと飛脚使いは父に内緒で団水に頼んだ。

やがて掛取りの連中が引き揚げて行き、近所でそうっと様子を窺いに戸を引く音がする。一軒、二軒、そして隣りからも出てくる。

「おあい、そろそろ良さそうやな」

「うん、ええみたいやね」

父が掻巻を撥ねのけ、大きな息を吐いた。

「ああ、肩凝った」

「万《よろず》懸帳《かけちょう》埒明《らちあ》けず屋はん、肩、揉ませてもらいましょか」

「おや、親切なその声はおなごの按摩はんやないかえ。一つ、頼もうか」

父も節をつけて返してくる。おあいは父の背後に回り、肩に手を置いた。と、ふいに手首を掴まれた。

「おあい、何や、えらい痩せて」

父の掌に力が籠り、剣呑な声になった。

「ちょっと、見せてみぃ」

父の肩が斜めに傾いで、気がつけば後ろに回られていた。今度は自分の肩に父の掌が置かれている。

「お父はんの手、ぬくいなあ」

「……お前、ほんまにえらい痩せてる。何でや、いつからや」

「大丈夫やて。全然しんどないもん。さ、皆、外で酒盛り始めるよ。私らも混ぜてもらおう」

おあいは右腕の肘を上げ、父の手に手を重ねた。

「く、薬や。いや、医者を呼ばんとあかん」

「やめて。皆に喋り散らさんといてよ。もうじき、お正月になるんやから」

「わかってるけど。けどお前……」

「大丈夫、お父はんより先に死んだりせぇへんから。そないな親不孝、ないのやろ」

おあいは戯《ざ》れ言《ごと》めかして父を宥め、背中を押した。

手前勝手でええ格好しぃで、自慢たれの阿蘭陀西鶴。都合が悪うなったら開き直って、しぶとうなる。洒落《しゃら》臭《くさ》いことが好きで、人が好きで、そして書くことが好きだ。

お父はん。

おあいは胸の中で呼びかけた。

お父はんのお蔭で、私はすこぶる面白かった。

たぶん私は親不孝な娘になってしまうのやろうけど、その時、きっとお父はんにこう言える。

おおきに。さよなら。

おあいは大きく息を吸って、賑やかな路地に出た。が、除夜の鐘が鳴り響いた途端、皆、一斉に口をつぐんだ。静まり返った夜風はもう春の匂いがした。

巻の外

おあいは『世間胸算用』が世に出た元禄五年（一六九二）の三月二十四日に、没した。享年二十六。

西鶴はその翌年、元禄六年（一六九三）、八月十日に没。その年の冬、弟子の北条団水は師の遺稿をまとめ、『西鶴置土産』を板行した。

阿蘭陀西鶴の法名は、仙皓西鶴《せんこうさいかく》。

盲目の娘、おあいの法名は、光含心照信女《こうがんしんしょうしんにょ》である。

参考文献

『井原西鶴』大谷晃一　河出書房新社
『井原西鶴』（新潮古典文学アルバム17）谷脇理史　吉行淳之介　新潮社
『井原西鶴集（1）好色一代男／好色五人女／好色一代女』（新編　日本古典文学全集66）校注・訳　暉峻康隆　東明雅　小学館
『井原西鶴集（2）西鶴諸国ばなし／本朝二十不孝／男色大鑑』（新編　日本古典文学全集67）校注・訳　宗政五十緒　松田修　暉峻康隆　小学館
『井原西鶴集（3）日本永代蔵／万の文反古／世間胸算用／西鶴置土産』（新編　日本古典文学全集68）校注・訳　谷脇理史　神保五彌　暉峻康隆　小学館
『井原西鶴集（4）武道伝来記／武家義理物語／新可笑記』（新編　日本古典文学全集69）校注・訳　冨士昭雄　広嶋進　小学館
『現代語訳　好色五人女』井原西鶴　（訳）吉行淳之介　丹羽文雄　河出文庫
『現代語訳　西鶴全集　第一巻　好色一代男』訳注　暉峻康隆　小学館
『現代語訳　西鶴全集　第二巻　諸艶大鑑』訳注　暉峻康隆　小学館

『現代語訳　西鶴全集　第十二巻　西鶴置土産』訳注　暉峻康隆　小学館
『西鶴全句集　解釈と鑑賞』吉江久彌　笠間書院
『西鶴の感情』富岡多恵子　講談社
『色道諸分　難波鉦』西水庵無底居士　（校注）中野三敏　岩波文庫
『暉峻康隆対談集　西鶴粋談』（著者代表）暉峻康隆　小学館
『松尾芭蕉』（新潮古典文学アルバム18）雲英末雄　高橋治　新潮社
『連句文芸の流れ』櫻井武次郎　和泉選書

解　説

大矢博子（書評家）

今、私たちは当たり前のように小説を楽しんでいる。

身近な主人公に自分を重ねて一喜一憂したり、とても現実には体験できないようなロマンスに胸をときめかせたり、リアルな企業小説にのめり込んだり。最近ではＢＬ文芸も一大ジャンルだ。


遡《さかのぼ》れば、それらの小説はどれも井原西鶴を出発点にしている。

――いや、それより前に源氏物語があったし、平家物語や御伽草子《おとぎぞうし》なんかも読まれてたんじゃないか？　と思う人もいるかもしれない。だが、源氏物語は限られた貴族相手の宮廷小説だし、それ以降の作品は実在の人物を描いた軍記物か、でなければ民話・説話をまとめたものばかりだった。

そこに井原西鶴は、庶民を主人公にした庶民のための物語を〈発明〉したのである。

世の風俗をふんだんに取り入れた壮大な官能ロマンスの『好色一代男』、壮絶な恋愛ノンフィクションノベル『好色五人女』、町人が勤勉や機知で富を得たり、逆に没落したりという様子を描いた経済小説『日本永代蔵』、掛取りに追われる大晦日の庶民をモチーフにした『世間胸算用』、男色に焦点をあてた『男色大鑑』……。現代と同じテーマが見てとれるだろう。

江戸初期、まだ小説という言葉すらなかった時代である。西鶴の描いた庶民の物語は浮世草子《うきよぞうし》と呼ばれ、一大ブームを巻き起こした。物語が庶民のものになった時代と言っていい。井原西鶴は、いわば日本初のエンタメ作家なのだ。

だが、西鶴は最初から物語を志したわけではない。もともとは俳諧師である。

「俳諧師である彼がなぜ物語を書いたのか、彼の人生そのものにも迫ってみたくなったのです」（講談社「小説現代」ウェブサイトより）

二〇一四年に本書の単行本が出版された際、朝井まかては執筆動機をこう語っている。だが、単なる西鶴の一代記にしなかったのがポイントだ。朝井まかては西鶴を描くために、彼の盲目《めしい》の娘を語り手に据《す》えた。「自分が作家になって忙しくなると家族に迷惑をかけたから、〈傍迷惑《はためいわく》な作家の家族〉の視点で書いてみたら面白いのではと思った」とインタビューに答えているが、もうひとつ、おあいを語り手に据えた大きな理由があったように思う。それは何か、本書の内容を紹介しながら考えていこう。

物語は、井原西鶴の娘おあいが料理をする場面から始まる。盲目だからこそ、幼い頃から母に家事を仕込まれたおあいは、今では料理も裁縫も洗濯もお手の物だ。魚だって捌《さば》ける腕前である。幼い弟の襁褓《むつき》を替えたりもする。

その母親が亡くなったとき、父の西鶴は子供たちには頓着せず、わが身の不幸を大声で嘆くだけだった。そればかりか、妻の死を悼《いた》む千句の俳諧集を出板し、自分の名を売る始末である。おまけに、何かと言えば〈目の見えない娘〉を引き合いに出して自己アピールに努める。これがおあいは嫌でしょうがない。約束は破るし、経済観念はないし、突然客を連れて帰るし、とにかく家族にとって西鶴は、実に傍迷惑《はためいわく》なお父はんなのだ。

その頃の西鶴は、己こそ談林派（大坂で初めて誕生した俳壇）を代表する俳諧師だと思っているのに、なかなか望むような評価が得られない状況だった。状況を打破するために、同じように燻《くすぶ》っている無名の俳諧師を集めて万句俳諧を興行したり、ひとりでどれだけ速く多く句を詠めるかという矢数俳諧の興行を打ったりと、人目を引くプロモーションを次々と打ち出した。

談林派の重鎮には渋い顔をされたが、「そしらば誹《そし》れ、わんざくれ（誹りたい者はそしったらええがな、どうとでもせえ）」「己こそ新風や」とばかりに、当時の言葉で〈異端〉を意味する〈阿蘭陀〉を自称し、「阿蘭陀西鶴、ここにあり」と打って出たのである。

ところが、江戸に下った松尾桃青（芭蕉）の話を聞いてから、西鶴の様子が変わる。それから西鶴は俳諧を作ることなく、何か〈長いもの〉を書き始めた……。

読み始めてしばらくは、おあいが不憫で、可哀想でならない。西鶴には腹が立つ。だがその印象が少しずつ変わっていく。おあいにさんざん迷惑をかけ、怒らせ、けれどその果てに書き上げた『好色一代男』の朗読を聞いたとき、おあいは、主人公の世之介の豪華な装いにそそられた自分に戸惑うのだ。西陣織、縞びろうど、瑪瑙《めのう》……目の見えない自分には、それを思い浮かべることすらできないのに、なぜ？

「読む人には皆、こんなことが起きてるのやろうか。そうや、私みたいに瑪瑙の緒締めを見たことも触ったこともない人も、きっといてるに違いない。／けど、感じて摑むことはできるのや。自分なりに」

おあいを語り手に据えた理由のひとつは、ここだ。物語には、知らないものを疑似体験できるという力がある。目の見えないおあいが、見たことはもちろん触ったこともない瑪瑙を、感じることができる。感じて、ときめくことができる。

思えば、目が見えない――映像情報がないということは、テキストのみで構成される小説を読む行為と似ている、と言えるのではないか。さらに本書はおあいを語り手にしたことで、物語の中にも人の目鼻立ちや風景の直接の描写はまったく出てこない。しかし読者の目には、台所に立つおあいの姿がはっきり目に浮かぶ。桜鯛を捌く彼女の手が、彼女が出会った人々の様子が、それぞれの読者の心の中で再現される。

もちろん、著者の筆力あってこそだが、これが物語の力だ。そして この〈物語の力〉こそが、本書のテーマである。


西鶴が活躍したこの時代は、大坂の陣から七十年ほど経ち、世の中が落ち着いて町民たちの教養が高まり上方文化が花開いた頃である。連歌・俳諧が流行し、浄瑠璃では近松門左衛門が登場した。町人向けの絵入りの娯楽出板物を刊行する板元が次々と誕生し、出板事業がシステムとして完成したのも上方文芸が勃興した大きな要因だ。本は決して安いものではなかったが、『好色一代男』のヒットは、貸本業という新スタイルのビジネスも生んだ。また、江戸版の『好色一代男』に挿絵を描いたのは菱川師宣で、ここから浮世絵という新ジャンルに発展していく。

だが浮世草子作家としての西鶴は、決して順風満帆だったわけではない。当時は印税という概念がなく、いくら増刷されても作者の実入りは最初の原稿料だけなので、生活は苦しい。五代将軍綱吉の就任とともに、娯楽の世界にもさまざまな制約が課され、板元の腰が引けた。西鶴が板元に対して、原稿を欲しがるだけでちゃんと読みもしない、と怒る場面もある。現代の出版界を連想するようなエピソードも多い。

それでも西鶴は書いた。作家の業——というより、思いついたら書かずにはいられない苛《いら》ちな性格故《ゆえ》のように見える。自己顕示欲が強くて、見栄っ張りで、言い出したら聞かない。どうにもこうにも面倒臭い男だが、こんなん書いてみたんや、どや、おもろいやろ、と自慢げに原稿を出してくる西鶴の顔を想像すると憎めない。

その無邪気な、「おもろいもん書くでえ、読んでや！」という思いは、その後の、幾多の作家たちに受け継がれた。そして今、西鶴の末裔のひとりである朝井まかてが、エンタメ小説の始祖である西鶴の思いを、こうして私たちに伝えている。

「読む者はな、それを己に重ね合わせて胸を躍らせたり口惜しがったりできる。な、ここが脈所《みやくどころ》や」「物語というのは自分の好きな時に好きなように読んで、百人おったら百通りの世之介が生まれるわけや」

西鶴の言葉だ。そしてこれは、朝井まかての言葉でもある。

おあいを語り手に据えることで、読者はおあいとともに西鶴を〈見て〉、おあいと一緒に怒ったり泣いたりしながら、次第に西鶴という人物の深みに触れていく。おあいが父を見直せば読者も見直し、おあいが自分の間違いに気づいたときは読者も衝撃を受ける。はじめは気持ちがすれ違って、どうしても好きになれなかった父親と、最後には狭い長屋で一緒に布団にくるまって笑いながら借金取りをやり過ごす場面の、なんと幸せそうなことか。

西鶴の生涯についてはわかっていないことが多い。だが、彼の遺《のこ》した作品と、盲目の娘がいたという史実から、朝井まかては見事な物語を紡《つむ》ぎ上げた。

娘を思う気持ちは人一倍あるのに、不器用でそれを伝えられず、ただ自分のやりたいことに邁進《まいしん》する子どものような父親。そんな父親に怒りながらも、しょうがないなあと諦め半分に苦笑する娘。まさにこの姿こそ、西鶴が書きたかった滑稽で愛《いと》おしくて逞《たくま》しい町人の姿ではないか。感動的な父娘小説だ。素晴らしい作家小説だ。だから本書はおあいが語り手でなくてはならなかったのだ。

物語、かくあれかし。

懸命に今日を生きる庶民たちを、筆のままに、思いのままに、愛を込めて。

西鶴が作り上げた大衆小説というジャンルは、こうして今に息づいている。百人の読者がいれば、百人の西鶴とおあいがいて、読者は彼らに自分を重ね、羽ばたかせる。これが小説の面白さだと、後世の作家たちも皆、物語の力を信じて書き続けてきたのだと、朝井まかては言っている。

本書は、作家・朝井まかての決意表明なのである。

最後になったが、著者について。

朝井まかては二〇〇八年、『実さえ花さえ』(講談社↓『花競べ　向嶋なずな屋繁盛記』と改題して講談社文庫入り)で小説現代長編新人賞奨励賞を受賞してデビュー。庭師を主人公にした『ちゃんちゃら』(講談社文庫)や大坂の青物問屋を舞台にした『すかたん』(同)など、市井物《しせいもの》を中心に執筆してきたが、二〇一四年、初めて史実に題材をとった『恋歌《れんか》』(同)で第百五十回直木賞を受賞する。受賞第一作となる本書で第三十一回織田作之助《おださくのすけ》賞を受賞し、名実ともに現代を代表する歴史時代小説家の仲間入りを果たした。

その後、明治神宮創建をモチーフにした『落陽』(祥伝社)、葛飾北斎の娘で浮世絵師の応為を描いた『眩《くらら》』(新潮社)、犬公方《いぬくぼう》と呼ばれた五代将軍綱吉の『最悪の将軍』(集英社)などを精力的に発表。幅広い活躍を続けている。

今、最も次作が期待される作家のひとりである。

本書は二〇一四年九月に小社より単行本として刊行されました。

|著者| 朝井まかて　1959年、大阪府生まれ。甲南女子大学文学部卒業。2008年、小説現代長編新人賞奨励賞を受賞した『花競《はなくら》べ』でデビュー。『恋歌《れんか》』で第150回直木賞と本屋が選ぶ時代小説大賞2013、本書『阿蘭陀《おらんだ》西鶴《さいかく》』で第31回織田作之助賞、『すかたん』で第３回大阪ほんま本大賞を受賞。他の作品に、『ちゃんちゃら』『ぬけまいる』（以上、すべて講談社文庫）、『藪医《やぶい》 ふらここ堂』（講談社）、『先生のお庭番』『御松茸騒動』（ともに徳間書店）、『眩《くらら》』（新潮社）、『残り者』（双葉社）、『落陽』（祥伝社）、『最悪の将軍』（集英社）。

阿蘭陀西鶴《おらんださいかく》

朝井《あさい》まかて

講談社文庫
定価はカバーに
表示してあります

2016年11月15日第１刷発行

発行者――鈴木　哲
発行所――株式会社　講談社
東京都文京区音羽2-12-21　〒112-8001
電話　出版（03）5395-3510
　　　販売（03）5395-5817
　　　業務（03）5395-3615

Printed in Japan

デザイン―菊地信義
本文データ制作―講談社デジタル製作
印刷―――中央精版印刷株式会社
製本―――中央精版印刷株式会社

ISBN978-4-06-293523-4

講談社文庫刊行の辞

二十一世紀の到来を目睫に望みながら、われわれはいま、人類史上かつて例を見ない巨大な転換期をむかえようとしている。

世界も、日本も、激動の予兆に対する期待とおののきを内に蔵して、未知の時代に歩み入ろうとしている。このときにあたり、創業の人野間清治の「ナショナル・エデュケイター」への志を現代に甦らせようと意図して、われわれはここに古今の文芸作品はいうまでもなく、ひろく人文・社会・自然の諸科学から東西の名著を網羅する、新しい綜合文庫の発刊を決意した。

激動の転換期はまた断絶の時代である。われわれは戦後二十五年間の出版文化のありかたへの深い反省をこめて、この断絶の時代にあえて人間的な持続を求めようとする。いたずらに浮薄な商業主義のあだ花を追い求めることなく、長期にわたって良書に生命をあたえようとつとめるところにしか、今後の出版文化の真の繁栄はあり得ないと信じるからである。

同時にわれわれはこの綜合文庫の刊行を通じて、人文・社会・自然の諸科学が、結局人間の学にほかならないことを立証しようと願っている。かつて知識とは、「汝自身を知る」ことにつきていた。現代社会の瑣末な情報の氾濫のなかから、力強い知識の源泉を掘り起し、技術文明のただなかに、生きた人間の姿を復活させること。それこそわれわれの切なる希求である。

われわれは権威に盲従せず、俗流に媚びることなく、渾然一体となって日本の「草の根」をかたちづくる若く新しい世代の人々に、心をこめてこの新しい綜合文庫をおくり届けたい。それは知識の泉であるとともに感受性のふるさとであり、もっとも有機的に組織され、社会に開かれた万人のための大学をめざしている。大方の支援と協力を衷心より切望してやまない。

一九七一年七月

野間省一

講談社文庫　目録

秋田禎信　カナスピカ
朝比奈あすか　憂鬱なハスビーン
荒山　徹　柳生大戦争
荒山　徹　柳生大作戦(上)(下)
荒山　徹　友を選ばば柳生十兵衛
天野作市　気高き昼寝
天野作市　みんなの旅行
青柳碧人　浜村渚の計算ノート
青柳碧人　浜村渚の計算ノート　2さつめ〈ふしぎの国の期末テスト〉
青柳碧人　浜村渚の計算ノート　3さつめ〈水色コンパスと恋する幾何学〉
青柳碧人　浜村渚の計算ノート　3と½さつめ〈ふえるま島の最終定理〉
青柳碧人　浜村渚の計算ノート　4さつめ〈方程式は歌声に乗って〉
青柳碧人　浜村渚の計算ノート　5さつめ〈鳴くよウグイス、平面上〉
青柳碧人　浜村渚の計算ノート　6さつめ〈パピルスよ、永遠に〉
青柳碧人　双月高校、クイズ日和
青柳碧人　東京湾　海中《かいちゅう》高校
青柳碧人　希土類少女《レアアース・ガール》
朝井まかて　花《はな》競《くら》べ〈向嶋なずな屋繁盛記〉
朝井まかて　ちゃんちゃら
朝井まかて　すかたん
朝井まかて　ぬけまいる
朝井まかて　恋歌
歩《あゆみ》　りえこ　ブラを捨て旅に出よう〈貧乏乙女の〝世界一周〟旅行記〉
アダム徳永　スローセックスのすすめ
安藤祐介　営業零《ぜろ》課《か》接待班
安藤祐介　被取締役《とりしまられやく》新入社員
安藤祐介　おい！　山田〈大翔製菓広報宣伝部〉
安藤祐介　宝くじが当たったら
安藤祐介　一〇〇〇ヘクトパスカル
青木　理　絞首刑
天祢《あまね》　涼　キョウカンカク　美しき夜に
麻見和史　石の繭〈警視庁殺人分析班〉
麻見和史　蟻《あり》の階段〈警視庁殺人分析班〉
麻見和史　水晶の鼓動〈警視庁殺人分析班〉
麻見和史　虚空の糸〈警視庁殺人分析班〉
麻見和史　聖者の凶数〈警視庁殺人分析班〉
赤坂憲雄　岡本太郎という思想
有川　浩　三匹のおっさん
有川　浩　三匹のおっさん　ふたたび
有川　浩　ヒア・カムズ・ザ・サン
青山七恵　わたしの彼氏
青山七恵　快楽
荒崎一海　無流心月剣〈宗元寺隼人密命帖(一)〉
荒崎一海　幽霊の足〈宗元寺隼人密命帖(二)〉
荒崎一海　名花散る〈宗元寺隼人密命帖(三)〉
浅野里沙子　花篝《はなかがり》　御探し物請負屋
朱野帰子《かえるこ》　駅物語
朱野帰子　超聴覚者　七川小春〈真実への潜入〉
東　浩紀　一般意志2・0〈ルソー、フロイト、グーグル〉
朝倉宏景　白球アフロ
五木寛之　ソフィアの秋
五木寛之　狼のブルース
五木寛之　海峡物語
五木寛之　風花のひと
五木寛之　鳥の歌(上)(下)
五木寛之　燃える秋
五木寛之　真夜中の望遠鏡〈流されゆく日々'78〉

五木寛之 ナホトカ青春航路〈流されゆく日々'79〉
五木寛之 海の見える街にて〈流されゆく日々'80〉
五木寛之 改訂新版 青春の門 全六冊
五木寛之 新装決定版 青春の門 筑豊篇(上)(下)
五木寛之 旅の幻燈
五木寛之 他力
五木寛之 こころの天気図
五木寛之 新装版 恋歌
五木寛之 百寺巡礼 第一巻 奈良
五木寛之 百寺巡礼 第二巻 北陸
五木寛之 百寺巡礼 第三巻 京都Ｉ
五木寛之 百寺巡礼 第四巻 滋賀・東海
五木寛之 百寺巡礼 第五巻 関東・信州
五木寛之 百寺巡礼 第六巻 関西
五木寛之 百寺巡礼 第七巻 東北
五木寛之 百寺巡礼 第八巻 山陰・山陽
五木寛之 百寺巡礼 第九巻 京都II
五木寛之 百寺巡礼 第十巻 四国・九州
五木寛之 海外版 百寺巡礼 インド1

五木寛之 海外版 百寺巡礼 インド2
五木寛之 海外版 百寺巡礼 朝鮮半島
五木寛之 海外版 百寺巡礼 中国
五木寛之 海外版 百寺巡礼 ブータン
五木寛之 海外版 百寺巡礼 日本・アメリカ
五木寛之 青春の門 第七部 挑戦篇
五木寛之 親鸞 青春篇(上)(下)
五木寛之 親鸞 激動篇(上)(下)
五木寛之 親鸞 完結篇(上)(下)
井上ひさし モッキンポット師の後始末
井上ひさし ナイン
井上ひさし 四千万歩の男 全五冊
井上ひさし 四千万歩の男 忠敬の生き方
井上ひさし ふふふ
井上ひさし ふふふふ
井上ひさし 黄金《きん》の騎士団(上)(下)
井上ひさし 一分ノ一(上)(中)(下)
井上ひさし 司馬遼太郎 国家・宗教・日本人
池波正太郎 私の歳月

池波正太郎 よい匂いのする一夜
池波正太郎 梅安料理ごよみ
池波正太郎 田園の微風
池波正太郎 新 私の歳月
池波正太郎 おおげさがきらい
池波正太郎 わたくしの旅
池波正太郎 わが家の夕めし
池波正太郎 新しいもの古いもの
池波正太郎 作家の四季
池波正太郎 新装版 緑のオリンピア
池波正太郎 新装版 殺しの四人〈仕掛人・藤枝梅安㈠〉
池波正太郎 新装版 梅安蟻地獄〈仕掛人・藤枝梅安㈡〉
池波正太郎 新装版 梅安最合傘〈仕掛人・藤枝梅安㈢〉
池波正太郎 新装版 梅安針供養〈仕掛人・藤枝梅安㈣〉
池波正太郎 新装版 梅安乱れ雲〈仕掛人・藤枝梅安㈤〉
池波正太郎 新装版 梅安影法師〈仕掛人・藤枝梅安㈥〉
池波正太郎 新装版 梅安冬時雨〈仕掛人・藤枝梅安㈦〉
池波正太郎 新装版 忍びの女(上)(下)
池波正太郎 新装版 まぼろしの城

講談社文庫　目録

池波正太郎　新装版 殺しの掟
池波正太郎　新装版 抜討ち半九郎
池波正太郎　新装版 剣法一羽流
池波正太郎　新装版 若き獅子
池波正太郎　新装版 娼婦の眼
池波正太郎　近藤勇白書(上)(下)〈レジェンド歴史時代小説〉
井上　靖　楊貴妃伝
井上　靖　わが母の記
石川英輔　大江戸神仙伝
石川英輔　大江戸仙境録
石川英輔　大江戸えねるぎー事情
石川英輔　大江戸遊仙記
石川英輔　大江戸仙界紀
石川英輔　大江戸生活事情
石川英輔　大江戸リサイクル事情
石川英輔　雑学「大江戸庶民事情」
石川英輔　大江戸仙女暦
石川英輔　大江戸仙花暦
石川英輔　大江戸えころじー事情
石川英輔　大江戸番付事情
石川英輔　大江戸庶民いろいろ事情
石川英輔　大江戸開府四百年事情
石川英輔　江戸時代はエコ時代
石川英輔　大江戸妖美伝
石川英輔　大江戸省エネ事情
石川英輔　ニッポンのサイズ〈身体ではかる尺貫法〉
石川英輔　実見 江戸の暮らし
石川英輔　ブラッとお江戸探訪帳〈見てきたように絵で巡る〉
石川英輔 田中優子　大江戸生活体験事情
石牟礼道子　新装版 苦《く》海《がい》浄土《じょうど》〈わが水俣病〉
今西祐行　肥後の石工
いわさきちひろ　ちひろのことば
いわさきちひろ 松本　猛　いわさきちひろの絵と心
松本　猛　ちひろへの手紙
いわさきちひろ 絵本美術館編　ちひろ・子どもの情景〈文庫ギャラリー〉
いわさきちひろ 絵本美術館編　ちひろ・紫のメッセージ〈文庫ギャラリー〉
いわさきちひろ 絵本美術館編　ちひろの花ことば〈文庫ギャラリー〉
いわさきちひろ 絵本美術館編　ちひろのアンデルセン〈文庫ギャラリー〉
いわさきちひろ 絵本美術館編　ちひろ・平和への願い〈文庫ギャラリー〉
石野径一郎　新装版 ひめゆりの塔
今西錦司　生物の世界
井沢元彦　義経幻殺録
井沢元彦　光と影の武蔵〈切支丹秘録〉
井沢元彦　新装版 猿丸幻視行
一ノ瀬泰造　地雷を踏んだらサヨウナラ
泉　麻人　ありえなくない。
泉　麻人　お天気おじさんへの道
泉　麻人　大東京23区散歩
伊井直行　ポケットの中のレワニワ
伊集院　静　乳房
伊集院　静　遠い昨日
伊集院　静　夢は枯野を〈競輪躁鬱旅行〉
伊集院　静　野球で学んだこと ヒデキ君に教わったこと
伊集院　静　峠の声
伊集院　静　白秋
伊集院　静　潮流
伊集院　静　機関車先生

2016年9月15日現在